加油！
前台小姐

无影罗刹　著

ZHEJIANG UNIVERSITY PRESS
浙江大学出版社

目　录

第一章　生活,不相信眼泪

　　找工作就是要带着不见棺材不落泪的精神死磕到底才有突出重围的可能。

　　跟人家说你是在酒店做招待的……你说人家会怎么想?

　　在就业率一年年下滑的社会现实面前,旅游管理学院名不见经传的三流学生夏花,前脚跨出大学校门,后脚就踩进了工作单位,她人生的第一份工作找得格外顺利。对此,同届校友纷纷跌破眼镜,连就业指导中心的老师都拍案惊奇激动不已:"这真是,真是……瞎猫碰到死老鼠的典型案例啊!"

　　好友兼该职位介绍人、未来同事米栗指着单位名称说:"夏花,这份工作就是为你量身打造的,非你莫属!"

　　面试她的人力资源总监卫民,在摸了头上的地中海一把之后,仔细看了看她的身份证复印件,拍板说:"就冲你这名字,就算你是根木头我也要了!"

　　是的,冲她的名字给的面子。她叫夏花,她的第一份工作是夏花酒店中国总店的前厅接待员,也就是俗称的前台小姐。

　　人和人同名不稀奇,人和工作单位撞名,那就堪比撞运了。

　　其实夏花很早便认识夏花酒店这个金字招牌了。她的专业课本里就有提到过,"夏花"是全球连锁的五星、六星级酒店巨头,品牌持有人是欧洲的Summer Flower(夏花)酒店投资控股集团(直译:夏花控股)。但夏花中国酒店集团是合资企业,除了控股的大股东夏花,还有大陆地产行业巨头墨功国际和鼎天集团参与投资,资本运营上绝对是强强联合的大手笔。

本埠这家夏花酒店是中国总店,开业只一年多,因是夏花进入中国市场的重头戏,只许胜不许败,求才若渴,福利待遇在业内算是极优厚的,所以他家的专场招聘会一开,应聘者蜂拥而来。

夏花看到招聘启事的时候已经有几十份简历石沉大海,沮丧得很,哪有那种勇气去挑战世界五百强。但同宿舍几个姐妹提着行李各奔前程前一边依依惜别,一边纷纷以身说法做最后的鼓励:"找工作就是要带着不见棺材不落泪的精神死磕到底才有突出重围的可能,去试试吧!"

在一排成功案例面前,夏花没有任何理由怀疑她们的共同经验的科学可信度。就这样,她前脚把行李搬回了家,后脚便迈向了夏花的招聘专场。

人才市场的人山人海人满为患,夏花是早有领教,但夏花酒店专场的门庭若市还是让她小小地震撼了一下。尤其看身边穿梭的许多人风趣健谈、阅历颇丰,言语间不痛不痒地互相试探着,熟得仿佛酒店是他们家开的。在那些业内精英分子的强大气场的烘托下,应届生夏花瞬间觉得自己矮了不止半截,觉得自己肯定没戏。于是,她怯生生地把手中的简历往回收,打算主动撤退算了。

就在她打退堂鼓的那一刻,接待员小姐惊喜地喊了声:"夏花!"夏花瞪圆了眼睛才认出来,原来是儿时伙伴,米栗。

这样的节骨眼,米栗的出现简直就是上天的恩赐。夏花的第一反应便是把自己的简历塞到她怀中,以退为进:"你在这里上班太好了! 我在想哪个职位更适合我,你帮我推荐推荐吧?"好歹是专业出身,她怎么会忘记酒店业这条潜规则? ——酒店管理举贤不避亲:来自内部推荐的员工更受青睐。

"夏花,夏花……"米栗的眼珠子转啊转,最后笑弯了眼,"还用说嘛,当然到我们前台来,做招待员,活招牌啊!"

姿色平平的夏花习惯性地自我否定:"我能做高级酒店的前台?"招待,招待,那可不得招人待见才行么! 她?

米栗豪气地一挥手："放心吧,我们家的前台,不摆花瓶!"刷刷抽出一张职位申请表,指导夏花填好了,自己大笔一挥、具字推荐,连同她的简历一起收了起来。

多年不见,米栗已不是儿时模样,举手投足如此干练又有侠气,夏花好不羡慕,忙里偷闲问了两句。原来,米栗大学是在国外念的,留学期间在夏花酒店打过工,要回国的时候赶上夏花酒店进军中国,便顺理成章做了开国功臣下面的马前卒,于前厅部任职前台经理助理(AM, Asistant Manager),轻松立足。

不知道是米栗的推荐起了关键作用,还是夏花的面试超水平发挥了,总之,第二关很容易便过了,夏花一扫阴霾,顺风顺水地找到了工作,开始了她的职业生涯。

第一天报到结束,领了一大沓培训教材回到家,夏花才想到,开始工作前,她还是应该跟家里人商量商量的,毕竟是人生大事。

首先,夏花将她即将成为职业女性的事实知会了她脚不沾地的父亲,夏友正。

夏友正是个海员,长年漂浮在各大洲的广袤洋面,就像传说中那只没有脚的鸟儿。从夏花记事起,一年 365 天他能有十天八天在家已是奇迹,所以夏花凡事自己做主,不用太怎么跟他商量,不到天塌下来,交代一声也就够了。好在夏花的生活中一直只有生活琐事在每日上演,她只需要照料自己的起居。上了大学之后,夏花努力地营造属于自己的生活,与父亲的往来也愈发显得可有可无了。

久不联系就会想着到底应不应该联系,夏花攥着入职通知单,说服自己:找到人生的第一份工作,应该算是大事了吧? 如此想着,挂起笑容,兴冲冲地拨了卫星电话过去,通过船公司的总机接驳,总算找到了父亲。

使着不怎么灵敏的海上通讯设备,断断续续听完夏花的陈述,知道夏花酒店是个不错的单位,见多识广的夏友正觉得女儿这是长本事了,但态度一如既往,字正腔圆地恭喜女儿将走入人生的另一个阶段,并嘱咐她好好学习、努力工作,便草草挂了电话。

夏花紧紧握着话筒,指节泛白。下一刻,她深吸了一口气,对自己说,二十多年来聚少离多,父亲没忘掉她已是尽职了,她还奢求什么?她们父女间还有责任义务在维系着互动,她不能介意太多。不能。

接着,夏花拨通了到外地实习已有数月的男友纪淮易的手机,好声好气地说:"淮易,我找到工作了,夏花酒店,做招待员。我不想再找了,就这样定了,你觉得怎么样?"

纪淮易没有马上回答,而是用了一种很正式的口吻发话:"我回来了,有话跟你说,见面谈吧。"

纪淮易约她到热恋时常去的"天子"咖啡屋见面,夏花颇有几分意外,于是一路上都在想,纪淮易没准给她准备了什么惊喜呢!庆祝他的外派实习工作提前结束?庆祝她这么快找到工作?又或者,他想一步到位,跟她求婚?他会先递鲜花,还是先秀戒指?临场她可不要惊慌失措啊!……想得甜蜜,不知不觉一路都在傻笑。

纪淮易还真的给了夏花一个措手不及。不过有惊,无喜。劈头一句:"我们分手吧。"震得夏花呆立当场,久久不知回应。

几乎静默了有一分钟之久,夏花才提着浆糊似的脑袋问了句:"为什么?"

"我也找到工作了,业内挺有名的咨询公司。做咨询行业的最怕给别人留话柄。你做酒店招待,了解的人知道你是做行政,不了解的还不知道要编出什么话来,我们不合适。"

夏花一时困惑:"能编出什么话啊?"

纪淮易有点不耐烦:"你说人家会编排什么?跟人家说你是在酒店做招待的……你说人家会怎么想?"

夏花觉得很无辜,不就一份工作吗?至于吗?看着纪淮易的脸,突然觉得有那么一扫过而过的陌生感,他什么时候开始,这么介意别人的眼光了?

也就在那一刻,夏花开始觉得老天爷其实很恶毒,从来没有两全其美的好事落她身上,总是大棒子落下,再给根胡萝卜;或者给个桃子,却烂一半。

在人生的节骨眼上，非要她在失业和失恋中间选一样。

究竟是要一毕业就跟着就业草根大军一起失业，还是为了爱情不要面包？其实夏花没有认真地为难自己，下一刻，她转念一想，自己肯定又被玩了，纪淮易八成在逗她呢，直接就抓着纪淮易的胳膊撒娇："不就一份工作嘛，我不去了还不成吗？别生气了，我保证天天向上，积极向组织靠拢，不给你丢脸。"

纪淮易胳膊一甩，不顾夏花的跟跄，坐得纹风不动地说："我没跟你开玩笑，也不仅仅是你去不去酒店工作的问题。我实话说了吧，我早就想提了，只不过人在外地，工作忙，没时间跟你折腾……你的性格……我不评价了，总之，跟你在一起，我真的很累。"——早就想提了，你刚好给了我一个蹩脚的借口。

夏花听着有些迷糊，感觉纪淮易像在翻脸，也似乎听到一个声音在说她："你怎么给脸不要脸？给你台阶不下，非要让我撕破脸。"可她就那么个性子，想到什么说什么，当下竹筒倒豆子，把自己的委屈倒了出来："你很累？我们在一起三年了，你现在跟我说你很累？当初追我的时候怎么不说累？在学校天天送我回宿舍，一到周末就送我回家，我叫你别送你都不愿意，那时候你怎么不说累？借口，都是借口！"

纪淮易脸色暗了几分，说的话也就更直白了："知道是借口你还非要说出来……反正就是这样，今天我不是来征求你的同意，我只是来告诉你，我真的没办法再伺候你了，我们该分手了。就算什么理由都没有，我们也是要各奔东西的，我会外派，你会留在本地，我们都会有各自的生活，像你这么现实的人，肯定比我更清楚这些。以后咱们还是当个普通朋友就好了。如果将来你有什么需要帮忙的，校友一场我还是很乐意帮的，感情的事就到此为止，咱们好聚好散。"

"谁跟你好聚好散！"夏花冲口而出，眼泪收不住了，跟断线的珠子似的，一颗一颗直往下掉。

动静太大，引起了服务员和客人的频频注目。纪淮易却不管不顾扬长而去。

夏花自小没有母亲,父亲又常年在外,从小便是奶奶带大。大一那年奶奶去世,之后她便一直是一个人守着家,多年来并不觉得这有多可怜,眼下失恋了回来,心底格外凄凉,便觉得家里分外冰冷了。回想起从前与纪淮易在这里打打闹闹的日子,她为他洗衣做饭,他为她推拿按摩,仿佛都是昨天刚发生的事,怎么那么突然,没给点征兆就说要分手了。想着想着,眼泪又掉了下来。

纪淮易与她是大学校友,大一时候还是同系。夏花清晰地记得,那是大一下学期,一次系里发晚会入场券,发到最后一排的夏花,连发了两张,夏花想也没想,远远冲辅导员喊:"我有了,我有了!"

当时,迟到的纪淮易一进门,见全都有了就他没有发到入场券,又见夏花手里正呼啦呼啦甩着两张,辅导员还从讲台走下来要接收的样子,大步上前抢了夏花手中的票子,冲辅导员喊道:"是我的!是我的!"惹得全场爆笑。

从那以后,系里的同学总爱开他俩的玩笑,说夏花都有了,你俩就赶紧把证扯了吧。两人都是开得起玩笑的,互相也并不反感,就随大家开心了。慢慢地,竟真的在玩笑声里凑成了对。

当然,凑对的过程是需要有人主动的。平常玩笑归玩笑,到动真格的,纪淮易也没少下工夫,起早占位摸黑护花的活儿他是一件不落做到了位,终于抱得美人归——甜美也是美,纪淮易曾这样评价夏花。

后来,纪淮易转系去了企管。他说,学旅游管理出路太少,想有出息太难,一个不小心就得沦落到服务业每天点头哈腰端盘子擦桌子。为此,他们有过争执,但毕竟离毕业尚有时日,所有的争论停留在理论阶段,不痛不痒,所以,这小小的分歧并不妨碍他们谈恋爱。除却那些小小的执念,纪淮易对她真的是不错的。至少,每次吵架都是他先低头。至少,他陪她度过了三年无依无靠的日子。

过去的种种一再浮现,夏花心里不无怨念地想,她当初怎么就没看出来他是只白眼狼呢?说翻脸就翻脸!想到这,委屈升到了极点,哇的一声哭开了。

在家里哭没人看着，可以哭得很尽兴。夏花的眼泪这么一开闸，就停不下来了，哭得天昏地暗，头昏脑涨，手机响了不知道多少遍，她才听到声响。

接起电话，才一声"喂"都喊得勉强——嗓子哭哑了。

米栗原是本着朋友之义，想关心一下夏花新进公司适应不对，热情上涌，说要来看她，问她现在住哪儿。夏花愣了一下，说："还是老房子。"

米栗有些意外夏家这么多年都没搬出那个猪笼一样的老房子，对夏花的同情又多生了几分。她依着模糊的记忆找到了老城区小巷子里，那个熏黑了烟囱、剥落了外墙的筒子楼，手脚发抖地摸着木梯爬上楼，总算找到了夏花。

低暗的小屋子里，夏花哭得眼鼻全肿了，整张脸跟整容后遗症似的，都变了形。

在米栗的循循善诱之下，夏花上句不搭下句地讲述了刚刚发生的事实。

米栗理清楚来龙去脉之后，义愤填膺，拍案而起："吃干抹净说甩就甩？想得美！电话给我，我不骂他一顿狗血淋头，我不叫米栗！"说着便去沙发上翻夏花的手提包。

"我没那么傻……"夏花本就委屈，解释一半，见米栗已翻出手机，索性不说了，也没打算拦住米栗，但她一边抽泣一边仍不忘提醒："他的号码是外地的，别忘了加拨12593……"

米栗当即有些石化，一愣，失了气势，骂起素未谋面的纪淮易来没马上进入状态，听着也就没那么理直气壮了。

无备而战果然难成大器，米栗的隔靴搔痒非但没有帮夏花出到气，还给自己惹了一身骚。她的挑衅明显加重了纪淮易的反感，被他一句"一丘之貉，无理取闹"作总结，狠狠挂了电话。

米栗出师未捷身先死，火气上来，一时忘了自己此行的目的，把纪淮易的祖宗十八代都骂了个遍，直到口干了，接到夏花递上来的汽水，才意识到自己失职了。这时她再要说什么安慰的话，已经说不利落了。

天色已晚，夏花开始觉得困乏，打了声哈欠，想到第二天还要上班，见米栗还处在亢奋的阶段,连哄带骗把她送出了门,理由是"要早点睡,不能怠慢工作。"——男朋友决然要走,再把工作给丢了,岂不是赔了夫人又折兵?纪淮易有句话还是说对了,他们有各自的生活。

第二天,夏花到前厅部报到,以为马上可以上前台就职,跃跃欲试的时候却接到培训专员的指令:两个月内别想上前台,先到酒店各部门熟悉熟悉,培训课程考核通过再说!

于是,夏花糊里糊涂地被领到了客房部(HSKP,Housekeeping)下面的布草房(Linen Room)。

所谓布草房,就是酒店负责定期换洗床单、被罩、枕巾、台布、浴巾等,以及清洗衣物的地方,偶尔也有一些缝缝补补的工作。此外,各楼层储物间和酒店仓库也归属布草房。

布草房的头儿是个手脚麻利到让人瞠目结舌的中年妇女,从做执房(即保洁员,PA,Public Area)至今已有超过二十年的经验,叫莫英红。夏花跟着大伙管她叫莫大姐。

莫大姐一声令下,布草房同事屈机陪夏花推了两大车洗好的"草料"上天台,示范了一下晾晒程序便走了,留她独立作业。

夏花看着眼前白花花的几百套床单被罩,越看越发怵,但想到活儿已摊到她头上,避不掉的情况下就只能奋力往前冲了,吸了口气,挽起袖子开始作战。

许是甩床单甩得胳膊生疼,难受了;许是前一日的委屈意犹未尽,想继续;许是大风带来了往事,让她不知不觉地陷入回忆……夏花无端端想到念书的日子,一到周末她就把自己和纪淮易的床单被罩都裹回家塞洗衣机洗。她住的筒子楼都用竹竿撑在走廊或者窗外晾衣服,衣服有衣架撑着,不直接接触竹竿的时候还好办,遇到晾床单就麻烦了,还要先擦竹竿。这个时候纪淮易就派上了用场,换擦竹竿、晾床单的活儿总是他做的。

纪淮易曾经说,要为她晾一辈子的床单。

结果,他的"一辈子",才大学毕业就结束了。

她想了一天了，为什么，到底为什么他们会莫名其妙走到这一步？仅仅是毕业了，各奔东西？她不解，所以一大早起床就给纪淮易打电话。她想好了，如果是小三插足，她不会就此善罢甘休；如果是纪淮易得了绝症，她会借此向他证明，她不是那么势利的人；如果是其他原因，她也会一一拆解……没有什么解决不了的。

　　可是，纪淮易软了口气，态度却更加坚决："求求你放过我吧。你只是想要个伴，想要个男人依靠，不一定要是我。"

　　最可怕的是，她竟然无言以对。

　　楼层高，天台的风自然不小，晾好的床单随风起舞，猎猎作响。

　　夏花一边扯着漫天飞舞的白床单，摸着绳骨一段一段上着夹子，一边忍不住冲着天空喊："纪淮易，你一定会后悔的！"

　　一声高喊伤了嗓子，完了依旧负气，眼泪啪啪便掉了下来，她赶紧抬起袖子去擦。

　　"不就晾几张床单，有那么委屈吗？"突然，一个抑扬顿挫的男声响起，"干这点活就受不了，还不如趁早辞职回家去。"

　　夏花霍地一抬头，看到一个三十来岁的男人，一个用城市人的眼光来说算得上英俊挺拔的男人。她一口气没缓过来，顾不上回答，开始打嗝，而且打嗝声有愈演愈烈的倾向。

　　男人意识到自己吓着夏花了，上前给她拍了两下背，边拍边教她："吸气，用力吞口水。"

　　夏花照对方所说的，做深呼吸，不断地咽口水，片刻之后，打嗝的频率还真的慢慢变缓，恢复了正常。

　　男人松手退了一步。

　　夏花也终于有了精神仔细观察对方一番。

　　虽然在花花大上海长大，但夏花一直是弄堂里一朵淳朴的小花，认真学习本分生活，对于那些摆台面的艳光四射的东西向来不关心，菜市场大妈人手一个的 Gucci、LV、Channel 还勉强认识。飞甩鸡毛、百达翡丽之类还没那么高复制率的,在她面前就怎么晃也晃不出光芒了。于是,面前这位老兄虽然一身精致,在夏花眼尾扫过笔挺的西服之后,也只判断出"同事"二字结论而已。——穿着正规,会摸到这里来,应该是内部人员。她在布草房没见过他,应该不是一个部门的。

"新来的是吗? 干这么点活就受不了哭鼻子了?"男人继续发问,声调四平八稳的。

夏花并不认识眼前人,只能根据口气判断此人职位大概不太低,想到工作场合该收起个人情绪,赶紧摇头说:"没有没有。是沙子吹进眼睛里了!"

"沙子没跑鼻子里吧? 怎么鼻子也红了?"

夏花没想到对方非要问出个所以然,一跺脚把实话说了:"我男朋友不要我了,哭一会哀悼一下还不行么?"

男人看她急的样子,大概觉得有趣,发了发善心,劝道:"原来是失恋了。小姑娘,如果不合适,早点被甩也没什么不好,总比拖了五六年七八年才说腻了不要了,或者干脆结婚了闹离婚,强多了。就算你是失败被甩的一方,至少你赢得了时间。"

夏花生生卡住了正欲往下掉的眼泪,抬头仔细看了看对方的脸,英气得有些硬朗,神情自信,十分有感染力,令她不得不思考、点头:"你说的没错,我比那些失婚女性幸运,赢在了起跑线上!"

男人含着笑意问:"你叫什么?"

"夏花。"答话清脆,不假思索。

男人听完"嗯"了一声,含着笑意说:"原来你就是夏花,哭红了鼻子还真不好认。"说着上下打量了她一番。

夏花一开始还觉得奇怪,自己有那么出名么? 转念一想,自己的名字是挺逗趣挺赶巧的,估计酒店里面早传开了,指不定那么些无聊人士,就冲着"夏花"两个字登系统里调阅她的资料呢,不足为奇。

第二章　职场，是没有硝烟的战场

什么风花雪月，什么儿女情长，在生活面前，通通都要退居二线。
当尚方宝剑遭遇免死金牌，这局面就变得微妙无比了。

夏花酒店坐北朝南，主建筑分南楼和北楼，南楼是夏花酒店规模最大的一栋莲花状标志性建筑，其规模从它顶部的直升机停机坪、观景台和空中花园便可见一斑。南楼正对大门，接待大厅、酒吧、KTV、足浴中心、美容厅、餐厅等各功能厅、自用及出租的办公室等，自然都集中在这里。北楼除了几个大型会议室，主要划作客房区。客户从朝南的大门进入夏花酒店楼群区，首先就能见到最大的一栋建筑即夏花酒店南楼，在一楼大厅办好入住手续，可坐扶梯直登二楼，再通过安装了输送带的室内天桥前往北楼入住。

北楼为弧形建筑，与南楼呈切角，张口处是西边花园入口的音乐喷泉。北楼一楼是商业和服务区，向南一面除了地下停车场出口，便全部是名品商场了。向北的一面因对着后门围墙，则安置了配套的干洗房、采购验收站、物流中心、仓库、安全通道、员工通道等。北楼的二楼是艺廊和票务中心，三楼以上全部是客房。

北楼的天台是一整排的回字盖长廊，顶上是布置均匀的太阳能接收器，场中是规划整齐的晾晒场，通风受日又不碍观瞻。

夏花在这个大师之作的天台，与世隔绝地晾了整整三天的床单被罩，送走第一天的意外访客，就只有未来上司——前台经理(即前厅部经理，FOM，Front Office Manager)姚晶晶来关心了她两回，每次也就问下"今天做什么"、"还适应吗"、"好好干"，便走了。一直到三天后换班，她终于得以跟着布草房大部队学习核心工作：做房。

都说忙碌是治疗伤痛最好的解药，开始职业生涯的夏花渐渐地将感情上的落败丢弃一旁，集中精力挑战人生另一场考试。毕竟，她十分深刻地体验过，生活才是第一位的事情，什么风花雪月，什么儿女情长，在生活面前，通通都要退居二线。

手执厚厚的《酒店消防知识手册》、《布草房培训资料》和《酒店运转管理手册之房务手册(FO/HSKP)》，夏花感叹了一句："做什么都是学问啊。"

刚混熟的屈机敲了敲她的脑袋说："行行出状元，懂得这么想就好。"

屈机告诉夏花，在这种高级酒店里，到处都是传奇，别看布草房跟执房阿姨差不多，也是需要很高的专业技巧的，照样有神话诞生在这里。说到这个，屈机举了莫大姐的例子。

据说，莫大姐便是夏花酒店的传奇人物之一，她最高收过一万块的小费，还是美金。

因为莫大姐收拾垃圾桶的时候，眼尖，从一堆卫生纸和杂物中发现了一颗钻石，给捡了出来。那颗钻石价值连城且有特别意义，是从客人链坠上掉的。客人以为掉在了酒店以外的地方，正在懊恼，没想到被莫大姐捡到了，随即甩出了天价小费。

屈机年纪很小，但已有两三年的工作经验。他跟所有优秀的执房一样，有着超凡的执行力，莫大姐将夏花交给他带，他几个回合便把基本操作示范了一遍，十分伶俐。

这个时候，夏花还不知道每个楼层只配有一两个执房是什么概念的忙，对屈机 13 分钟收拾一个标间的速度佩服得五体投地。

屈机说："我只是按程序走的，想更快也不是没办法。"

夏花眼珠差点掉出来："还能更快？"

屈机一脸很确定的表情："卫生局查一些酒店的时候,从客房的茶杯里,可以查到和马桶一样的物质。"

夏花一时没反应过来："什么意思?"

"就是一条抹布洗全部。从卫生间一路擦到迷你吧。只要视觉上干净就可以了。"

夏花吐了吐舌头："黑幕啊黑幕。"说完继续跟着屈机收拾房间,拿着纸笔拼命地记:快速执房标准是 15 分钟一间房,其中做床 3～5 分钟……

屈机往她手下瞥了一眼,笑她道："书呆子。"

夏花一撇嘴："人家怕记不住嘛。"

屈机点着样房内的标准配置说："记吧,记吧。不过你要记得重点,实践出真知,动手能力和经验更重要,你要通过做房考试才能离开布草房的。"

屈机带人的过程很主动,一边动手一边讲解。入房的时候他会告诉夏花,门口有提示灯的,才是客人要求收拾房间的,否则就只有 12:15～13:00可以在敲门确认后进入收拾,如果"请勿打扰"的提示灯亮着,就千万不要按门铃;做床的时候他会告诉夏花,客房的小费,会放在枕头下面,是给客房服务员的;收拾迷你吧(Minibar)的时候,他会提醒夏花,酒水是附加消费,客人退房时一定要检查清楚,尤其一些贪小便宜的客户,酒水喝完了,装上自来水放回冰箱充数,所以查房时候一定要检查清楚瓶盖是不是原封……

夏花是从屈机的口里,才开始理解,这个世界真的是什么人都有。比如,有的客人外出前总要留张卡在取电口工作,把所有电器都开起来耗能,有的客人甚至把水龙头都开着……好言提醒,他们还会发火,说是酒店房费这么贵,用点水电怎么了?

刚开始还只是听听,几天后,夏花开始独立作业,终于见识了做酒店服务员的难。

那天夏花和屈机一组,收拾 10 层的豪华房,突然得到指令,1023 的客人呼叫客房服务。屈机正在处理一个塞住的马桶,分不开身,便叫夏花去处理。夏花有点忐忑,这是她第一次单独面对客户,一路上都在练习微笑,结果按了门铃,却连客户的脸都没见到。

房门只拉开了一条缝,裸出一只男人的胳膊来,手指挺修长,指间夹着一张百元钞票,伴着一阵低沉而急促的声音:"喏,去帮我买盒雨衣,快点。"

夏花愣愣地接了钞票,刚要问什么雨衣,门砰的一声关上。

也是那一声重重的关门声震醒了夏花。她脑子终于清醒过来,知道客人是十万火急,需要保险套。

夏花的第一反应是将此事迅速反映给屈机。

屈机还在跟下水道死磕,肩头夹着手机回答她:"运气挺好嘛,才来几天就有小费收了。赶紧去啊,害客人擦枪走火,弄不好再搞出个把人命,回头肯定跟你没完!"

夏花听完,上了发条似的直奔电梯往楼下赶。

可到了一楼的自动售卖机前方,夏花还是停住了脚步。

酒店来来去去那么多人,她一个都不认识,虽然大家肯定也理解她在做事,但是,她就是抬不起脚往自动售卖机那边走。

毕竟是人来人往的地方,让她一个大姑娘去买保险套,太不人道了! 凭什么她得帮人买这东西啊?

这是她第一次领略到酒店工作究竟有多残酷,竟要未婚女青年青天白日众目睽睽之下买保险套。

夏花满腹踌躇,在大厅里踱来踱去,足足徘徊了好几分钟。直到她看到电梯门打开,一个有几分熟悉的面孔出现在大厅。

是那天在天台遇到过的那个英气的西装男同事! 夏花脑子里飞速地转过一个念头,不管三七二十一冲了上去打招呼:"嗨!"

西装男停住了脚步,朝她点了下头:"这两天工作还适应吗?"

"还好,还好!"夏花点着头,看了眼自动售卖机,又低头看了眼手中那张烫手的百元钞票,再看一眼面前这位勉强够上的"熟人",眼尾一挑,送上门一记甜美的微笑:"那个,有客人吩咐我下来买那个东西,我不会操作那机器,你能不能帮我看看?"

西装男看了眼夏花的神色，心下明白了几分，脸上却不动声色，嘴上只轻描淡写地说："不懂得怎么用是么？没关系，我给你示范一遍，很容易的。跟我来。"说着比了个"请"的手势。

夏花暗暗嘘了口气，硬着头皮慢吞吞跟西装男一起走向自动售卖机。男人按了按功能键，掉头问身后一米处已开始东张西望的夏花："什么号码？"

夏花当场惊呆："保险套还分号码的？"

男人终于忍不住笑了笑："客人没说吗？"

夏花无辜地点了点头。

"几号房？"

"1023。"

男人听完，拿出手机拨了个电话给前台："1023 今天是谁在用？"

挂完电话，男人一边熟练地点击屏幕功能键，帮客人作规格选择，一边告诉夏花："因为是白天，前台接到电话以为是普通客房服务，所以才叫楼层执房去处理，这种情况一般都是由前台通知夜班的行李员（Bellboy）去做。但如果再遇到类似情况，你要主动问客人需要什么尺寸，如果来不及问，可以问下前台，了解一下客人的人种、身高、体格，大致能判断出什么尺寸。判断不了，就打个电话到客房直接问客人。"

夏花点头如捣蒜，只想快点拿到东西离开。当自动售卖机发出咔嚓声响，她的心也咯噔地跳了一声，嘿嘿笑了两声，接下盒子，转身撒腿就跑，一鼓作气跑向二楼电梯。

电梯门关上的时候，她看到刚刚帮她的西装男一脸说不出味道的笑容。

然后，夏花终于反应过来。她不好意思一个人去买保险套，结果和一个谈不上认识的男同事一起去买了。

再者，她都没跟人家说声谢谢。

还有，她又忘了问对方的名字。

这个男人，她只见过两次，两次都训了她，但事实上，又是两次都帮了她。她心里暗下决心，下次见到，一定要问清楚他叫什么，然后好好说声谢谢。

这个事情夏花认真地记到了心里。可是那天之后整整两个礼拜,她每天像机械人一样地整理草料,再没见过这个男人。

她一直期待着与这个男人的再次会面,直到夏花再见米栗,解了疑惑,才终于不再期待。

从夏花进酒店起,整整半个月没见过米栗。因为那半个月里米栗都在上夜班,上班时间和夏花的正常班刚好完全相错。

米栗一见夏花便哀叫了半日,长叹道:"做酒店什么都好,就这个三班倒,是天杀的折磨!"说着想到了夏花:"这行业挺累人的,你还适应吧?"

夏花是个认真惯了的人,再不喜欢的事情,摊她头上了她就会一板一眼地去做,还真没想过适应不适应的问题,含糊地回答:"还好吧。"

米栗拍了拍她的肩膀:"夏花,你现在属见习期,莫大姐是出了名的会做人,怕新人适应不了,都给排白班,等回了前厅你就知道三班倒有多么摧残人了!"

夏花呵呵笑了笑:"嗯,莫大姐人好,布草房的人都很好。像我师傅屈机,教我做事,真的是不遗余力的,我很感激他。"

米栗哼了一声:"你也不用感激涕零的,带新人本来就是他分内的工作,有算入绩效的。他对你好,那是因为你学历比他高,搞不好过几天就成他上司了,他先打好关系,符合长远利益!如果你跟他一样是中专生,你猜他还会不会这么全心全意地教你?职场上处处玄机,教会徒弟没师傅的事情是常有的。"

夏花摇了摇头:"所有好人好事到了你这里都成了居心叵测了。"不想再受她荼毒,想起日日挂心上的那件欠人情的事,想到米栗是酒店的老人了,拉着她打听有没有那么个男人。

酒店数千员工,米栗自己都认不全,哪里对得上号,有些疑惑地问夏花:"同事不是都有戴工作牌的么?他工作牌上没写么?"

夏花拼命地回想,最后得出结论:"我也奇怪呢,他没戴工作牌。"

"那跟他在一起的人有你知道的吗?你要不好意思,我帮你去问问。"

夏花摇了摇头："买保险套那次就他一个。天台那次,他离开的时候,我好像看到姚经理跟他打了声招呼。"

"问她? 那算了。"米栗撇撇嘴,接着问,"那男的到底长什么样?"

夏花搜肠刮肚地形容:"一米八左右,长方脸,眉毛挺浓的,鼻子蛮高的……长得很有男人味。"

米栗听得直叹气:"你的语言表达能力是不是有问题啊? 一米八长得有男人味的,你往前厅站五分钟就能挑出十个八个,保安部、礼宾部就有多少了,更不用提康乐部了……说得太抽象了。你再好好想想,他身上还有什么不一样的?"

夏花摇了摇头:"没注意……不过,不知道他穿的是哪个部门的制服,他的袖扣肯定不是酒店制服原配的,好像是水晶的,挺漂亮的,所以我多看了两眼,上面有个英文字母,K。"

米栗几乎要吊白眼,仰首道:"天哪。你的员工手册和职员表背到哪里去了,你都不去员工栏看看照片的么……他是 KK。"

夏花还在神游:"KK 是谁?"

米栗忍不住拍她:"KK,Kingsun Kok,高景生。咱们酒店的总经理!"

"啊?"夏花惊呼,直接反应却是,"那怎么办? 我的表现那么差,他会不会炒了我呀?"

米栗笑道:"这个你大可放心。第一,除了哭鼻子,你的表现是正常的新人表现,不能苛责;第二,咱们是正规酒店,总经理不会滥用职权随便开除员工。你的培训报告和试用期评估单,需要你见习过的每个部门的直属上司签署意见,还有部门主管意见、培训专员意见和人力资源部的部门意见。你如果有本事把这些人全部惹火,我也很佩服你。第三,咱们总经理真是个好领导。我在欧洲就认识他了,他可是五星酒店的传奇。我回国会第一考虑夏花酒店,也有他的因素在内。所以,你不用想太多。"说着胳膊肘捅了捅夏花,"咱们老大帅吧? 年轻有为吧?"

夏花嘿嘿笑了笑,点了点头。

米栗突然想到什么："对了，你说你上班第一天姚晶晶就上天台找你了？"

"是啊。"夏花带着羡慕的口气说，"她又漂亮，人又好，我的运气真好，能遇到这么好的上司。"

米栗不屑道："好什么好，长得跟狐狸精似的。"虽然刻薄，却也算是形象的。姚晶晶那双媚眼，是够招魂的——她是从其他酒店跳槽来的，原来是属意做外联，但因夏花酒店有个强有力的人员坐镇外联部，便将她安排去了前台，又因为资历比米栗高，一来便压在了米栗在内的前台经理助理组人员之上。

夏花对这位前台经理，却是说不出的好感。夏花作为新人的第一堂培训课就是姚晶晶给开的堂，开篇便是好一顿训导："别以为五星级大酒店，进来的客人绝大部分非富即贵，白马王子见多了就幻想自己也能当上灰姑娘。要记住，客人就是客人，他们是你的衣食父母、大老爷，不是你的性幻想对象。就算酒店里真的有灰姑娘和玻璃鞋，请你来也只是让你给灰姑娘提鞋的，别一时冲动把自己的脚往里伸，到时候人家丢个水晶鞋权当打发叫花子，你们丢的可是自己那张脸！"那时候起，夏花便对这个长得花瓶似的经理另眼相看。

夏花认定米栗是受不了姚晶晶比她漂亮，衷心地说："她除了上课严厉点，对每个人都很好，见面总是先打招呼的，一点架子都没有。这还不好啊？"

谁知米栗臭臭一张脸，甩了句："她那是职业病。"

夏花见她成见已深，也不跟她纠缠了，继续回到关于高景生的话题："对了，我们总经理怎么神出鬼没的，不待在办公室，到处晃悠？"

"他那办公室……"米栗神秘兮兮地说，"坐着太不爽了，还不如出来走走多露脸呢。"

"你说什么啊？"夏花有些摸不着头脑。

米栗捅了夏花一下："总经理宝座争夺战，你买谁赢？"

夏花听得更糟了："总经理不是干得好好的吗？还有人在争？"

米栗摇摇头笑了："你怎么混的呀？来了这么多天居然没认清自己的阵营？"

"啊?"夏花的嘴巴张得大大的。

米栗吊了吊白眼,一五一十跟她讲了讲酒店的资方势力分布:夏花中国作为亚洲总部,经营着好几个牌子数百家酒店,其办公总部设在了这栋总店大楼的南楼顶层。不过,顶层那些白人在干些什么,顶楼以下的人永远不会知道,所以那里可以视而不见、忽略不计。顶楼以下便是这间夏花酒店的势力范围,也就是总经理高景生的管辖范围。因为本店是中国总店,在整个亚洲区地位特殊,总经理并不是顶楼任命的,而是远在欧洲的夏花控股总部直接指派过来的。

一般来说,酒店行政部就只有总经理和总经理秘书。高景生虽是拿了尚方宝剑的空降部队,却又比较倒霉,他的行政办公室(EO,End Office)里面还有一个助理行政经理,及其助理行政经理秘书。最可怕的是,财务总监直接向助理行政经理汇报。

当尚方宝剑遭遇免死金牌,这局面就变得微妙无比了。

"职场,是没有硝烟的战场!"米栗说得有些口干,吞了吞口水才又继续,"别看着酒店里面四海升平,其实暗潮汹涌,所有经理以上级别的员工,都在下注,看到底要靠哪一边好! 你要注意点。"

夏花抓了抓脑袋:"没事,反正我是新人、小喽啰,谁会记得我呀?"

米栗想了想:"那倒是。你能有什么影响力。"说着,抓住夏花拷问,"问那么多他的事,你不会喜欢上他了吧?"

夏花愣了一下:"我哪敢啊?"

"不敢就好,我可提醒你,像他这种高度的男人,就算真有好感,也千万别陷进去。没好下场的。集团那么大,指不定什么时候人家就调回欧洲去了。你自己在布草房不会没听过那几位总监的事吧?"

夏花当然知道。酒店总监级别的那几位大人物多数是外籍,日本韩国新加坡,再不济也是港澳台同胞。身份上相较大陆中国人有着与生俱来的优越感,头上便顶了个莫名其妙的光环。这些总监多数住在酒店的行政套房里,异国他乡太寂寞,经常在城中游荡一圈便带个傻兮兮的小姑娘回来过夜。

她记得有一天清晨,屈机和她推了清洁车到财务总监(CFO)薛万豪的房间整理,一开门便是一股奇怪的味道,屈机推着夏花退出门,叫她过会儿再进去,自己疾步进去开了窗户通气。后来夏花忍不住问他为什么,屈机支支吾吾地说:"里面都是神油的味道,女孩子闻了不好。"

　　渐渐地,夏花便有了耳闻,说布草房的执房常常能从他们房间里收拾出用过的保险套,甚至是带血的。

　　可能是级别太低,夏花所听到的传闻都是不指名不道姓的,所以无法对号入座,总不能一竿子打翻一船人吧,她也就一笑而过了。此时被米栗这么一说,她倒是想起来,很少听布草房的同事提到总经理的八卦。

　　向米栗问起,米栗一语道破:"他每天在酒店上下转悠,想议论他也要挑地方啊,万一隔墙有耳,怎么死的都不知道。——再说了,你是新人,除了我,谁会在你面前泄露天机?"

　　夏花突然聪明了一把,迅速总结道:"好了,明白你要说什么了。珍爱生命,远离总经理!"

第三章　考验，无处不在

有阳光的地方就有阴影，古今中外，没有例外。

"Lady first" 是绅士讨好淑女的把戏，格子间只有男女没有风度，梨花带雨再有风韵也只能回家表演。

虽然夏花很惜命，但只要还在酒店一天，就不可能彻底远离总经理。甚至，自从知道两次为自己解难的是高景生，夏花见到他的频率似乎一下子多了起来。

她发现，这位总经理并不像传说中危坐办公室而已。他经常一层一层地巡楼，到前厅和各个部门走动，关心同事、了解状况。

夏花也发现，总经理不但长得英气，看上去很有男子气，而且从来不发火，也不摆架子。他的嘴角总是微微上扬，带着若有若无的微笑，遇到认识的人，他都会微笑着打招呼，和煦如春风。

夏花越看他，越觉得他真是魅力四射。但一想到米栗给她的情报，又忍不住感叹，造物弄人。

据说，高景生在留学欧洲的时候，因缘巧合认识了夏花控股的大老板，一位爵士夫人，得到对方赏识，受邀进夏花酒店做见习行政经理（Management Trainee），从最底层开始锻炼。之后几年，他的天分得到充分发挥，努力也得到了高层认可，从此平步青云，现在更是整个夏花中国唯一一个能与顶楼那群白人平起平坐、分庭抗礼的黄种人。

夏花再迟钝，也能从米栗那略带遗憾的声调里听出话外音来：爵士夫人的赏识，哪是一般二般的赏识。

按中国人的说法，这叫裙带关系？

爵士夫人，一听称呼就知道是个行将就木的欧洲老太太。于是，夏花的脑海里，时不时浮现出一个一脸皱纹的老太太和一个花样美男在城堡里互相依偎的场景。然后她会浑身一个激灵，长叹一口气："可惜啊可惜……"

可惜有阳光的地方就有阴影，古今中外，没有例外。

可惜归可惜，她又救不了他。再说了，指不定人家乐在其中。

对夏花而言，目前最重要的事情，是顺利通过培训考核，早日转正，上前台。所以，她努力地学习，卖力地工作，对待所有草料都是一丝不苟、恪尽职守，终于以96分的做房成绩从布草房毕业。

莫大姐公布成绩单的时候，特意点名表扬了夏花，夸她做事认真。夏花见气氛融洽，顺势向莫大姐打听了一下，自己下一步将会分派到哪里。

莫大姐分析道："要让你学会照顾客人的衣食住行，接下去无非就是调到餐饮、礼宾或者商务中心吧。"

夏花安了心，准备平静过渡。谁知，在她离开布草房之前的最后一天，发生了一起令她啼笑皆非的事件，打破了之前的全部平静。

当天临交班时，突然冒出两个团队退房，整个客房部忙成了一锅粥，不得已，全体加班。布草房的全体执房协助前台办好退房手续，并将房间整理干净，花了三个多小时。夏花又累又饿，眼冒金星，但换了制服之后，想到明天就离开客房部了，有些不放心，又拖着最后一点体力检查了她执勤的北楼十层的布草房和储物间，这才决定回家。

站到电梯前，夏花心里终于放松了下来：在夏花酒店的第一关，总算闯过去了。

就在她电梯门开的那一刻，她听见身后一个男人抑扬顿挫的声音："Hi～"

后来夏花一直很后悔,如果当时她不回头该多好。

可是她作了正常反应,回了头。

一具光溜溜的男人身体呈现在她面前,一览无遗。

那个男人还算得上年轻,三十出头的样子,但已经有了将军肚,脸和脖子通红通红的,明显是刚喝了很多酒。

夏花鬼叫一声,冲进电梯,拼命按键,迅速关了电梯门下楼。

到了大厅,夏花出了电梯便抓住身边的人说:"十楼有个暴露狂,赶紧,赶紧找人去抬走他!"

"什么暴露狂?"被她抓住的人显得很冷静,对比夏花发颤的声线,这个声音也显得格外好听。

夏花抬头一看:"总经理?!"吓得赶紧松了手,连连后退。

高景生整了整被抓皱的衣物,问:"你刚说什么暴露狂?"

夏花的声音仍在发抖:"就,就是十楼,走廊上有个男的,什么都没穿……"

高景生皱着眉听完,对身边一个帅小伙说:"你看着夏花,我上去看看。"

夏花惊魂未定,低着头,双手绞着衣角,心想:"看着我干吗?贴钱请我去我也不去看那个裸奔的!"想到刚刚那一幕,忍不住又是面红耳赤。

身旁的帅小伙已经静静观察了她半日,忍俊不禁:"你运气真好,才来几天啊,就有免费裸体秀看。"

夏花侧头瞪了他一眼:"我可不想长针眼。就一撒酒疯的……谁想看啊……"突然发现有个地方不对劲:"你怎么知道我才来几天?"

"夏花的大名谁不知道?"帅小伙笑容有点邪气,但丝毫不妨碍他的漂亮,"我是餐饮部的杜克瑞,你好。"说着伸出了手。

伸手不打笑脸人,夏花只得跟他握握手走个形式。

"事情应该没那么快解决好,咱们到旁边坐会儿?"杜克瑞探问。

也只能如此了。夏花带着忐忑的心情,跟着杜克瑞到厅侧坐等消息。

已经入夜,北楼大厅的客人不多。夏花和杜克瑞坐了几分钟,没见电梯有动静,倒是看到南楼前厅的行李员,来自印度的拉吉(Raji)先生拿着张门卡匆匆往北楼赶。

杜克瑞赶到电梯前探问拉吉:"十楼召唤?"

拉吉一开口,一口极地道的北京话直接镇住了一旁的夏花:"高总电话打到前台,说是1023出包,让我上去解围……电梯来了,哥们,晚点找你聊。"说着钻电梯里去了。

夏花为印度同事的中文程度震惊的同时,自然听到了1023几个字,心中满是怨念:怎么又是1023?那到底是哪方的神仙啊?事儿还真多。

杜克瑞打量着夏花的神色:"知道1023住的谁吧?"

"啊?"夏花回过神,摇了摇头,"不知道啊。"

杜克瑞装出教育者的神情:"1023是裴少的房间。他是酒店的VIP客户,大家都要小心伺候着,就你莽撞。"

"这么变态的VIP?"夏花有点激动,"一个陌生大男人突然脱光了站我面前,我的第一反应当然是暴露狂,难道我还能想到他需要我帮忙吗?"

杜克瑞摇了摇头:"你是做服务员的,只要还在工作场合里,当然要扮演好自己的角色,随时听候差遣。"

夏花面露难色,另一方面也压不住好奇:"你说1023住的是什么人?"

"裴少,城中有名的四公子之一,娱乐圈有名的小霸王,难道你不看娱乐新闻?"

夏花呵呵笑道:"哪有女人不八卦。不过,我比较关注女明星,而不是富二代。"

两人东拉西扯起来,夏花知道杜克瑞是酒吧的调酒师(Bar Tender),一时兴起,跟他请教起调酒知识来,也算是相谈甚欢。但没维持多久,高景生绷着一张脸出了电梯,身边跟着拉吉。

夏花看到高景生的脸色,心中咯噔一下,当即站了起来,半低了头:"高总。"

高景生看了她一秒,下一刻说的却是:"你不是下班了吗,怎么还在这里?"

夏花愣了一下，脑子没转过来，还想开口询问十楼的事情处理得怎样了，杜克瑞蹿到了身前。

只听杜克瑞笑嘻嘻道："高总好走。"一副要目送他离开的样子。

高景生点了点头，径自离去。

见人走远了，杜克瑞忙拉住拉吉问："裴少今晚应该没喝高才对啊？"

拉吉驻步同杜克瑞说："不知道有没喝高。说是吐了一身，想回房洗个澡，全身上下脱干净了，把房门错当卫生间门，把自己锁到了屋外，只好随地拉人求助。够滑稽的。听说吓到其他住客了。"

夏花听着感觉有些异样，但脑子里乱乱的，一时间竟理不清头绪。

拉吉和杜克瑞哈拉了两句，跟夏花也打了个招呼，又赶前厅去了。这时杜克瑞才把夏花拉到一旁，低声说："你运气好，高总装不知道，还帮你瞒了身份。你也当今晚没事发生，别再提你见到什么了。"

夏花想不明白，明明是那个裴少自己行为不检，她又没错，有必要这样遮遮掩掩吗？她心直口快，想到什么竟就冲口而出。

"都不知道说你简单还是说你傻。"杜克瑞撇了撇嘴，"在这些高级酒店混迹的，有几个善男信女？那个裴少是什么阵仗都摆得出来的。自己不机灵点，小心以后被人卖了还帮人数钱。"

夏花一时半会还跟不上杜克瑞的思维，但是她不笨，她知道杜克瑞是为她好。虽然彼此是第一次见面，但杜克瑞的坦诚让她很舒服，心里的距离一下子拉近了，感觉好像认识了许久的朋友。

很多很多年以后，夏花仍清晰地记得这一天的经历以及初见时杜克瑞的模样。她想，这就叫一见如故吧？

和杜克瑞别过之后，夏花出门赶班车，谁知最后一班公交已经开走，她只好转去的士站，准备打的去地铁口，转乘地铁回家。

夜渐深，天气有点凉，夏花下意识地扯了扯外衣，加快了脚步。

未走到的士站，一辆奥迪停在了她身旁，车窗摇下，露出高景生那张线条分明的脸："去哪儿？我送你。"

夏花有些不好意思："高总……我要去地铁站，打的就可以了。谢谢您。"

"晚上一个女孩子到处跑，不安全。反正我有时间，送你一程。上来吧。"高景生说着下车拉开了副驾车门。

夏花再没理由推辞，只得战战兢兢坐进了总经理的车。

高景生帮她关上车门的时候，她悄悄抬眼瞥了高景生一眼，一句"谢谢"说得有些卡。因为她脑子里万象更新，此时正在心里感叹：长得英伟，举手投足这般绅士，称得上是刚柔并济了吧？难怪行将就木的爵士夫人都忍不住要将他纳为入幕之宾。

想到一老一少腻歪的场景，夏花抑不住又是一阵鸡皮疙瘩。

高景生似有察觉："怎么了？哪儿不舒服？"

"没，没什么。"夏花似被人看穿心事一般，脸上烧了起来，"有点冷。"

道旁的路灯并不算明亮，高景生也看不清夏花的脸色，只觉她声音有点不对："是不是着凉了？身体是革命的本钱，要自己照顾好。"说着伸手转了转空调。

"嗯。谢谢领导关心。"夏花的声音小得像蚊子叫。

高景生换了个话题问："晚上都回家住吗？"

"嗯。"

"住哪里？"

夏花报了个大概位置。

高景生把平板电脑转向夏花，指了指卫星导航地图："找给我看看。"

卫星导航真可怕，不足一分钟就让夏花找到了自家老屋子的位置。

高景生看了看，随口问："老城区啊。跟家人一起住？"

夏花实话实说："基本上是自己住。"

"怎么说？"

"我很小妈妈就不在了，我爸是跑船的，常年不在家。奶奶几年前也过世了。所以就一个人。"说完夏花也觉奇怪，自己怎么一口气说了这么多。

"哦。还挺独立的。"高景生不带色彩地评价了一句，接着问，"别人问你家里的事,你都答得这么详尽的?"

"不一定。"夏花侧了侧脸,"你是总经理。"

高景生嘴角撇过一丝若有若无的笑,语气也变得难以捉摸:"小姑娘,没人告诉你公私分明就是不要把私事带进工作里吗? 就算关系再好的同事,你也没必要告诉人家你家里有几口人。"

敢情这总经理是在考察她来着。夏花顿时语塞,半天才应上句:"知道了。"

很快没了话题。

这一整天,夏花又累又饿又惊吓一场,没多久便睡着了。

高景生一路把车开到了夏花家外面那条小巷的入口,实在进不去了,才靠到了路旁。看到夏花睡得正香,他心中不免有些感叹。

他也觉得奇怪,自己怎么就突然有这等闲情逸致,送个小丫头回家。她只是个小小的培训生(Trainee)而已。虽说他有责任照顾底下的员工,但照顾到家,有必要么?

他看过她的资料,除了名字特别点,只是一个普通得不能再普通的一线员工。背景简单,学历一般,能力平平,身材正常,相貌充其量只能算甜美。她还是只菜鸟,兢兢业业也挡不住小错不断,她甚至在开工第一天,就在工作场所又哭又喊。

在北楼天台的时候,他其实很想对她说:你难道不知道你犯了职场女人最大的忌讳么?

"Lady first"是绅士讨好淑女的把戏,格子间只有男女没有风度,梨花带雨再有风韵也只能回家表演。——在欧洲的夏花控股及其旗下酒店,这是许多女同事的座右铭。

可是,她哭得起劲,还一副理所当然的样子:"我男朋友不要我了,哭两声哀悼一下还不行么?"听那口气,应该还不知道他是谁。气鼓鼓,吃了熊心豹子胆的样子,散发着年轻女孩特有的张扬,却只叫人想到了,也只有这个年纪,才能这样拿得起放得下。

或许那时他便被挑起了兴致。因为，这样一张白纸，许久未曾见过了。

夏花是新酒店，招的多是有从业经验的。眼前这个夏花若不是占了名字的便宜，又勉强够上了前台的招聘标准，怎么可能录用。

也不知道这张白纸画花了是个什么样。

任何人到了这个花花世界，都会染上一身的颜色。只是有的成了艺廊的巨作，有的成了街角的涂鸦，有的则成了公厕的手纸。

以她的资质，若无人从中指引，最后应该也只是草纸一张吧？

他心里想，眼前这个夏花，他是否应该放任自流，以此来验证自己的眼光？

他心里在天人交战，夏花却是连睡觉都一脸的认真相。莫名其妙有点不甘心，于是推醒了她："夏花，到了。"

"呃。"夏花睁开眼，神色有些尴尬，"我居然睡着了……"说着便推门下车。带上车门，不忘继续礼貌一番："高总，真的太不好意思了，耽误您这么长时间。对不起。您有事要忙吧？那赶紧去吧。"

高景生轻笑："我没什么要紧事。就是晚上无聊，出来随便转转。"

夏花看他不像说笑的样子，再一思量，也对，高景生住在酒店的行政套房里，虽然酒店里什么都有，但毕竟是工作的地方，肯定会审美疲劳。他的生活是典型的吃喝拉撒一栋楼，确实是很无聊。想着，释然了。挥挥小手，自己顺着小巷往家走。

夏花才走了几步，高景生便追了上来："小巷子怪暗的，我还是送你到家门口吧。"

夏花客气地婉拒："这太麻烦您了高总。真的不用。这条路我天天走，闭着眼睛也能摸到家门口。"

"我人都到这里了，没道理让你自己回去。就这样，走吧。"这口气，没得商量。夏花唯有随他高兴了。

一路上，高景生都不自觉地在皱眉："这是老区，治安不太好吧？"

夏花用稀松平常的口气答道："还好，刑事案件发生率没有商业区高。再说,这里也快拆迁了,很多人都开始搬家了。"

高景生问:"你什么时候搬?"

"等我爸回来再搬,不然他跑船回来,无家可归怎么办。"

"我听说这里拆迁手段挺强硬的,能等吗?"

"放心吧,早就取消行政强拆了。大不了我当几天钉子户。"

"这巷子还挺长的。我看,你以后要是上晚班,就留倒班宿舍休息,等天亮再回来。不然一个女孩子走夜路,搁哪儿都不安全。"

"倒班宿舍?"夏花重复了一遍,突然觉得有阵阴风撩过脖子,毛孔立马竖了好几根上去,"就北楼地下室那个……是吗?"她想说的是,那个躺尸间是吗?想到对方是总经理,生生吞了回去。

倒班宿舍,屈机带她去过一回,在北楼地下室,更衣间的隔壁,整整两排。为保证员工休息,都是设的独立小房间,平常若排上了前半夜的班,领班自会给她们一个签子,到了凌晨下班的时候,自己去找倒班宿舍管理员换张房卡休息。屈机还告诉她,倒班宿舍最里头一间房一直没人住,相传酒店建立之初,有个客房部女孩为情所困,在那里割了手腕,血淌红了半个屋子,因是地下室,阴气足,女孩死后留在那里一直没走,一到夜晚就出来找替身。听过这个故事,夏花一直对倒班宿舍有种莫名的排斥感。想到这,她紧了紧外衣,回道:"知道了。"

高景生没觉到异常,"嗯"了一声。

巷子虽然不短,三五分钟还是走得完的,两人一路闲聊,不觉已到夏花家门口。

夏花迅速掏钥匙开了一楼铁门,站在门边上舒了口气:"高总,我到了,谢谢您送我回来。太晚了就不请您上去喝茶了。再见!"说完把门一合,"蹬蹬蹬"往楼上跑。跑了一半还回头喊声:"您自己路上小心啊!"

高景生转身回去,一路走一路摇头一路笑。直到手机响起,卫民在电话里刻意压低了声线也掩不住着急:"我快没招了,你不救场?都开局了……"

第四章 打猫,不能说的秘密

初入职场的人,在一线打拼,只要认真做事,只要肯吃苦,就能脱颖而出。

就算你是圣母玛利亚,也不能讨到所有人的欢心。

夏花带着一场虚惊,带着 96 分的做房成绩,离开布草房到了南楼。接收她的下一个站,是恶名昭彰的餐饮部。

临行,屈机专程对她说了句掏心话:"在外企,没有人会迁就你的成长期,你只能自己适应,迅速成长,否则,就等着被淘汰吧。"一席话吓得夏花惴惴不安,怀揣千百只兔子走进中餐厅。

传说,这里的工作强度比起客房部有过之而无不及;

传说,这里的客户投诉居高不下;

传说,这里的领班如狼似虎……

传说很多,夏花进去第一天,便发现这些都不仅仅是传说。

宴会厅天天都有酒席,服务员怎么都不够用,夏花被培训专员带上岗位后,直接进入角色,开始传菜、端盘、清洁。见识过屈机 20 秒换被罩的速度,再来体验端盘子小心翼翼、缓行怕摔的工作,只需按部就班,夏花适应得还算快的。

但不知夏花的运气算好还是不好,赶上了旺季,会议餐和喜宴特别多,上午的客人还没有送走,下午的人就过来要开桌了,经常是早饭没习惯吃,午饭赶不及吃,好不容易想吃个晚饭,员工餐厅已经下班了。回到家,泡碗方便面,洗个澡,倒头便睡,一天就这样过了。周而复始。

于是,挨了两礼拜,夏花瘦了七八斤下来,原本的一点点婴儿肥跑得无影无踪,她忍不住跟米栗诉苦:"这里比客房部还可怕,宴会一场接一场,能持续到半夜十一二点,我天天饿着肚皮端盘子,又学不到什么东西,什么时候是个头啊?"

没想到米栗颇不以为意:"做酒店,哪个部门不累人的?在这里,十个人有八个的胃要出问题,我最近还常饿过头,最后什么也吃不下,光吐酸水呢,找谁投诉去?再说,你们部门不是个个都一样的嘛?"

问题是,其他同事都跟机器人似的,永远不会饿的样子。夏花想到这,特地自我反省了一下:"你说我是不是太娇气了?别人都没喊饿,就我天天饿得头昏眼花。"

米栗跟看乡巴佬似的看着她:"做餐饮的哪个不把所有菜式偷吃个遍的,别告诉我你去了这么多天,没打过猫。"

打猫,就是偷嘴。本是粤语的说法,跟着早年起家的粤菜一起普及到了酒店圈,成为从业必知的名词之一。

做餐饮的,打猫还真不是个别现象。一来美食对正常人或多或少会有一些诱惑力,二来就餐时间客人享受你干看,服务人员多少有些不平衡心理,再加上厨师、服务员都是会肚子饿的,近水楼台,打个猫在所难免。厨房里甚至有句话:厨子不偷五谷不收。

夏花还真的就没偷吃过。第一,美食谁都爱,但不是自己的,夏花绝不敢动手;第二,上过桌客人吃几口撤下的,甚至是上了桌客人没动筷便撤的,夏花都会遵照守则直接倒掉,更不会偷吃了。因为,在新人夏花的眼中,打猫是个旁门左道的事情,需要天高的胆子,地厚的脸皮。厨房有严格的食品管理条例和专门的监督员在盯着所有厨房工作人员和餐厅服务员,打猫就意味着知法犯法,如果被发现,一张过失单就会让人吃不了兜着走。

夏花带着点自豪的口气向米栗发誓,她绝没有打过猫,还没机会见识龙虎斗。

米栗一边笑,一边用不相信的口吻说:"你现在挨得住,说几句风凉话不打紧,等到年底,团拜会特别多的时候,天天加班,让你端盘子端到手脚发软,前胸贴后背,我看你还能不能当柳下惠。"

说是这样说,米栗还是出手帮了夏花一把。她私下找人力资源部套了套交情,说夏花想多学点东西。那里的人会意,同餐饮部协调了一回。没隔几天,夏花便转去了西餐厅。

连夜背了菜单,抵达西餐厅两天后,夏花开始上架帮客人点餐。

原来,点菜也是门学问。看着别的服务员怎么做,夏花有样学样,很快弄明白了基本程序。之前点中餐时候要先问客人有什么不吃的吗,避开这些,再问下吃辣吗,然后根据南北方人的不同口味点菜。现在换了西餐,虽然菜单上中英文图文对照十分详尽,但很多东西仍旧是菜单上意表不出的,比如每日的精品推荐、特价套餐要提前背好说辞,比如遇到厨房当日哪些时菜多了短了,在推荐时还要懂得变通。等等。

当然,还要学会应对客人的提问。

比如初来乍到,一个客人指着菜单问她:"这个菜味道怎么样?"

夏花带着一脸纯真回答:"味道很好。"

客人问:"哪儿好?"

夏花微笑:"用料好,厨师好,做出来的菜自然是好的。"

客人又问:"你吃过吗?"

夏花一怔,老实答道:"没有。"

客人脸往下一拉:"你没有吃过怎么知道味道很好?"

夏花无言以对,尴尬极了。

也许是虚荣心作怪,夏花把这份尴尬记到了心里。此时,她也终于有点明白了,为何餐饮部的打猫行为屡禁不止、沉疴难治。偷吃,真的是餐饮业不能说的秘密。

夏花一直思考这个问题,从人性根源、制度法则一路思考到上有所好下必甚焉。

最后她得出一个结论,没有解决不了的问题,只是有的人在其位不司其职,才导致了有空可钻,有的人上梁不正下梁歪,才引至最终的人心涣散。

在写培训期个人工作感悟的时候,夏花把她的思考成果写了进去,不让她抒发心中想法可不行。当然,临下笔她还是避重就轻了一点点。

她想,最多就是留在人力资源部作个人档案,没什么大不了,更没人会当回事。

夏花没想到,她这份工作感悟,没有交到餐饮总监手中,也没有留在人力资源部培训中心,而是作为抽检被递呈了总经理办公室。

当高景生见到那份热情洋溢的工作感悟,哑然失笑。这个小丫头,还真是初生牛犊不怕虎,一点也不省事。

下一刻,他却亲自拨了卫民的内线,把人叫过来,坐议夏花这份史上最有意思的培训感悟。

作为一个中年人,卫民的形象还算保持得不错的,唯一的败笔就是头顶那个发亮的地中海。做酒店业又不是搞艺术,弄个光头不好看,他只能屡屡望镜兴叹:明明那些小孩子想叫他叔叔伯伯的,瞅一眼他那头,就喊出爷爷来了。这种遗憾慢慢演变成了心理暗示,每次肚子里一打起什么小九九,他就会不自觉地抬手摸他发亮的地中海。此时他瞄了高景生一眼,嘴巴都咧到脑门后了,却明知故问:"嗯,挺有意思的。高总您叫我来,是让我给她开张通行证?"

高景生道:"人是你招来的,你想怎么样就怎么样,自有你那一套程序。我哪有胆子在师兄面前指手画脚?"

卫民将那张总结放到桌上,手指却不愿离开,敲了许久,说:"可以是泥牛入海无消息,也可以是一石激起千层浪。"

高景生不自觉地抬头望向百叶窗外,外头是开放式的行政办公室,大秘二秘各司其职,不断有各部门秘书上来交接个文件,但他的房间隔音效果很好,一点也感觉不到外面的动静。对门那个跟他办公室等大的隔间也是门窗紧闭,一点风都漏不出来的样子。"这么好的局面,这么好的物件,当然要物尽其用。"他如是说,"下次下棋,早点通知。我得准备一下,不然跟不上您老的思维。"

"得了,说到脑子,谁敢跟你比。不然今天就不会你是老板我是伙计了。"卫民将手下那张纸收了起来,边撤边笑,"你小子,够沉得住气的。"

作为同级,卫民给餐饮部总监许兆开提了个不软不硬的醒。当然,有提等于没提。上午漏完信,许兆开还没想到法子整治下面那帮猴子猴孙,总经办行文便下达了。

根据总经理的最新指示,以后每天每个班次都提供给餐饮部全体员工一场试餐(Taste),并且由主管经理、主厨或者餐饮总监做菜式讲解。当然,吃完是要做功课的,每人要提交一份食评作业(Paper Work)。

夏花看到总经办的行文公告,直接把总经理高景生封为偶像。在她看来,总经理此举既满足了员工的欲望,又解决了打猫的症结,真是一举两得。

米栗掩嘴取笑夏花:"这样就成你偶像了,若让你早些遇到他,岂不是要爱死他?"

夏花追打了米栗几拳,接着问起高景生的丰功伟绩。

米栗俨然导师的模样:"像你我这种初入职场的人,在一线打拼,只要认真做事,只要肯吃苦,就能脱颖而出。等千辛万苦爬上了中层,彼此能力智商在同一水准,人人有自己的生存法宝,此时想要更上一层楼,就难上加难了。举个例子,就姚晶晶这种厉害角色,从前台招待员到前台经理,也要花足足十年时间。高老大跟姚晶晶年纪差不多,几年前在欧洲就已经是夏花一家旗舰店的总经理了。你说,他强到什么程度?"

夏花听得直啧啧:"真是神仙放屁,不同凡响啊!看来我真是入对行业了。这里是卧虎藏龙啊!"

米栗点头,继而提醒夏花说:"话说,我发现你有点缺心眼儿。做酒店的,卧虎藏龙的另一种说法叫环境复杂,不多长个心眼,很吃亏的。"

夏花虽然感激米栗的关心，但心里是另外一套想法，而且直接蹦了出来："环境再复杂，我只要认真做好分内的事，不去得罪人，又怎么会吃亏呢？"

米栗说："你傻呀，做服务业看客人脸色为的什么？不就为了小费比工资高？否则就那两三千块工资，不饿死你！"

夏花自然是知道小费是服务业人员的主力收入，她念书时候也实习过，但一来中国人给小费并不勤快，二来总觉得在受人"打赏"，有些不好意思。老师们也说她做服务工作不够主动，所以大学好几年她都有意识地在纠正这个心态。但江山易改本性难移，在布草房的日子里，夏花为数不多的几次小费，还是在屈机、莫大姐点头的情况下战战兢兢收下的——她仍在作自我调节。

米栗是在欧洲受的教育，服务观念早已深入骨髓，对夏花做了长长的一番态度教育，说到口干舌燥，见夏花认罪态度良好，开始总结陈词："布草房你知道了？那算二线的，小费不高，一线的，前台、大堂、餐厅，都是不错的。"

夏花不自觉搔着头："西餐厅老外多，给小费的也多。可是中餐厅，尤其宴会厅，哪来的小费啊？"

米栗摇了摇头，又开始叹气："西餐不说了。中餐宴会更有得赚好不？主要是酒水。那些不要了的瓶盖啊、酒瓶啊，就是外快，他们中餐厅每周都会将回收酒瓶的钱按班次人员分摊下来。分到包厢的就更好了，一般客人找零都不要了直接给服务员，运气好开瓶路易十三，酒瓶就能卖个五六千。别告诉我你没领过小费，虽然你是新人，他们也不会那么不地道。"

夏花这才明白过来："哦，原来每周调班时候，领班发下来的钱不是酒店给的补贴，是小费啊？"

米栗拍着夏花的肩膀说："好好干，好好干！你，可塑性真强！"

夏花知道米栗是绕着弯损她，但有个这样的朋友还真不赖，对枯燥的职业生活是种调剂。反正这会儿她正乐呵着，随便米栗怎么说都行。她暗下决心，要多看多学，早晚有一天让米栗刮目相看。米栗都说了，下层的只要努力就能出成绩。这么好的环境，让她有幸挤了进来，可不能坐失机遇。

新令下达，新人夏花尚且欣喜，餐饮部的一线员工自然是全体雀跃不止，就差没开个同乐会了。但有人欢喜就有人愁，财务总监薛万豪随即呈了份条目清晰的财务预算及酒店阶段性资金报表给行政办公室。根据上面的不完全统计，每餐每个班次全体餐饮职员的试餐是笔细流成河的开销，平均每天五千元以上的直接成本，一年下来便是二十多万的开销。虽说二十几万对夏花酒店来说是九牛一毛，但作为一个单项支出，财务部的节流考量也不是无的放矢。为此，据说薛万豪在他秘书面前摇头摇得几乎要掉脑袋，一直在感叹："家大业大难当家！"

谁都知道财务部看的不是总经理的脸色，但谁也不知道为什么总经理没跟财务部打招呼就出文，众人的心都提到了嗓子眼，睁大眼睛等下文。

夏花听闻财务试图否决总经办议项，觉得很不可思议，终于体会了米栗所述的酒店势力分布是怎么一回事，对被人勒着喉咙的最高决策人高景生又多了几分同情，心想：果然是家家有本难念的经，人人有件烦心的事。不过，同情归同情，轮不到她操心。人家再惨也是总经理，她再舒服也是一打杂的。眼下的工夫，她还是集中全力做好本分最重要。况且，坐得其位，必有其法。她相信，她见识过的高景生，会无往不利。她莫名地相信他的能力。

夏花没有估错。试餐政策卡了几日之后还是付诸了实践。

夏花跷着脚跟同事们在边厅试餐的时候，听闻了上面的最新战况。她素来慢热，加上工作忙，同事又太多，一直没什么机会亲近大家，平日看到的都是机器人似的端盘工，这个时候才发现，这些人都有够八卦的。——敢情八卦是酒店的文化？

据说，薛万豪此举正中了总经理的下怀，于是总经办又出了一套针对财务审核的措施。总经办传话出来，餐饮部的打猫问题不能不解决，财务预算也不能不考虑，为节省开支并解决症结问题，也为给餐饮部立一个良好典范，决定将西餐、中餐的六个经理辞退两个，责令餐饮总监加强各厅管理，以身作则，因此增加餐饮总监的工作量的问题，加薪解决。

一个餐厅经理年薪有十五万左右，辞退两个就节省了三十万开支，用以支付试餐成本二十万,再给许兆开加薪五万,酒店还赚了。

一顿试餐,牺牲了两个经理。大家刚开始有点食不知味,毕竟有点兔死狐悲之感。但因为上头强调了不会裁退一线员工,有好吃好喝的,何乐而不为?很快便麻木了,一场风雨很快成了众人餐桌的佐剂、流言的种子。往往试餐开始,上面主厨讲解,下面八卦声起。

有人感叹:"乖乖,这账算得忒精!"

有人给补充道:"肯定是卫总监给策划的。谁不知道他是总经理的军师。"

有人直接丢出了答案:"听说卫总监在欧洲很多大酒店大集团做过财务总监,虽然在夏花是做人力,可底子在那摆着,人多牛啊!"

夏花听得稀奇,但她不习惯和不熟的人聊太多,只坐着埋头吃东西。想不到同事们并不打算放过她,纷纷搭讪问起她的名字由来。

夏花笑着第 N 次回答:"名字当然是爸妈给起的。"

大家七嘴八舌地说着她刚来的时候可把他们都稀奇住了,幸亏酒店是外国的牌子,如果是私营企业,大家可要以为她是太子公主下访了。说着有人问起她家里是做什么的。

夏花想起高景生的点拨,当下想了又想,只说:"家人都不在这边。就我一人在这边工作而已。"

人家再问,她笑而不语。心里想,总经理就是总经理,真有先见之明啊。幸亏有他提醒,她才免于落入市井八卦的深渊。

但她没想到,不仅一线员工、侍应生们是这样,连堂堂餐饮总监许兆开也难以免俗。一次试餐完毕,离开大厅的时候,夏花随着人群走,不知不觉挤在了许兆开身边。许兆开扫了一眼她的名牌,笑得十分祥和:"夏花是吗?名字爸妈起的?"

夏花微微一笑:"是啊,没得选。"有得选我才懒得跟酒店撞名呢。天天有人问,烦不烦。

许兆开继续问:"老家哪儿的?家里都有什么人?"

夏花继续她刚练就的标准答案："家人不在这边。"接着礼貌地点头表歉意，说是要赶工了，赶紧撤了。

事后，夏花跟米栗抱怨起自己的名字可真烦人。米栗一边夸她答得好，一边提醒她："反正你在那儿只是走过场，别跟那帮人太亲近了。少说话多做事。家里干吗的，有几个人，关他们什么事？人事部都未必问那么细。自家的事情没必要讲给外人听，别没事给人留话柄。将来有得你烦的。"态度和高景生如出一辙。夏花谨记于心，遵照办理。

西餐厅琐碎事情很多，样样都要学，夏花守着蒸汽式咖啡机，打泡拉花学了好几天还是学得不伦不类，打个圣诞树，谁看都像米田共。夏花想到念书时候在洋餐厅打工，学打甜筒就学了整整两个礼拜，眼下更加意识到自己天分有限，唯有以勤补拙，如米栗所提示，少说话多做事。

不管许兆开看上去有多么祥和儒雅，夏花只要一想到进餐饮部前听到的种种传言，还是会把一颗心提到嗓门眼。

果然，没几日，她又长了眼界。

话说试餐一举，总经办行文直指餐饮部的内控出问题，许兆开自然要整顿内务，杀鸡儆猴，于是在例会上一再强调，打猫已成为本部门的大忌，切莫再犯。

偏偏就有人铤而走险，被抓了个现行。那位侍应生据说是饿一天了实在受不了，撤盘后抓了块豆腐进嘴巴里，撞上了值班经理。例会上，值班经理给侍应生发了十盘豆腐，要求他坐大厅里吃，一边吃一边喊："我最喜欢吃豆腐了！"树要皮人要脸，那个侍应生连该月工资都没结，当天自动离职。

打猫，这个餐饮业不能说的秘密，在夏花酒店从此成为不可能的事情。

当然，这一切对夏花并无实质性影响。她在西餐厅慢慢熟手，总算可以离开领班视线，偶尔还做做替补咨客(Sub. H，Substitute Hostess)，独立接待客户了。

这天，一对二十多岁的帅哥靓女出现在餐厅入口，刷房卡的时候，夏花发现显示的是单早，她当即将客人拦住了："不好意思先生，您的房间只赠送一份早餐,您需要另外购买一份早餐券。"

帅哥瞪了她一眼:"应该是两份早餐的,问你们前台去。"

夏花来此时日不长,但这类公子哥儿也见到不少,唯一的解决办法就是从头到尾都赔着张笑脸:"我们这边是显示的单早,要不您再跟前台确认一下?"

帅哥脸拉了下来:"那你去确认啊。"

他旁边的靓女也白了夏花一眼:"该做的不做,什么毛病!"

此时,如果咨询台有人上班,用得着夏花这个替补吗?她怎么可能擅自离岗去帮找前台确认这个九成九的事实?她只能继续保持微笑:"先生小姐,我这里不能擅离岗位。给两位添麻烦了,请原谅。"

"算了算了。"帅哥不耐烦地甩甩手,拉了女朋友回头,"宝贝,我们到对面去吃私房菜,嗯?"两人也没再计较什么,就走了。

这些有钱人不会在意两百块的免费餐的,于是,夏花未以为意。

她万万想不到,这位帅哥是城中的四公子之一,官三代+富二代的完美结合体,人称安公子,是酒店的 VIP 客户,也是不好惹的主。当天中午退房,他是信用卡连带着 VIP 金卡一起甩给了前台。

前台当天是两个女孩当班,付恺芪和舒佳欣,两人都是新到任的前台经理助理,遇到大客户要取消协议这样的大事,都慌了手脚,急忙通知值班的客户关系经理(GRO,Guest Relation Officer,隶属前厅部)。结果这位客户关系经理初来乍到,与安公子也联络不上感情,最后出动了前台经理姚晶晶,套出缘由,好话说尽,旧情燃起,安公子勉强点头"再试一段时间"。

虽然事情解决了,但大堂副理的值班日志(Log Book)上黑了一笔,总要有人埋单。

西餐厅的值班经理是个毛躁小伙,一开口便是解决方案:"反正夏花是前台的人,就让前台领回去管教好了。"

姚晶晶云淡风轻地丢了句:"夏花的培训期还没过呢。一切让许总监来决定吧,我们怎么可以僭越。"便回去了。

夏花从听说被投诉开始，便一直强忍着眼泪不敢有任何动静，到这个时候已经接近绝望。她再笨，再不谙世事，总还是知道餐饮部的现况的，正值多事之秋，许兆开再慈祥和蔼圣人转世也容不下犯忌讳的员工吧？——她反思整日，终究还是找不到自己的错，只找到了委屈，所以她不觉得自己是犯错的员工，而只是犯了忌讳的倒霉虫。

　　一连两天的忐忑不安过后，夏花得到正式通知，她将调离餐饮部，前往康乐部继续培训课程。下班的路上，她隐匿两天的眼泪终于飙了出来。

　　她打电话过去跟米栗诉苦，说到一半发觉不对劲，才知道米栗病了。因为连续加班，天天三餐不济，胃痉挛进了医院。

　　夏花要跑医院去看米栗，被拒了。过了一天才去接她出院。

　　米栗脸上仍旧没半点血色，夏花感叹了几句，说着说着又忍不住想到自己的境遇，委屈地抱怨了几句。

　　米栗有气无力地说："就算你是圣母玛利亚，也不可能讨到所有人的欢心。如果做得不开心，就早点退场，不要耽误自己的青春。"

　　夏花当即哑口。她是有怨言，可是还不至于要放弃。

　　米栗看她的表情，了解三分，忍着胃痛笑道："被人轻视、嘲笑、羞辱、诋毁，几乎每个人都是这么走过来的。不想再遭遇这样的状况，只有自己好好修行，修炼到百毒不侵为止。——这句话你收着，能用。话是姚晶晶教训我们的时候说的，虽然我挺不待见她，但她的话有时候还真挺靠谱的。"

第五章　顾客，永远是对的

顾客根本不会有错，想要讨论顾客会不会错，本身就是大错特错。

在其位，谋其职。很多事，人家是周瑜打黄盖，一时看不过眼强出头的下场极可能只是坏人好事惹人嫌弃。

夏花消化了米栗的劝导，收拾了心情，等待人力资源部的第三道派遣令。没想到她连连撞运，人力资源部没有派专员下来，而是直接来电召见。夏花的一颗心连日来七上八下，到这个时候已经没什么感觉了，心想卫民无非是要教育她一场嘛，听听就过去了。

她终于没有猜错。教育是要教育的，但是教育她的人不是卫民，是高景生。

高景生坐在卫民的办公室里接见夏花，背椅半转，第一句话便是："你知道你错在哪里吗？"

我没犯错，我只是犯了点忌讳而已。夏花心里是这么想的，但是面对总经理，这话不好说出口，她最多只能昧着良心摇头，还要带着一脸的无辜。

高景生也跟着摇了摇头："还没意识到自己错在哪里。看来你还有得学。最起码的待人接物都不会，怎么做好前台这份工作？"

夏花心里的委屈这个时候全面升华，二话不说，眼泪啪啪地掉个没完。

高景生脸色暗了下来，半天不动声响。见水龙头关小了，才递了纸巾盒过去："把脸擦一擦再说话。"声线是前所未有的低，冰冷中带着一丝不耐烦。

夏花一紧张又开始打嗝，侍弄半天才平息过去。这个时候，夏花终于可以好好说话了："我没对客人不礼貌，那天安公子的房卡……"

"不用解释了。"高景生打断她道，"不管谁对谁错，做酒店业，来的都是客，服务第一。尤其一线岗位，客户就是上帝，客户绝对不会有错。你上学时候老师没教过你吗？"

夏花定定地看着高景生。他没说错，好多门课程都有提到那个著名的服务业"七出之条"：

第一，顾客绝对不会有错。

第二，如果发现顾客有错，一定是我弄错。

第三，如果我没有弄错，一定是因为我的错才害顾客犯错。

第四，如果是顾客自己搞错，只要顾客不认错，他就没错。

第五，如果顾客不认错，我还坚持他有错，那就是我的错。

第六，总之，顾客绝对不会有错，这句话绝对不会错。

第七，顾客根本不会有错，想要讨论顾客会不会错，本身就是大错特错。

夏花脑子里过了一遍七出之条，发现自己七条全犯了，简直是罪无可恕。她念书时候还是很用功的，但没想到她学到的理论是以这样一个血淋淋的方式得到论证，当即垂了脑袋："好吧，我承认，我错了。我根本不应该试图解释，因为解释就是掩饰，掩饰就是确有其事。"

高景生没想到她前一刻还理直气壮，后一刻便低眉顺眼，认罪态度奇好，之前的怒气一扫而空，不觉笑了出来："刚出道谁不犯点错。下次不再犯就是了。我问你，再遇到这样的情况，你怎么处理？"

"怎么处理？"夏花愣住了，这不是得寸进尺，为难人吗？

高景生的眼神有点咄咄逼人："你看，你还是没有认识到自己的错误。是不是打算痛定思痛，积极认错，绝不改正？"

夏花的头摇得跟拨浪鼓似的。

高景生见她态度并非敷衍，索性好人当到了底："如果我是你，我当时就会跟客人说,现在再查系统还会是一样的结果,需要查手工入住单,这样会耽误您的时间,不如两位先进餐厅用餐,第二份早餐我先给您挂上账,具体的费用退房时候再让前台仔细核对。您看怎么样?"

夏花抓了抓头发:"就是把人放进去就可以了?"

高景生直摇头,话不答题,但直捣黄龙:"像安公子这样的客人,面子比什么都重要,你让他在女朋友面前下不了台,他当然要投诉你。"

夏花嘴巴张得大大的,终于醒悟。原来是国粹,面子问题。

高景生最后叮嘱了夏花几句,叫她机灵着点,要让自己圆融起来。

圆融?夏花脸上浮起一丝苦笑,是圆滑吧?看着高景生恳切的表情,她把话留在了心里。

领了培训通知离开人力资源部,她一路走一路检讨,在走到酒吧之前,她想通了,高景生说得对,要生存,自然要去适应环境,难道还等着环境来适应你么?

想通之后,她仰着头找到了下一站的主管,杜克瑞。

与上次相比,杜克瑞的头发短了足足两寸,但新发型看上去十分爽利,突显了他有点邪气又有点浪漫的笑容。因着已识多日,夏花面对杜克瑞轻松许多,递了培训通知过去:"我来报到的,以后请多多关照!"

杜克瑞见到夏花也是一副很高兴的样子:"嘿,又见面了。"

"嗯。"夏花微笑点头,"而且以后要天天见了。"

"太好了。"杜克瑞演舞台剧似的仰首、又开臂膀,"我终于也可以使唤人了!"

杜克瑞的热情让夏花十分轻松地进入了酒吧女侍应生(Waitress)的工作氛围。

除了夜班这点比较折腾人之外,吵吵闹闹的酒吧还真是个培养欢乐性格的好地方。夏花在这里一边听着音乐,一边见识各式人等,心里觉得这样挺好,多接触,多适应,到了前台应该更容易上手。

不过首先,她必须学调酒,这可是个技术活。虽然杜克瑞是个好师傅,夏花却不见得能快速出师。光是让她把四大基酒、六大蒸馏酒、各种酒杯和常用调酒器认识下来,她日读夜读,花的时间就是杜克瑞当年的五倍不止,收效缓慢。

还好,以勤补拙的做法是对的,一周后,夏花总算认清了各种规格的调酒壶,叫得出隔冰器、制冰机、渣滓过滤器了。

杜克瑞一边说她真的是很笨,一边抱着奢望,接着问她:"除此之外你还知道点什么?"

夏花拼命地回想,这一个礼拜她就是在抹吧台、端酒杯,哪里还知道什么别的? 忧着张脸摇了摇头。

杜克瑞不死心地继续问:"几种入门的搭配你总知道吧? 比如,啤酒＋雪碧,芝华士＋绿茶……"

夏花接到提示,赶紧喊停,翻出笔记本一样一样跟杜克瑞确认:"我知道我知道! 啤酒加雪碧其实就是传说中的拉德乐(Radler)嘛! 还有几种,还有几种常见的搭配! 我都知道! 伏特加配橙汁,百龄坛配红茶,哥顿金配苏打水,杰克丹尼配可口可乐……"

杜克瑞稍稍松了口气,接着问:"都是几比几兑的你知道吧?"

夏花双手一摊,答得理所当然:"不知道。"

杜克瑞几乎厥倒。还好他有着为人师表最伟大的品质,那就是不离不弃,继续手把手教夏花调酒入门功夫。终于,在他的不懈努力下,一个月后,夏花自己摸到了当泥鳅的小窍门。

如果客人要血色玛丽、自由古巴、堕落天使、深水炸弹、绝对惊奇、螺丝起子之类的花式饮品,她不管局面如何,就是往杜克瑞身后一站,当下手可以,绝对不肯强出头。但还有许多客人来酒吧并不是为了饮酒,尤其那些单身的女孩子,来了之后往吧台前一坐,问她要点什么,她说:"随便。"或者直接叫吧台给推荐。这个时候夏花会量力而行,尝试做点推荐,如果客人是个清爽的年轻女孩,夏花会推荐朗姆酒＋毡酒＋汤力水,如果遇到不会喝酒的小女人,她就给推荐百利甜酒＋苏打水或者牛奶,偶尔遇到有点江湖味的,夏花会给她来一杯龙舌兰＋柠檬＋盐。

夏花完全是无证上岗，亏得杜克瑞一路掩护才顺利潜伏。她虽没能正式上阵，擦边球还是打得不亦乐乎的。而且她好学，背酒名这活儿虽然很为难她，她却没有退却过，在她的意识里，这本就是她该做的事情。她的学习态度征服了杜克瑞，所以，当她背出那些奇特的英文甚至法文、意大利文酒名的时候，杜克瑞比她还高兴，嚷着要上前拥抱她以示祝贺。

夏花一跳老远："别！搞不好别人以为我老牛吃嫩草呢！"这段时间的相处，加上杜克瑞无话不谈的基本态度，她大致了解到，杜克瑞是个小留学生，13岁出国，19岁拿到学士学位归国，现年21岁，看上去只有十七八岁。夏花看上去并没有实际年龄的22岁那么大，但在杜克瑞面前，总有种苍老感油然而发，面对杜克瑞的热情，时常吃不消。

谁知杜克瑞的油腔滑调怎么也改不了："我不介意啊！女大三抱金砖！"

夏花拍了他一掌："小孩子家家的，连姐姐都敢戏弄！"

以为杜克瑞还要再说出什么惊天语录来，没想他脸上的笑容跟沙漠的水滴一样，说消失就消失，还低低吼了句："夏花你先到旁边收拾下。"

夏花嘴里嘀咕着：这娃娃脸怎么跟六月天似的，说变就变啊。不情不愿地移步到一旁收拾器具，准备开业。

才转身便听见一个男人的声音，"小杜，小杜"叫得很熟络的样子。

夏花听着耳熟，习惯性地侧目瞄去。这一瞄，对上了对方的视线，顿时瞠目。

那张脸……可不就是1023的裴少。

化成灰她也忘不了。

人靠衣装马靠鞍，一身限量版名牌挂上去果然不负四公子的名号，不算凸出的将军肚被收藏得妥妥当当的，不算出彩的五官也被衬托得精神百倍。用媒体的话说，他是气质超然。

乍见裴少，夏花一颗心立时跳到了嗓子眼，真怕这位大人物记起了前情旧恨，跳上吧台给她当头一棍。

还好,贵人总是多忘事的。裴少看了她两秒,似乎没想起自己某夜裸奔的事,继续同杜克瑞攀谈去了。

夏花心中紧了又松,低了身去晾洗好的器具,拿酒杯的手有点发抖,感觉像刚打过仗,全身都是虚的,一直到裴少离开,才正式松懈下来。

杜克瑞一边检查夏花的器具摆放,一边调侃她:"知道怕了吧?叫你没事跑去看那些不该看的!"

夏花满腹委屈:"谁想看呀?又不是多帅,我还担心看了长针眼呢!——刚才真怕他想起来了跟我过不去。"

杜克瑞安慰她说:"想起来再见招拆招吧。看裴少的样子,应该没想起来。没事。他再来你还是继续装不认识。"

夏花纠正道:"本来就不认识!"忽然联想到刚刚的情景,觉得杜克瑞和裴少过从甚密,忍不住发问:"你们看上去挺熟的嘛,认识很久了?"

"是啊,好多年了。"杜克瑞答得爽快,"我读书时候,在亲戚家的酒吧帮忙,他经常过去,一来二去就熟了。"

原来如此。夏花知晓后,嘀咕了句:"但愿他不要再来跟你联络感情了!"

结果,几个小时后,裴少又出现在了酒吧,也不下台子,守着吧台无所事事。

夏花埋头擦杯子,一声不吭。

裴少打发了两个资质不甚优的小姐,无聊地观察起夏花的胸牌来:"姑娘真名叫夏花?名字挺有意思的。奇怪了……我怎么越看你越觉得……挺眼熟的?"

夏花刚想寻个借口推脱,杜克瑞已在裴少身旁摆手:"嗨,下午你来的时候她也在嘛,当然眼熟了。"

"不。"裴少摇了摇头,"下午看到她的时候我就觉得眼熟了。我肯定我以前见过她。"

杜克瑞移步挡到她前面:"人家来我这儿才几天啊,您就眼熟上了?这可不行,您这要伤多少姑娘的心啊。听听,都是心碎的声音。"说着指向了舞池。

裴少顺着杜克瑞的手望去,视线所至,觉得真是,满池的秋波,一阵一阵,都汇聚到他身上了。

裴少朝池子里的几个美女摇手,"哈罗"了几声,又转了头过来:"你少给我岔开话题。我说认真的。想我裴某人,出了名的过目不忘,只要是女的从我跟前过一遍,我能把三围都背出来,绝对不会把人家名字长相给忘了。可是这位,我就觉得眼熟……不行,我得好好想想……"他死盯着夏花一直看,一直看。

夏花被看得头皮发麻,讪讪一笑,低了头下去,拼命拧抹布,心里祈祷着:千万别想起来,千万别想起来。

事与愿违,裴少的记忆力果然不是盖的,下一刻,他张大嘴巴喊道:"上个月,10 楼!"

夏花猛地一震,吓坏了,又不敢吭声。心里给自己判了死刑,做好死猪不怕开水烫的架势,等着裴少的训斥和投诉。

谁知裴少忽然笑了起来:"美女,咱们太有缘了,那是我第一次在美女面前出丑。第一次啊! 我的第一次已经给你了,你看看你要怎么赔偿我?"

夏花直愣愣地答不出话。

杜克瑞刚调好一杯马丁尼,递给裴少后转身背对他,站在夏花身侧,朝她耳朵里低语了几句。

夏花突然感到呼吸顺畅了些,笑得眉眼弯弯:"裴少,要不,您再脱一次,我一定叫上百八十个美女来观赏,再让您把门票给收了?"

"大费周章的就算了。"裴少眼里闪着光,"你脱一次给我看回来就行了。"

多轻巧。夏花哪见过这架势,心里犯堵,只差没挂到脸上,一时间也不知道要怎么应答了,又不好变脸,笑得有点勉强。这时候杜克瑞长臂一伸,半转个身,揽住了她的肩膀,笑嘻嘻道:"那可不行,那是我的专利。"

夏花意会,嘟嘴扮可爱地白了杜克瑞一眼,背后则偷偷拧了杜克瑞一把。

杜克瑞疼得眼泪都快出来了,还得继续保持他的特色笑容:"嘿嘿,裴少,我们都预备领证了,您可别挑拨我们夫妻感情。"

"小杜,你这功夫做的……连我都瞒。不地道,太不地道了。"裴少也是本色演出,"今晚无论如何,你得跟我个交代。不然明天我还得给这夏花送花去。"

"我的裴大少,我跟你有什么好交代的。你有一大片森林,我只有一棵小树苗,不会连这你也要抢吧?"杜克瑞说着把裴少往舞池赶。

裴少打量了两人一番,笑道:"好,好。你们小孩子过家家的游戏我也玩不来,那就恭祝你们少年夫妻老来伴,一辈子没得换啊!"裴少说的是他们圈子里号称诅咒的一句新婚祝语,可惜夏花跟不上他们这份幽默,完全没当回事,只剩杜克瑞给凑合着笑了两声。

见裴少转了场,夏花开始安心整理吧台。

杜克瑞挤到夏花身边,秋后算账:"姑奶奶,我好心救你,你居然恩将仇报,你看看,你看看,都青了!"说着捞出衬衣下摆,翻着背部给她瞧。

虽然隔着吧台,外面的人看不到杜克瑞的举动,夏花还是红着脸把他的衬衣往下拉,一边骂道:"真不害臊,赶紧穿回去!"

拉扯间,杜克瑞遥见裴少在扬手,一边动手把衬衣下摆往里塞,一边跟夏花端起上司架子来:"裴少在召唤你呢,还不快去。"

夏花拨着人群走到裴少面前,得了指示笑盈盈往回走,走得轻快,心里不得不佩服裴少,动作真快,才几分钟啊,就钓了三个美女,当龄的大美女! 连她都忍不住要多瞄两眼。

一个是直发电眼的中国娃娃,一个是卷发生香的高挑靓女,还有一个是缤纷动感的时尚街女。三人的身型、打扮完全不同风格,却又显得出奇的水乳交融,完全是拍时尚杂志封面的阵仗。

等着杜克瑞调酒的空当,夏花忍不住又瞟了一眼裴少那桌,一男三女谈笑风生,很是和谐,不由得感叹:"裴少真好艳遇,一网打尽啊。"

杜克瑞刚调好两杯云燕跳水(Swallow Dive),过滤后倒进夏花递过来的盛了碎冰的岩石杯里,铲了点碎冰再装上,用覆盆子装点,完工。只见他舒了口气,扫了远处的裴少一眼,自言自语:"霹雳娇娃。"

夏花忙着往端盘里放空酒杯、冰块和威士忌，却没漏过这一声嘀咕，表扬起杜克瑞来了："小杜你太厉害了。四个字就把三个女人给形容出来了。我待会得跟她们说说，太贴切了！"

"你找死啊？"杜克瑞嘴角微微上挑，"那三位，就是传说中的霹雳娇娃。你敢去揭她们的底？"

"啊？"夏花惊大了嘴巴半天合不上，霹雳娇娃？

杜克瑞没事的时候会跟她讲一些夜色里的传说，其中一个就是霹雳娇娃的故事。跟所有传奇故事一样，霹雳娇娃是横空出世的，业内没有人知道她们的具体出处，只知道她们有个经理人叫石头(一听就不是真名)，是个中年男人，原本在三线城市的高级酒店混迹的，利用职务之便，帮霹雳娇娃搜集过往客商信息，然后由霹雳娇娃出面出演仙人跳。四人团伙走遍全国的高级酒店，卷走过不少富商的身家，偏偏每次都能做得天衣无缝，不了了之。

夏花虽然总是听得津津有味，但心里一直以为杜克瑞说的这些夜场故事、传说人物都是杜撰的。她没想到确有其人，还就在她眼皮子底下蹦跶着。

夏花心里隐隐泛着担忧，便问杜克瑞道："那裴少不是惨了？你要不要提醒他一下？"

"提什么醒？他现在被骗财还是劫色了？他是我们的顾客，那三个女的也是我们的顾客，我们不能得罪顾客。只要她们没有在公开场合制造事端，我们知道什么，都只局限于知道的程度。况且，在其位，谋其职。你只需顾好本职工作。"杜克瑞脸上挂着似有似无的笑，看着有点邪。

夏花继续问道："遇到不平事在眼前发生，你看得下去？"

杜克瑞神色有些慵懒："天底下不平事那么多，你管得来吗？"

夏花却是一脸纠结："当然管不来。我也没想过要多管闲事。但是明明有不平事在眼前发生，选择视而不见也未免太冷血了。我办不到。"

"爱管你管，我可不管，搞不好惹一身骚。"杜克瑞并不是在说笑，因为下一刻，他离了吧台去吸烟区了。

夏花又看眼那张四人的台子。

杜克瑞和裴少是老相识了,都不肯提醒他,她凭什么去多管闲事?各人有各人的立场。

可是,裴少和三位娇娃似乎相见恨晚,不时地喜上眉梢,三位娇娃更是竭尽所能,眉目顾盼。觥筹交错、谈笑风生的局面,是那么的刺目。

夏花取出便笺纸,画了撕撕了画。在她精神恍惚、内心挣扎的片刻,裴少的台子已经是一瓶威士忌下肚,又点了一瓶。

服务生同事推了推夏花:"你怎么在这出神呢? 刚裴少朝你招半天手你都没应。人家还叫我拿小费给你。说补刚才的份。"说着搁了一百块到夏花跟前。

夏花飞速地做了决定,扬起头,跟同事换了一手,端酒去给裴少。

裴少正在听电话,看到她放下酒瓶,还是朝她微笑点头。那一刻,夏花心想,其实这个裴少也不坏啊。于是,她站在一旁没有离去。

裴少收了电话又掏了张主席头出来,夏花拦住说:"您给过了。不用了,谢谢。"

裴少有点奇怪:"那……还有事吗?"

夏花咬了咬下唇:"裴少,外面有人找您。您要不要出去一趟?"

裴少眼里闪过讶异的神情,继而温柔地对三位娇娃说:"三位不好意思,我出去两分钟,马上回来。"

夏花将裴少带到楼道拐角,突然停了脚步。

她一路跟自己说,就当上次把光身子裴少晾在楼道里的补偿吧。还他一个人情。下定决心后,开口道:"裴少,您的朋友让我把您叫出来,给您这个。"说着递给裴少一张纸条。

裴少摊开纸条一看:霹雳娇娃,美人局。他左右探望了一圈:"我朋友在哪儿?"

夏花微微一笑:"他走了。"

"有没有说他叫什么?"

夏花摇了摇头。

"长什么样?"

夏花随口诌了起来:"身高长相都很普通,跟您差不多。"说完知道错了,忙道歉:"不好意思,不是说您……"

"你说的是实话。"裴少把纸条塞进裤袋,笑了笑,"谢谢。"

夏花舒了口气。

可是,也不知道裴少怎么想的,回去竟然继续跟那三个女的拼酒玩乐。

夏花一晚上都在擦玻璃杯,擦得铮铮发亮。

这一天,裴少是和霹雳娇娃一起离开酒吧的,至于他后面有没有着人家的道,有没有什么损失,夏花不得而知,也再无心探究真相了。

如杜克瑞所说,在其位,谋其职。很多事,人家是周瑜打黄盖,一时看不过眼强出头的下场极可能只是坏人好事惹人嫌弃。

第六章　信任，责任的开始

都以为谁先爆发谁是赢家，没想到老天爷最后不考验爆发力，考验忍耐力了！

自打入酒吧培训起，夏花一直过着日夜颠倒的生活，好不容易轮休一日，往往睡觉睡到了午后。这一日，她终于下定决心，不能再颠倒下去，得去见见早晨的太阳了。

平日一直穿着制服，她现在连买衣服的钱和工夫都省了，给她限量版奢侈服装穿，她也没地方显摆，对逛街自然是越来越失去欲望了。想来想去，她决定去吃早茶。

领了两个月的工资都还没花过，夏花这时候很想大吃一顿。遇上米栗同期休假，便想顺道请她吃个饭聊表寸心。两人商讨了半天，一致决定，要到夏花酒店外面去觅食——虽然酒店里什么都有，但她们担心审美疲劳。

斟酌之后，夏花和米栗决定去酒店对街开业不久的菜馆，素问锦斋。这家菜馆广告打的是"新概念私房菜"，且不论是不是真的私房菜，是不是真的导入新概念，菜馆开业至今一直处于客座爆满的状态，权威饮食栏目将其列为城中早茶下午茶的最佳去处。中国人爱扎堆，夏花和米栗也不能免俗。这样的新热场所，还是米栗假公济私了一把，才拿到了一个准点的好位子。

进了素问锦斋，夏花和米栗都觉得不虚此行。

漂亮的菜单，周到的服务，别致的装修环境，这些都不算什么。最有意思的是，这家菜馆的大堂跟国际竞技场似的，正中是圈形的玻璃档口，有个帅帅的印度小伙戴着高高的厨师帽，当堂表演印度飞饼制作；有个法国大胡子嘴角永远带着微笑，有条不紊地甩调酒盅，一杯一杯地调着佐餐酒；还有个鼻子塌得可以当晾晒场的越南女人穿一身越南奥黛，外套围裙头顶厨师帽，手舞漏勺和大筷子，不停歇地做着生牛河。

印度飞饼和越南生牛河的外卖单子太多，所以还是限量供应。堂食的客人排队等候的补偿是，可以优先拿到外卖配额。

当然，这些是噱头，素问锦斋的招牌菜都是中式菜肴，并不在大堂演示。

米栗一边啜着开胃酒等上菜，一边感叹："这家菜馆可真懂得迎合客户心理。找几个老外来店里一摆，满足了多少人崇洋媚外的心理。"

夏花笑道："我倒是觉得，这是在宣传驱除鞑虏恢复中华呢，你看，老外们整的都是些佐餐、副食、小吃，中菜才是主菜。"

"我来吃东西的，不跟你较真。"米栗一摆手，拒绝往下讨论。

菜都是好菜，包括那个印度飞饼。问题是，那么多种口味，米栗偏偏挑了个榴莲馅的。夏花看她最近一直食欲不缺乏，一脸菜色，只有说到榴莲时眼睛是发光的，怎么也不好意思剥夺她这口爱好。但见榴莲饼上了桌，夏花借口上厕所，赶紧溜开。走前还不忘提醒米栗把榴莲饼吃完，免得凉了。

服务行业，创意无极限。素问锦斋的卫生间也别具一格，古色古香，檀香弥漫，从镜框到马桶盖都是木制的，看来是下了重本，连小小的卫生纸都是色彩斑斓的高档印花纸。这样的环境，让人没有"来也匆匆，去也冲冲"的压力，但是人来人往，待久了不走，就真的是占着茅坑不拉屎了。夏花只得决定，在走廊晃悠几分钟再回去。

走廊一头通向大堂，另一头曲径通幽，两排房间卷帘、纱窗错落有致，看样子都是包间。夏花迈步上前，仔细看了一段路，发现每个包间名字都来自古诗词，门铃处还装了桃木牌，上面刻着诗词，古韵动人。夏花觉得有趣，一间一间读了过去，直到拐角的寒柳轩，柳如是的词作有种意外的苍凉袭来。

夏花多看了两眼,心想,前面的都叫阁,只有这间叫轩,想必带有阳台或者外窗什么的吧。为了证实自己的想法,她推开走廊的小门到了外面。

外面是个小天台,寒柳轩果然是有两扇窗朝向外头的。

夏花绕到窗边,这才发现,里头有人。一男一女对视而坐。

屋里的女人保养得极好,身穿一袭宝蓝绣花旗袍,面容姣好,温婉雅致,仪态万千。夏花心下猜度,虽看着年轻,但这女人应该有三十吧,不然哪修得来这身韵味。

再看那男人,肩平头正,正襟危坐,虽只现出西装革履的背影,但想必也是身材英挺、气质优雅,否则怎么配得上对面的佳人。

夏花看得有点入神,突然听见那男的出了声:"……你知道的,我向来一就是一,二就是二。我们现在只是朋友,别的事都好说,去你老家这事真的不行,以后别提了。"

什么状况?

慢着……这声音?夏花觉得有点耳熟。她下意识往里探望,正对上旗袍美女的目光,视线一交接,夏花吓得身上一抖,蹭到了窗户。

动作声响惊动了屋里人,那男人也转身望了过来。

夏花窘然立住——这不是,高景生吗?刹那间,她进退两难。

高景生失口叫了声:"夏花?"下一刻便夺门出来。

夏花还没反应过来怎么回事,已被高景生堵住了去路。她面露惭色,但高景生似乎没空追究,反而附在她耳边低嘱:"帮忙配合一下,待会就说酒店里在喊我回去。"说完赶鸭子似的把她推进了寒柳轩。

夏花一路皱着眉头,真希望有个地洞可以马上遁形,奈何鸭子上了架,只好绷着脸硬撑到底。

殊不知这正中了高景生下怀。他半笑着把夏花拉到旗袍美女面前:"介绍一下。夏花,酒店同事。樊素问,这家餐馆的老板。"

樊素问嫣然一笑,补充了句:"嗯,还是老婆。"说着斜眼瞥了一下高景生,"前任的。"

夏花脑子里嗡的一声,突然想起高景生告诫过她的,要公私分明。心想,完了,她怎么就搅进了他的私事里了?

夏花还一脑混沌,樊素问已伸了玉臂过来:"夏花?你好。"

夏花有点哆嗦地伸了小爪子过去,扭头看了看高景生,想从他脸上找点指示。

高景生似笑非笑的表情看上去有几分阴森:"樊小姐面前,不用拘礼。"

樊素问玉葱似的十指在夏花面前晃,如生香的温玉,滑润可人。夏花摸过之后,不免暗暗叹息:放着这样的极品老婆不要,这高景生脑子烧坏了?

那头高景生却是在朝樊素问摊手,无奈的样子:"你也看到了,我今天真的有事,人都跟过来了,我得回去了。你也别难为我了,就这样吧。"

夏花一听,真想说这个总经理怎么这么能诌,但官高一级压死人,只得默认,顺便提醒:"总经理,其实,我跟同事米栗是过来吃早茶的……然后,顺路,顺路就提醒您一下……那个啥,我先走了……"

高景生朝她微微一笑:"好,那一起走吧。"

夏花偷瞄了一眼樊素问,见她嘴角微微动了一下,心里把高景生骂了个狗血淋头:这不是打蛇随棍上么?但也无可奈何,只好默默看着面前两人,等人家该点头的点头,该行动的行动。

樊素问脸上一直挂着笑,虽然有点僵,但一看就是训练有素的:"既然如此,我就不烦你了。景生,咱们改天再研究研究。"

夏花一路走一路想,想着自己是被高景生抓去当了挡箭牌,不免感叹家家有本难念的经,他高景生也是前线打仗,后院着火,够忙乱的。

才到大厅,远远就看到米栗在招手,夏花迎了上去,连声说不好意思。

米栗眼角微挑,含笑道:"高总也在啊。"

"嗯。"高景生点头,"刚借你好朋友用了一下。我先走了,你们随便点,挂我的账。"说完就走了。

夏花一脸无奈地坐下,任由米栗把印度飞饼夸成天上掉下来的馅饼,把招牌瑶柱粥夸成王母金池的玉露琼浆,丝毫提不起兴致。

米栗觉得奇了，前后才几分钟，怎么就黑脸了，询问夏花到底发生了什么。

夏花三言两语说了大概，米栗还未听完便哈哈大笑起来。笑够了，压低声线对夏花说："看来烦娘娘这次给 KK 出大难题了，否则他不会病急乱投医，抓你这个没眼色的去挡箭的。我跟你说，就算刚刚遇到的不是你，是扫地的大妈，KK 也会变着法想个招出来开溜的。"说得虽然夸张，但意思很明显，夏花纯粹是自己撞上的，怨不得人。

夏花被挑起了好奇心，追问究竟。

米栗继续低语："反正撞上了，我就说吧……你遇到的樊素问，是 KK 的前妻，我们都管她叫烦娘娘，因为她实在有够烦人。结婚好几年，高景生工作，供她念书，她念到双博士了也不出去工作，就知道寸步不移地粘着 KK，后来 KK 自然是受不了了，就跟她提离婚。然后，她就把 KK 告上了法庭，罪名是家庭冷暴力。"

"家庭冷暴力？"夏花有些惊愕。

米栗的笑容突然有些阴冷："说到冷暴力，国内的新婚姻法也就加进去没几年吧。所谓的'不打不骂，就不和你说话'。你说，现在的男人是不是很厉害？把'以不变应万变'这招使得出神入化啊。都以为谁先爆发谁是赢家，没想到老天爷最后不考验爆发力，考验忍耐力了！"也不知道她这颠来倒去的，到底站谁那边。

"他真的？"

米栗耸耸肩："说实话，谁知道真的假的？我听说后来是爵士夫人帮了 KK 一把，官司和解了，还顺利离了婚。不过，从那时候开始，KK 就跟欠了烦娘娘八辈子债似的，净身出户，还要义务帮她打点生活和事业上的种种问题。哎，总之，按卫民的话说，从高景生娶樊素问那天开始，就是一部长长的电视剧。"

夏花不解："怎么又扯上卫民了？"

"卫民是 KK 的师兄，他跟樊素问这门婚事，就是卫民给保的大媒。要不卫民那么牛气哄哄的资历,怎么可能万里迢迢跑回中国来,屈就在 KK 底下当个人力资源总监呢?"

夏花脸颊止不住抽搐了一把:"你知道的真多。"

米栗摆摆手:"那是因为我跟 KK 的时间长,自然会知道一些。他当你是自己人才用你,所以你就安心吧。你不知道,前几天晚上,我刚值完晚班正要睡觉,KK 叫我陪他出去一趟。我当时心里还纳闷呢,KK 阅人无数,总不会看上我了吧? 结果你猜怎么回事?"

夏花摇了摇头。

"他把我带到了樊素问家里。"米栗直吊白眼,"原来是烦娘娘家的水龙头坏了,叫 KK 去修呢。"

"额。"夏花仔细想了想,"她是想复合的吧? 不然怎么会……你看她,温柔漂亮,还是女强人呢,瞧这个菜馆,打理得多好!"

米栗一声不屑的"切……"拉得老长,"她也就在账房里跷跷二郎腿,在厨房大堂转悠转悠,你以为这个菜馆从组建到营销,是她做得出来的? 是 KK 帮她搞的! KK 回国,她在国外也待不下去,跟着回来,KK 只好帮她找个事情做了。"

看来这个高景生真是可怜之人。夏花心里冒出这么一句话来,但片刻之后,回头想想,这一切又显得疑点重重,高高在上的爵士夫人怎么会理会他的一场家庭官司? 温婉雅致的樊素问看上去怎么也不像米栗口中的烦娘娘啊?

也许,可怜之人必有可恨之处。指不定高景生犯了多少天怒人怨的事情,米栗没说呢?

想到这,夏花觉得太复杂太费脑力了,甩了甩脑袋,很快地将之置于脑后。

毕竟,在她的视线范围之内,高景生还是那个能力超群、一表人才的职业总经理。她不应该想太多,亦没有立场。她心中不断地提醒自己。

结账的时候,樊素问从天而降,带着仙女的姿态打量了两人一番,作亲民状跟两人聊了两句。当然,主要是对着米栗,无非就是问下最近工作忙不忙,卫民最近怎么样,有没有打算回欧洲度假,等等。

米栗一直挡在夏花前头,一一作答,看樊素问已打开了话匣子,赶紧见缝插针,切断话题:"樊小姐,实在不好意思,我们赶时间回去加班。改天一定跟您好好聊。"

樊素问嘴角一抿,拉过米栗的手说:"好,好。咱们这么多年交情了。有空你常来,多给我出点主意,啊?"

米栗挣开手,"嘿嘿"赔了两声笑,一字不答。

此时,服务员算好了账单过来,樊素问直接拦住服务员,说:"这桌免单。"

夏花向来觉得无功不受禄,此时更加不好意思,赶紧掏出钱包来,说:"别,别。亲兄弟还明算账呢,这账我们得付。吃霸王餐会消化不良的。"说着上去抢服务员手里的账单过来看。

下一刻,账单本却被米栗一手压在了桌面。只见她含笑仰头,很自然地看着樊素问,说:"挂 KK 的账就可以了。免单不好做账。"接着看看服务员,一字一顿道:"挂高景生的账,明白吗?"

离开素问锦斋,夏花一路看怪物似的看着米栗。

米栗笑得璀璨:"看什么?不明白?"

夏花点了点头。干吗跟上司的前妻过不去呢?她真的想不明白。

米栗很用力地说:"我就想气气她。我就是想看看,烦娘娘变成烦恼娘娘,会是什么样?"

有点咬牙切齿的声音,嵌进了夏花心里。但她选择了过耳即忘,她跟自己说,为别人的事情烦恼,实在太多余,她只为自己活,无须知道太多。

日子一天天过去,夏花在杜克瑞身边兢兢业业地学调酒,一番苦功下过,居然拿到了助理调酒师的证书,连杜克瑞都大喊不可思议。

夏花也开始觉得,调酒是一件赏心乐事。看着别人喝过她调的酒之后满足的表情,她也生出一种由衷的满足感。这是她第一次发现,做服务业,原来也可以得到满足和开心。

只是工作安排并非她自己可以说了算的,毕竟上头一早有话,她是要回前台去的。所以,她做好了随时出发的准备。

在她终于调出恶魔坟场(Graveyard)的时候,人力资源部召她觐见了。同时受召见的还有杜克瑞。

她想,无非是个交接和评判。她交接、杜克瑞对她的工作做个评判。人力资源部打个分,然后给她定个去向——估计还是一早说好的前台吧?

结果,卫民和高景生一起坐在人力资源部的会议室,带着神秘莫测的微笑,给她和杜克瑞下了一道奇特的指令。

夏花和杜克瑞,要停下手头的工作,到郊外的开发区去,体验新的设施。

接下去的大半个小时,夏花完全懵了。她竟然就这样接触到了夏花控股的高层机密,一个连顶层的夏花中国总部都未了解的项目。

原来高景生空降到这里,不仅持了尚方宝剑,还有秘密圣旨。事情要追溯到夏花酒店进军中国之初,为了在这个泱泱大国立稳脚跟,夏花控股不得不让墨功国际和鼎天集团分一杯羹。另一方面,设计动工的时候,夏花控股本意是将夏花酒店中国总店按六星级标准执行,但遇到接连不断的金融危机,加上评定操作的水土不服,不得已匆匆评了个五星。现在,夏花控股想将星级再往上推,除了夏花酒店的内部升级,还必须增加设施项目,提高集团在外界的印象分。于是,有了马术中心和温泉别苑两个新的合作项目。目前,外界只知道夏花控股和莫京集团联手,在郊区的温泉景区投了一块地,建温泉别苑,却不知在温泉景区旁,还有一大片训练场,正在秘密筹备马术中心。

马术中心的牌子已经拿下,训练场的所有高级设施均是专业采购、严格把关的上乘之作,未来还有欧洲总部的数位高级马术训练师支援坐镇,相信很快,全国的顶尖学员都会聚集过来。这里会成为全国最负盛名、最为成功的酒店集团附属俱乐部。

外有众多同业竞争者虎视眈眈,内有墨功和鼎天的代理人、助理行政经理陈有为的密切关注,这么大的动作,这么大的项目,居然由莫京集团出面瞒天过海。夏花控股在其中扮演这么重要的角色,居然只有数人知晓,不可谓不传奇。

可是夏花不明，为什么要她和杜克瑞去体验马术中心的培训课程？她毕竟是个新人，什么都不懂。

疑问一出口，只见高景生和卫民相视而笑："就因为你什么都不懂，因为杜克瑞什么都懂。所以你们两个是最好的人选。"

可夏花还有顾虑。虽然她这辈子没上过马背，但对她而言，马术明显是个贵族运动，别的不说，一身装备就要花很多钱了，她可舍不得花这种闲钱。

没想到，卫民似乎看出了她的顾虑，自己开口道："这是公务，所以，酒店会给你报销的。杜克瑞对这个比较熟，回头让他帮你挑一下装备，你们收拾收拾，这两天就出发吧。"末了，拍了拍夏花的肩膀："不要辜负高总和我的信任！"

夏花心中一颤，听得十分明白：信任，是责任的开始。人家给予了信任，她就得主动扛起责任。

学马术这个指令简直就是天上掉馅饼，美好得让人难以心安。所以夏花一边兴奋一边郁闷。兴奋的是，可以去体验一下这辈子可能永远高攀不上的贵族运动；郁闷的是，照这个情形看，这事情连米栗都不能透露，这多憋得慌啊！

本就对米栗心怀愧疚，再看到米栗最近面黄肌瘦、状态奇差，心情也一直很低迷的样子，更加觉得过意不去，小心翼翼地询问道："你最近怎么了？脸色不太好。"

米栗张了张口，又合上。大约有一分钟之后，才艰难地开了口："我可能要步你后尘，跟男朋友分手了。"

虽然联系紧密，但夏花一直不知道米栗有男朋友，想问个究竟，在这个当口，人家不主动提，她也不好意思直接问，想来想去，无招可使，只好有样学样了："要不，我也帮你打个电话过去骂骂他？"

米栗一听，哭笑不得地说："你懂得骂人吗？你跟人吵得起来？再说，就算你骂功一流，骂他三天三夜，他也是不痛不痒的。"

夏花真想问问她：那你上次干吗打电话帮我骂纪淮易？但看她正可怜，

马上把话咽了回去，找一些老生常谈的说法，胡乱安慰了一通，算是尽了朋友的本分。

米栗叹了口气，低头自言自语："说来说去，都是我自找的，谁叫我心存幻想。巴巴地跟人家回国，结果，还是一样不得善终。我每天都跟自己说，算了，咱们现代女性，又不等着人家养活，没了谁活不下去呀？那是他的损失，不是我的。可是，说不恨他，那是假的。"

夏花听得在理，连连点头，相比之下，她刚刚那些"已经这样了，想开点"之类的劝法，真是太没诚意了。

正在自我检讨，米栗突然抬头问她："如果现在还在学校，你和纪淮易还是同学，你们还能继续当朋友吗？"

"散买卖不散交情？"夏花很用力地想象，最后摇了摇头，"我也不知道。我和纪淮易，说是为了各自的前途才各奔东西，但怎么想，都觉得分手分得莫名其妙。说真的，如果没有这份忙得要死的工作撑着，我一定会每天胡思乱想、自怨自艾。还好，现在适应了新生活，基本没什么放不开的。可是……如果还在学校，抬头不见低头见，我不知道我会怎么样。"

米栗笑笑："真的让你抬头不见低头见，估计也只能是揣着明白装糊涂。日子总是要过的，总不能因为恨上一个人，日子就不过了。"

夏花点头如捣蒜："没错！就是这个理。"

话是这么说，当天回到家，她还是神伤了一把。谁叫米栗提谁不好，提纪淮易？

她的心肠是冰冷的。她是把现实看得比什么都重要，但她不是真的没心没肺。她没忘记奶奶去世之后，是谁在寂寥的深夜陪她煲电话粥，是谁在她生病的时候为她冲一杯热腾腾的感冒茶，是谁陪她走过人生最美好的年华。

三年的恋情，怎么可能真的说放就放？夏花自认没有那种伸缩自如的本事。

第七章　棋子,不是想当就能当

你不过就是棋局里面那颗扰乱视听的过河卒,鲶鱼效应里那条鲶鱼,罢了。

巨大的工资差,驱使着年轻貌美、体态轻盈的前台小姐们抛青春、洒狗血,用最美好的年华换取上升的空间,去追逐前台方寸背后那个无限宽广的世界。

屋漏偏逢连夜雨,正当缅怀之际,隔壁的赵阿姨来敲门了。原来小区的拆迁时间限令已经下来好几天了,社区工作人员一直找不到夏家的人,文件都没地方发放,就托在了赵阿姨那里。

夏花昼伏夜出已有段时日,社区几次开会她都错过了。赵阿姨每次来也只看到门窗紧闭,其实,有两次夏花是在家的,她睡得正香,模模糊糊听见敲门声,蒙了被子继续睡,没理会人家。

这次逮到夏花开了窗,赵阿姨见到她很是惊喜,几乎是撞门而入。好一顿家常之后,赵阿姨嘱咐夏花得赶紧找地方搬了,说:"大人不在家,该搬也得搬了。唉,你那个爸爸……"欲言又止。

临出门,赵阿姨不忘回头一番打量,叫夏花有事记得找左邻右舍帮忙。

夏花微笑着送走了赵阿姨。回到屋内,攥着拆迁通知,看着一屋子齐齐整整的家具、物件,想到整理,想到找房子、搬家,突然觉得有点头疼。——如果纪淮易还在她身边,她就不用一个人负担这么多了。想到这,她猛地一颤抖:难怪纪淮易要跟她分手,原来她一直是需要他才想到他。再想到他蹩脚的分手理由,倒是客气的了。

不知不觉,一声叹息。

前几天例行公事,通了个电话汇报近况,夏友正还在爱琴海漂着呢,哪儿有那么快回来。这个家的大事小事,还不得她自己解决?

眼下,她又急着去马场完成新任务,哪里有空闲找房子搬家啊?

虽然人力资源部给出了训练半个月左右的说法,但夏花对自己的马术入门训练并不乐观,她甚至不敢想象,自己要多久以后才能抽出空闲留在家里收拾东西。于是,给自己收拾了一个小拉杆箱的常用衣物去马场用之后,她当机立断买了几十个纸箱,决定把家里不常用的琐碎物品先装箱一部分再离开。

奶奶去世之后,家里很多杂物都清理掉了,夏友正常年在外,家中自然也没几件他的物件。夏花收拾了两个多小时,打包了十来个纸箱堆放在书房里,屋里便空了一大半,除去大件家具,只剩厨房卫生间的必备品,厅里一套茶具,和她房间的一点琐碎东西。两三眼便瞧完了,初秋的风从窗户钻进来,四下突然变得有点阴凉,她心里不由得跟着凉了起来。

人生在世,原来就这么点累赘而已。

一身大汗湿了又干,夏花连忙冲了个澡,正思考着要到哪儿搭车去马场方便些,电话响了起来,杜克瑞说开车接她一起去。夏花觉得这是一天下来遇到的唯一一件好事,终于喜笑颜开:"太好了,老杜,我正犯愁要怎么过去呢,你真是大好人。"——杜克瑞虽然比她年轻,但一直挂着师傅的身份倚老卖老,夏花索性便老杜老杜地叫他,杜克瑞每每听得乐呵,应得爽快,夏花再甩给他一记卫生球:"德性。"

夏花拉着拉杆箱出了小巷,远远看见杜克瑞,有些目瞪口呆。

倒不是杜克瑞出了什么问题,而是他开了辆黑橙相间的跑车过来,放在路边格外招摇。夏花看着公牛标志想了许久才想起来,这牌子叫兰博基尼,是那些富二代最常开来酒店炫耀的车款之一。她下意识地问："老杜,你今天去礼宾部做代驾?不然怎么把客人的车开出来了?"

杜克瑞帮她把行李提上车,绅士地开了车门,笑道:"知我者莫若夏花也。"

夏花上车的时候小心翼翼,仔细检查了一番身后的行李箱,生怕把车给刮花了。

杜克瑞把夏花按回位子上,拉下安全带帮她扣上,说:"不用担心。这辆车有车主授权的,开几天没事。"

相处已有段时日,夏花知道杜克瑞不是没分寸的人,听他这么一说,总算安心了。

跑车疾驰了一小时才到马场,夏花觉得自己那颗小脑袋都快被风刮走了,兴致更不用提了,看到景区的一大片别墅,只剩一句自言自语:"这地方,鸡不拉屎鸟不生蛋乌龟不上岸,做得成吗?"

"放心吧。"杜克瑞卸着行李,却没放过她的嘀咕,"夏花控股策划的高端市场项目,从来没失败过。何况这次买了双保险,还有莫京在帮忙撑着。莫京是博彩业的龙头,谁不稀罕他们家的玩乐项目?"

夏花轻轻一笑:"看来我是杞人忧天了。"

说话间,马场培训师和温泉别苑负责人都过来了。夏花气都来不及喘一口,就被催着换了骑马装,扔上马背,开始学习走步。

初上马背,英姿飒爽,一切都很新鲜。尤其当杜克瑞一身职业装上身,仰头挺胸策马擦身往前,夏花第一次发现杜克瑞真是帅得一塌糊涂。周边的一切也变得格外可爱了。

夕阳余晖下,晚霞如火,和风撩人,此般美景满目,还有帅男策马同欢,人生至此,夫复何求?夏花开始有些沉醉。

杜克瑞单手抓着缰绳,往前方疾驰。在夏花视线里,他此行仿佛要跑进夕阳里一般,别有一番美感。

受不住诱惑,夏花趁训练师不注意,拍了拍马儿屁股,打算走快几步,体验一下。谁知马儿屁股也是碰不得的,一声嘶叫伴着一个抬脚飞身,将背上的夏花给摔了个前空翻。

夏花重重跌到地上,一时间爬不起来,嗷嗷直叫。

这时夏花终于明白杜克瑞为什么在她换装时特别提醒她要戴好头盔——要是没戴头盔,这会儿她恐怕已经头破血流。

虽然脑袋保住了,她也没见得全身而退,外伤内伤似乎都没有,但摔得腰酸背痛肩膀疼,全身骨头跟散架了似的,再看到马就开始犯心悸,说什么也不肯爬马背了。

第一天的试骑,以夏花的前空翻而告终。

回温泉别墅的路上,夏花抱怨不停,说她改属猫,有九条命都经不起这样摔。杜克瑞忍着笑说:"学马术要循序渐进,急不得。你不是挺有耐心的吗?怎么这就受不了了?"

夏花面露难色:"我就是怕学不好……那样会不会就不让我回酒店了?"

"你知道你在这里一天,酒店要花多少成本?让你一直待这里,除非高总疯了。"杜克瑞摇着头,"走吧,去泡泡温泉。看看这个温泉度假别墅是不是徒有虚名。"

夏花一听,终于来了兴致。

骑过马去泡温泉,果然是好主意。夏花在温泉池里泡了大半小时,仍不想爬起来。最后是杜克瑞威胁她再不出来他要进去了,夏花才心不甘情不愿地离开了温泉池。

吃饱喝足,问题又来了。荒山野岭的,她和杜克瑞住偌大一栋别墅,楼里只有两个服务人员,周围的别墅几乎都是空的,白天可以说清净,晚上就该说它阴森了。

夏花只身独居,早习惯了孤独,但杜克瑞一直活在喧嚣的世界,乍一安静下来,他受不了了,非拉着夏花陪他看片子。

别墅区仍在做收尾建设,许多设施还未装置到位,此时连卫星电视都没有,两个人连斗地主也不够人手,杜克瑞大喊无聊,好不容易从服务员那边借了套 DVD 来,勉强打发时间。

服务员们真是敬业,休闲都围绕工作中心不动摇。那套 DVD 叫《巴比伦饭店》,没有第二个选择,看吧。夏花朝杜克瑞摊摊手,两人坐到了荧幕前。

夏花没想到,这还真的是部不错的酒店题材片子,不知不觉便入了神。

片中,有一对老夫妇,每年都会入住巴比伦饭店一次,为的是纪念他们的爱情。数十年前,当老太太还是小姑娘时,她是这家酒店的服务员,老先生还是小伙子时,入住饭店,邂逅了他今生最爱的姑娘。两人结为夫妻,并将这个饭店作为他们结婚周年纪念的旅游地。

这一次,老太太是坐着轮椅来的,她已日暮西山。

在酒店数十年如一日的温馨服务中,老太太享受了最后的微笑服务,寿终正寝,永远地倒在了客房。

这是一个"客人在酒店客房死亡"的经典案例。片中,酒店副经理依照酒店特殊情况处理方案,安排了特殊货梯,准备让殡仪馆人员将老太太从特殊通道运走。

这个时候,总经理下了指示,老太太是饭店的终身顾客,饭店理应给予最高的敬意。于是,饭店所有工作人员,肃立大堂,目送老太太从正门离去……

看到这里,夏花作为酒店从业人员的自豪感油然而发,眼眶也湿润了。吸了吸鼻子,侧头一看,杜克瑞竟然靠在沙发上睡着了。

夏花推了他一下:"要睡回房间睡去。在这里睡会着凉的。"

杜克瑞睁开眼,见夏花眼带泪珠,惊愕住了:"你怎么了?"

夏花挤了挤笑容,指着电视:"播到这么感人的情节,你居然睡着。真煞风景!"

杜克瑞扫了眼荧幕,嘿嘿笑了两声,一脸无奈:"这个片,我看了没八遍也有十遍了。"

夏花终于知道他为什么从头到尾不说话了,同情道:"不好意思。那你早点去睡吧……"

"都被你弄醒了,还睡什么睡?"

夏花怔住:"那怎么办?"

杜克瑞凑过来一张笑嘻嘻的俊脸:"要不,你陪我睡?"

夏花抓了抱枕丢过去:"去你的小色鬼,放老实点!别想调戏姐姐!"

两人在嬉戏声中分道扬镳,各自回房,睡眠无比充足。

当然,这种日子才一天,杜克瑞已嫌无聊。第二天,他不知道从哪儿弄来一大沓全欧马术竞赛的DVD,非要夏花每晚陪他看。

夏花心里连连叫苦。她实在不懂这位男同胞什么心理,每天四个小时的马术训练、四个小时的马术理论课程,泡一个小时温泉作舒缓也恢复不过来啊,居然还要看赛事资料。

但晚上实在没有节目,只好有事没事,陪他看几眼。

不知道播的哪一年的盛装舞步业余组联赛,夏花突然发现赛场芸芸选手之中有个人很眼熟,不禁多看了两眼,看清之后,霍地站了起来,指着荧幕叫道:"这个人!这个人……"

杜克瑞抬头,跟看外星人似的看着她说:"不就是高景生吗?有必要那么惊讶吗?他在业余组拿过几个奖。我不也在场吗?"

夏花仔细看了下去,果然,接下去的未成年组比赛,有杜克瑞的身影。那时候杜克瑞看上去很是单薄,但身处马背体态卓然,张扬的神情与当下是如出一辙。夏花的视线还是圈在了高景生那一组的颁奖仪式上。

那时候他还年轻,神采奕奕,英姿勃发,俯身接奖杯时那个纯净的笑容,恍若天籁。贴身、帅气的骑马装,优雅的步伐,俊朗的五官……拍摄人员还给了特写。虽然隔了好几年的时间,但夏花看得真切,那就是高景生,人中之龙的高景生。

"真的是高景生啊?"夏花脸上露出不可思议的神情,"他会马术啊……好帅啊……盛装舞步,真是名不虚传啊!"

"他跟我拜的是同一个师傅。他拿奖我也拿奖,你怎么不夸我?"杜克瑞一脸的不服气。

夏花听及此,却是眼睛一亮:"原来你们这么早就认识,难怪你敢跟他没大没小。"

"他是老总我是酒保,我哪敢跟他没大没小?"杜克瑞道,"只不过康乐部的项目都是外包的,一线员工由承包方自控,他不是我的老板。"

夏花想起曾听人提过,但事不关己,她一直没上心,这会儿突然感到隐隐的不妥,皱着眉喃喃自语:"那我怎么会调到康乐部啊?有点奇怪呢。"

杜克瑞从鼻子深处哼了一声出来:"也不是笨得无可救药嘛。"说完扫了夏花一眼,似乎是想过了才开口问她:"你有没有登酒店系统里查阅过你的人事资料?"

"呃,查过一回。"夏花抓了抓头,想到那次兴冲冲登录系统,把自己的工号调出来一看,里面除了了名字和相片,什么都没有。她跑去问米栗,米栗想了半天才安慰她说,可能是因为未通过试用期的缘故。被杜克瑞这么一问,夏花有点不好意思了:"我还没过试用期呢,人事部还没给录资料。"

没想到杜克瑞冷眼盯着她:"我问你句话,你老实回答,你到底是真的笨还是装傻?"

夏花非常肯定地回答:"我不笨,也没有装傻。没必要。"

杜克瑞想想也是,她若真笨,就不会惹恼餐饮部的一众主事人,导致对方杀鸡用牛刀才把她踢出局;她若真的装傻,也不会动不动就出包让人收拾。软了口气,决定好人当到底,于是问她:"你知道你为什么进的夏花酒店吗?"

"因为重名,有意思呗。"夏花答得理所当然。

杜克瑞是个急性子,虽然在服务业锻炼多年,骨子里的急躁仍旧时不时爆发一下:"你以为这是在编小说呢,还是拍电视剧?夏花酒店是新酒店,招聘的第一条就是要有经验。你觉得你真的只是运气好?"

夏花愕然。她不是没有想过,这么富有戏剧性的事情怎么会让她遇到,可是她一直不愿多想。毕竟,她只是一个小员工,一个小前台。她没有背景没有经验没有绝世容貌也没有惊天手段。如果酒店录用她是别有用心,这个投资不是明摆着失利的吗?

杜克瑞见她无话可说,缓缓道:"说起来也确实没你什么事。高景生跟威廉掸在斗法,你不过就是棋局里面那颗扰乱视听的过河卒,鲶鱼效应里那条鲶鱼罢了。"

夏花死拉着杜克瑞让他说清楚,诅咒发誓自己一定守口如瓶。杜克瑞顶不住她没完没了的纠缠,便直说了:"墨功国际和鼎天集团联合起来,想架空夏花控股在中国的势力,安排威廉掸来做助理行政经理,是副总级待遇。夏花控股从欧洲派来的人都在顶楼负责全国各地的项目遥控,没人会帮高景生的,所以他联合卫民,趁招聘的时候放出风声说总部要派人来暗访,刚好你来应聘,卫民就利用你的名字做场戏给他们看,就算威廉掸不会上当,你的名字也会分散他的注意力。所以,当你进了餐饮部,局面才变得那么有趣,威廉掸带过来的两个经理都被扫出去了,许兆开也开始动摇了。"

原来,前段时间财务部敢那么蹦跶,是威廉掸下的指令。

威廉掸(Willian Tan)是陈有为的英文名字,他是祖籍闽南的新加坡华侨二代,从来不许人家叫他中文名。他的姓氏翻译别有特色,是闽南语发音,夏花对此印象特别深,想起之前的几次擦身而过,这个中年男子看上去是那么彬彬有礼、认真谨慎,没想到玩起办公室政治来,也是有几把刷子的。

夏花感叹道:"真是兵不血刃啊!"

杜克瑞轻笑了一声,说:"这算小儿科了,算不上什么。当年高景生在欧洲争上位,对付的都是几朝元老,个个在欧洲有头有脸,好几个都是有爵位的,那仗打得才叫精彩。真刀真枪,明着来,多刺激。"

夏花倒抽了口气,无话可说。她怎么也没办法把温和有礼的高景生同杜克瑞口中这个运筹帷幄的争斗高手对应起来。心里叹道,可能她真的是太浅薄了,怎么就看不清人呢?

这个晚上,夏花彻夜辗转,难眠。

她一直都知道,生活高过一切,所以失去爱情的时候她会伤心但不会惊慌,但此时,她心慌不已。她不断地叹气,又不断地给自己打气,她跟自己说,除了一贯的认真态度,她还必须成长,必须成熟,才能真正走进生活。

上天给予她的,本就不多,每一样都格外珍贵。她不会轻言放弃。

接下去的训练任务与日俱增,十分艰苦,往往是两三个小时骑马下来,夏花的屁股痛得没了知觉,一双腿都麻痹了,光想蹲着走路,全身骨头都要重新接过。就这样,她没再叫过一声苦。有时候杜克瑞都玩累了,拉了缰绳掉头过来问她:"你口渴不?要不歇会儿?"她才想起来自己半日滴水未沾。

夏花努力地学习马术,努力地适应新环境,跟培训师沟通,跟马儿沟通,跟别墅的管理人员沟通,从硬件到软件。写培训期体验报告的时候,她认认真真地把新人训练过程记录了写下来,设身处地地对马场课程、设备、度假别墅的配套设施等各做了一番详尽的评价,提了不少细节上的建议。她甚至提出,可以在马场旁多建一个射击场,增加旅游项目。

杜克瑞没事总会偷瞄一眼她在忙些什么,看到她详尽的培训报告,尤其在看到射击场三个字之后,叫了声:"好主意!真是好主意!"

忙碌是消磨时间最好的武器,十天时间很快就过去了。夏花黑了一圈,也壮实了许多,然后,得到人力资源部的赞许和最新指示:她可以回酒店了。

这一次,她心里很明白,高景生和卫民那一伙人肯定是借调开她来混淆视听,现在目的达成,她可以归位了。但她没有再开口问杜克瑞其中的关联。

酒吧里面那几十天的相处,培养了她和杜克瑞之间的工作默契,也滋生了一种叫做友谊的东西。

她知道,杜克瑞本就是个活得万分真实的人,他把她当朋友才会步步提醒她,这事能做不能做。她铭感于心,更加珍惜眼前,不愿轻易再给别人添麻烦。

再一次走进人力资源部,夏花依旧忐忑,因为这一次,她的试用期满,是来听宣判的。

她想起杜克瑞跟她说过,当初把她弄进餐饮部,完全就是照着鲶鱼效应来排练的。

她的书没有白念,她知道鲶鱼效应里,时间一到,这条鲶鱼就得清理出去了。

除非,这条鲶鱼还能继续用。

于是，她一路都在跟自己说：鲶鱼就鲶鱼吧，效应就效应吧，我就当条最出色的鲶鱼好了。只要能一直用下去，换个场子也能用，就好。

她的忐忑在见到卫民的招牌笑容之后，只增不减。

还好，卫民只是象征性地问了几个问题，最后来了一句："我很欣赏你的职业态度，同意你转正，祝你工作愉快！"

夏花的一颗心，终于跳回了原处。

正式入职，要填许多正儿八经的表格，其中一份是职业规划，中有一栏：您未来五年的职业愿景是什么？

夏花被愿景两个字纠结住了，想了半天，只想到父亲的谆谆教诲，于是，大笔一挥落下八个字：好好学习，努力工作。交卷的时候觉得不妥，这似乎与"未来"扯不上边，于是又加了四个字：天天向上。

她想，第一关总算闯过去了。她的工作牌，已经由临时牌换成了正式员工的吊牌，上面有她的清晰照片，有职位描述：前台接待员（Receptionist）。从今往后，前台于她，将是另外一番景象。

她揣着为自己拼搏明天的心情，到前厅找姚晶晶报到。才进了前厅范围，便听几个服务生在厅里叽叽喳喳讨论说，前台出了匹年度黑马，一夜高升，前台经理助理摇身一变，进了行政办公室做总经理秘书，也就是传说中的大秘。再听下去，这匹黑马不是别人，正是她的好友，米栗。

本来，前台她只认识一个米栗，如此一来，她可要寂寞许多了。一番自我调节之后，她才想起要恭喜米栗。

米栗显得有些不好意思："我也是这两天刚得到通知的，我也很意外。你知道，这个朝九晚五的正常班工作，是我梦寐以求的。我以为我得奋斗很多年才能爬上来，想不到机遇来得这么快。不过，调职公告是说下个月生效，我还得在前台窝几天呢。"不过，这几天算什么呢？之前，米栗跟夏花闲聊时，有说过自己的职业规划，当时她还不敢奢望进入行政办公室，目标仅仅定在财务部而已。她说，比起那些三班倒以客为尊的部门里那些熬得面黄肌瘦胃痛脚抽筋的孩子，财务、行政的小伙姑娘每天八小时按时上下班，该结婚的结婚,该生小孩的生小孩,什么也没耽搁过,实在太幸福了。如今,米栗如了愿,更是成为众人眼中叼到天降馅饼的幸运儿,没点征兆的,就上位了。

"嗯。总之,恭喜你。"夏花很诚恳地送上祝福。

米栗自己高兴,也没忘记夏花的新处境,拉着夏花,为她详解了一番前厅的行政环境。

前厅部归属市场销售部管辖,负责前厅、大堂和客户关系经理的管理。所有的前台小姐,初级的是接待员(Receptionist),中级的是前台经理助理(AM,Asistant Manager),上面的头是前台经理,也就是姚晶晶。前台分组管理,接待组的头儿是前台经理助理,前台经理助理组的头儿是前台经理,采取的是竖向交叉式的行政结构。

此外,大堂归前厅部管,这意味着,大堂值班经理(DM,Duty Manager)要由前厅部支派。姚晶晶自然是名正言顺的大堂经理,但由于三班倒,每天还有两至三名前台经理助理会轮班做大堂副理。

米栗加重了语气提醒夏花,大堂经理是前厅部的旗帜,是要全能的,当班时候事无巨细都要亲自操刀,要办入住手续(C/I,Check in),退房手续(C/O,Check Out),要管理大堂的所有突发事件和客户咨询、投诉,要填写大堂值班日志,要查客房免打扰系统(DND,Do Not Disturb),要查账,一到周末还要做财务报表发给销售老总……晚班没客房服务(HSKP),还要随时待命,负责为客房递送需求物品,万一技术部值班人员太忙,还要帮客人解决网络问题……这一切意味着,前台经理助理也要是个多面手。

说了一大串,夏花几乎被绕晕的时候,米栗顿了顿,点到题上:"从初级的接待员到前台经理助理,才是你在酒店业立足的第一步,许多人都要用两三年才升得上去,你好歹是对口专业的本科大学生,不要被那些中专大专生瞧扁了,要加油。"

夏花终于明白过来,米栗这是在为她做职业规划呢。心下感激,但不知道怎么开口,便笑笑问:"那你呢? 用了多少年升到前台经理助理的?"

米栗笑了一声,说:"半年。"

夏花心想,我一年能爬上去就不错了。但没说出口,只对米栗说:"我啊,尽人事,听天命。"

米栗神神秘秘地说:"不是还有我吗?只要你尽了人事,我就不会让你只听天命。你想,咱不冲别的,就冲那份工资,也得赶紧升上去。"

夏花明白米栗在说什么,也不好再接口了。

米栗的话虽然直白,可一点没错,经济基础决定上层建筑,若不是为了高一个等级的工资福利,谁会拼了命想升职?

在夏花酒店,接待员的月薪在1800元到3000元之间,前台经理助理的大约是3000元至4500元,前台经理的薪资标准她就不知道了,传说在6000元以上,外聘的甚至可达20000元。当然,这些是明面的,不包括灰色收入。

巨大的工资差,驱使着年轻貌美、体态轻盈的前台小姐们抛青春、洒狗血,用最美好的年华换取上升的空间,去追逐前台方寸背后那个无限宽广的世界。夏花自然不能免俗。更何况她还是条不敢自弃的鲶鱼。

第八章　前台，方寸间的繁华梦

沾亲带故才能为你做到什么份上，更何况非亲非故？

这就是真正的有钱人用钱砸人的伎俩？比直接骂一句"我叫你狗眼看人低！"要管用得多。

听了培训例会，拿了排班表，夏花有一天半的休息时间，想到家里的烂摊子，想到那张拆迁通知，她便开始头疼。但事情落在头上，终究是要解决的，她拉上米栗作陪，四下找房子。

拆迁赔偿下来之前是有租屋补贴的，但所谓的市场价是老城区的租赁价，跟正规小区的房价还是有段距离的，夏花工资低，虽然在酒店衣食无忧花费少，也是要掰着手指头过日子的。夏花又一心想找个离酒店近点的小区，上下班方便一些，但夏花酒店位处新商业中心区，附近的楼盘房价节节攀高。找了两家中介提交了信息，看了三套地理位置合意的，租金都高出预算许多。当夏花捏着钱包从第三套出租屋出来，米栗已经揉着小腿在嗷嗷叫苦，夏花护不了花，只得宣布这一天的行程就此作罢。

一路上，米栗看夏花愁着脸，终于忍不住问她："你家怎么大事小事都要你操心啊？你爸呢？这么大的事他也不回来处理的吗？"

夏花张了张口，又合了回去，只鼻腔深处有痒痒的一丝扰动。

米栗看她似有难言之隐，也不好追问，灵机一动道："要不这样，你随便找个地方,先把东西搬过去,你自己行李收拾一下,到酒店跟我住,怎么样?"

米栗属虽算不上外聘人员,但好歹是有经验的海归,福利比一般员工高许多,其中包括了北楼一间行政住房。但米栗家中条件甚好,晚上都自己开车回家,这个房间一直用来午休而已。夏花在餐饮部的时候,偶尔中午犯困,便会过去打扰。房间的条件是按中级行政人员的规格配置的,很不错。

米栗这样一提,夏花心动了,但转而想到自己的身份与米栗不可同日而语,又胆怯了起来:"可是,这是酒店给你配的房间,如果我住进去……好像不太合适啊?"

米栗愣了一下:"我倒没想到这一层,要不我回头请示一下人力资源部。不过应该没关系,反正你也转正了。"

夏花自然是一百个愿意,如果在酒店有个住宿的地方,是真的很不错,在布草房和餐饮部的日子里,每天都累得脱形,还要受来回两三个小时的车程折磨,真的是很艰难。在马场的那几天,培训和住宿的地方是紧挨着的,虽然日日操练得几乎要升天,但至少睡眠充足、饮食规律,相比上班的日子,还是有好处的。但想到进酒店以来都是米栗在关照她,又觉得自己有点过了,想了想,说:"鱼与熊掌不可兼得。你说的对,我还是先找个价钱合适的二居室住下来好了。回头如果太累了,就到你宿舍借宿一两天。"

回到筒子楼,赵阿姨正在指挥工人搬家,看到她关心了几句,把新家地址抄给了她,一再嘱咐她有事要跟老邻居们联系。

夏花一如既往安静地微笑,乖巧地点头。回到屋里给父亲打电话,费了九牛二虎之力接上线,船上的总机却说他上岸出任务去了,没个十天半月回不来。

犹豫了片刻,夏花在奶奶去世之后,第一次拨打了父亲那个全球漫游的手机号。

电话通了,背景声很是喧杂,父亲几乎是扯着喉咙在喊:"是夏花啊?……什么?这么快要搬家了?……花花乖,去找中介公司帮忙,随便租个二居室过渡一段就行了。没钱就拿爸爸房里的存折去取,等爸爸忙完着这阵再给你汇钱啊！有什么事找隔壁的叔叔阿姨们帮下忙！爸爸这边有事要忙，先挂了！""嘟"的一声过后，话筒里只剩长长的电话信号提示音。

夏花叹了口气，爸爸啊爸爸，您是在外面漂泊了二十年，不知家乡米贵啊，您不知道现在物价都涨成什么样了吧？——虽然家里人丁不旺，可是身在城市样样都要花钱，夏友正汇回来的那点粮饷连日常开销都维持得勉强。奶奶去世前，还拿她一份退休工资贴补着家用，奶奶去世之后，夏花是半工半读才支撑到毕业的，账户里哪还有多少余款。

手里捏着赵阿姨的新地址，又是一声叹息。沾亲带故才能为你做到什么份上，更何况非亲非故？想到这，她把纸条折一折，随手塞到了电话簿夹层里。

好在，夏花是蜥蜴科的生物，自我恢复能力很强，休息了一个晚上，继续上路看房子。放弃夏花酒店附近的高价区，找个租金适中的二居室就没那么难了。半天不到，她便有了意向。

因为夏花赶着回去上班，下了个订单便搁置了，约好过一礼拜后交齐全款拿钥匙。

离前半夜的班次还有点时间，夏花早早地换了新制服到前厅来，想着提前适应适应，先帮米栗和白班的同事们打打下手，笨鸟先飞嘛。

乍见夏花款款行来，米栗擦了擦眼，惊呼："夏花，这身制服是专为你设计的吧？太漂亮了！"

她表现得夸张，但非言过其实。前台制服是西装加短裙，款式大方、线条流畅，穿在身材匀称的夏花身上很是帖服，偏短的裙子更是和夏花一双长腿衬得相得益彰，真是增一份嫌多，减一分嫌少。

前台的同事纷纷点头附和，弄得夏花很是不好意思，不由自主地扯了扯裙摆。

米栗上前拍下她的手说："别扯了，多好看呐。"说着从头到脚打量了夏花一番，酸酸地调侃："你说你也没多高，怎么就能长出这么好的比例来？就这腿直的，要羡慕死多少人啊！"

夏花一边往前台里面躲,一边笑道:"少拿我寻开心了,我哪有你这么……妖娆漂亮?"

米栗啧啧地夸个不停:"有你这样的美腿,才叫妖娆好不好?哎,哎,真是好看。"

夏花伸手去遮米栗的眼睛:"别看啦,又不能当饭吃!"

米栗拨开她的手,不依不饶:"怎么不能当饭吃了?你没听过裙长理论吗?短裙子好,说明经济繁荣啊!经济繁荣,当然有饭吃了!"

"裙长理论"(Hemline theory),夏花当然听过,那是一位闲极无聊的美国经济学者提出来的,说是女人的裙长可以反映经济兴衰荣枯,裙子愈短,经济愈好,裙子愈长,经济愈是衰弱。如果女人们都穿上了扑脚踝的长裙,那肯定是大家都没钱买丝袜了,说明经济已是艰险。

夏花听米栗这样瞎扯觉得好笑:"老美的理论向来是天马行空,裙子长短都能跟经济扯上边了。敢情咱酒店是为了经济繁荣才让前台穿超短的?"

米栗一怔,转而又笑弯了眼:"你这因果关系倒置得好哇,把自个儿都绕进去了吧……"

两人说说笑笑,直到有客人办入住,才赶紧收敛,笑脸迎客。

过去几个月里,夏花虽然受了培训中心好几次的理论考核,但毕竟没有在前台实际操作过,眼下显得有些木讷。她识相,看米栗熟练地为客人的咨询作排解,帮忙办着各种手续,她主动搭着下手,一板一眼地学习。

到可以闲下手来的时候,米栗带着前辈的自豪深深浅浅地教她:"白班做得最多的是入住手续和退房手续,当客人从前厅朝我们走来,开口说第一句话,我们就应该试着判断要提供哪些服务了。就说最简单的,帮客人办入住手续,有分不同的待遇。你知道吧?"

夏花微笑道:"好歹培训中心也花了好几个月培训我,我哪能不知道呢。普通散客多半自己来前台办入住和退房,但是 VIP 客户和团体客户,我们得引路,做 in room check in(到房入住)。"

米栗点头,"不仅如此,偶尔也要见机行事,一些散客虽然没有要求我们做带房服务，我们也会主动做的。"

夏花歪着脑袋问："为什么？"

米栗轻笑道："当然是为了钱……有的客人是自己过来的，但有身份有地位，自然要服务到家，这样说不定会为酒店多发展一个 VIP 呢。"

"那干脆全部做 in room check in 不就得了？一个都不放过。"

米栗继续发笑："你觉得这可能吗？酒店几千个房间，每天上千人在前台流动，就我们几个人当差，忙得过来吗？"说着拍了拍夏花的肩膀，"前台小姐当久了，你自然也就会看人了。什么人往你前面一站，真龙假凤一眼就能把人家看穿。"

原来当个前台小姐，不仅仅是微笑服务，还要修炼成"门槛精"才行。夏花心中有点莫名的难受，但没有表现出来，只笑得心领神会地对米栗说："知道啦，就是要有点眼色。"

米栗带着夏花办了几个客人的入住和退房，看了看表，已近交班时间，有点意兴阑珊。这时，有一东一西两个青年女人步入大厅，朝前台走了过来。

西方女人看似英法一带的，三四十岁的样子，稍显丰腴，但比起众多外国人来说还算瘦的，看上去很干练。

东方女人应该是个华裔，举手投足间散发着幽兰般的气质，皮肤好得可以掐出水来，看上去很年轻，可眼神中又有种与外表不相衬的老成。算不上倾国倾城，但只说她清秀又似乎太贬低她了。夏花看了她好几眼，心想，这大概就是清丽中的极品了。

两人是来办入住的，开口讲的是中文，米栗接过护照之后，满脸堆笑地招呼道："卓小姐、甄妮小姐，欢迎两位入住，请稍候片刻。"说完，让夏花去翻文件夹，找出存了预定信息的专用文件夹，紧接着在系统里安排了两个房间，激活了房门钥匙，交给客人。

程序是一般的入住程序，米栗的动作是一如既往的麻利，夏花以为就这样结束了，没想到米栗抬起手腕看了看时间，随后胳膊肘推了夏花一下，低声嘱咐："这位卓小姐由你带上去吧？"说着敲了敲表盘。

夏花意会,米栗这是要下班了,所以让她带人上去。可是,为何要做到房入住呢?一中一外两个女人一起出现,无非就是翻译和老板、老师和学生、业务员和客户,或者单纯朋友关系。看不出来是什么有身份有地位的人,照着米栗先前所说,做到房入住不是多此一举吗?虽然心中狐疑,还是秉着服务业该有的态度,热情地帮两位客人拖了行李箱,引路上楼,一路上没少作设施介绍。

夏花一路察言观色,心里一直在琢磨这个卓小姐到底是甄妮的中文老师,还是翻译。究竟要先带卓小姐入房还是先给甄妮讲解屋内设施?纠结了一路,最后快刀斩乱麻,先带甄妮入房讲解,应该错不了。

没想到甄妮主动说:"先送卓女士进房吧。"她用的称呼是 Lady Tso,可以是女士,可以是小姐。

夏花愣了一下,心想的是,外国人果然随和,会先替帮她做事的人着想。于是看了眼那位卓女士。

卓女士淡然看着甄妮:"没事,我先在你房里坐会儿,说几句话再过去。"说完又转头对夏花嘱咐了一下:"我们都到甄妮房里就可以了。谢谢。"

见甄妮没有反对,夏花照办,帮着把行李送进房,讲解了一下屋内的设施和用法,末了再次跟卓女士确认:"卓女士,需要我送您入房讲解一下吗?"

"不用了,已经很清楚了。"卓女士摇了摇头,嘴角浮着一抹轻飘飘的笑容,"这样就可以了。谢谢。"

既然如此,便可以功成身退了。夏花双手奉上隔壁房间的门卡,告辞离开。

才一转身,甄妮喊住她道:"等一下。"

夏花回头一看,甄妮正在掏钱包,看来是要给她小费。这一刻,夏花才恍然大悟,米栗为什么要她帮这两个客人做到房入住,原来为的是这一茬。

甄妮掏了张花花绿绿的不知哪国的钞票出来,还没递过来,便被旁边的卓女士给拦回去了。只见卓女士淡然一笑,把甄妮的钞票塞回钱包里,说:"你没看这位夏小姐是新人?做得这么好,要多给人家一点鼓励。"说完从她的手袋里掏了张面值50元的英镑塞给夏花,还直说谢谢。

她胸前挂着工作牌,所以卓女士知道她姓夏,夏花唯一不明白的是,她全身上下哪里挂上了"新人"的标签?但被那50英镑给晃花了眼,心里那一点点狐疑被忐忑和兴奋给挤了出来。

回到前台,已过了交班时间,米栗也已不在岗位了。夏花没忍住兴奋,趁着没人,拨了手机过去,汇报战况。

米栗口气甚是得意:"我早看出来了。那位卓小姐可不一般。"

夏花愣了一下:"不是那个甄妮吗?"想到自己的小费最后是卓女士出的,有点咬了舌头的感觉,"那啥,我发现,我刚犯错误了……"

米栗亦是一愣,不放心地问:"你……犯啥错误了?"

夏花一五一十道:"我先送甄妮入房。"

一秒的沉默,夏花完全可以想象米栗正在摇头。之后,米栗长叹一声说:"你看不出来那个卓小姐才是 boss 吗?"

夏花被难住了,极为好奇:"你怎么看出来的?"

米栗娓娓道来:"那位卓小姐一进门,我就看到了她手上的包包,那是NL今年的定制版,每年一个系列,每个系列就那么三五个,每一个的款式都是针对客户的身份气质来设计的,全世界找不到第二个。我上月从时尚杂志上看到同样花纹的一个,是欧洲一位王妃出席国宴时提的。这种包,有钱也买不到,爱马仕铂金包跟它都没得比。跟你说,那个包就算是借,也不是一般人能借到的。其次,那个卓小姐已经三十出头了,看上去才二十出头,可见是养尊处优的,对比她来说,那个白人甄妮,实际年龄比卓小姐大不了两三岁,看上去却老了十几二十岁,一双手也很粗糙,说明很操劳。还有就是,甄妮拿的是欧洲的普通护照盖的是旅游签证,卓小姐拿的却是南洋某国的公务护照,免签的。你说,谁是主谁是仆这样还分不清吗?"

夏花听完米栗的分析,想到自己刚刚的所作所为,突然觉得那张50英镑的钞票无比沉重,压得她喘不过气来。想到那位卓女士最后的淡然一笑,她甚至有点发颤:或许这就是真正的有钱人用钱砸人的伎俩?比直接骂一句

"我叫你狗眼看人低!"要管用得多。

如此一来,夏花显得有些郁闷,谈话也不尽兴了。

米栗没察觉出异常,继续跟夏花炫耀着她的火眼金睛。

夏花心里难受,想转嫁出去,鼓足勇气纠正她:"有个事情你判断错了!"

米栗惊愕:"什么事?"

"那个估计是卓女士,不是卓小姐。甄妮就叫她作 Lady Tso。"

米栗噗嗤笑了出来:"我当多大事呢。她护照上是单身。Lady 可以翻译成女士也可以翻译成小姐,这个我可没办法。"

前半夜的酒店前台,事情实在不少,办退房的基本没有,但陆续有人入住,客人房间短了东西要通知客房部值班人员,客人电脑网络连不上要安排技术员上去,醉酒耍无赖的要通知保安来架走……

忙到半夜,到点下班,直奔倒班宿舍,头一歪人一倒,外衣都没脱便睡着了。隔日醒来,稍微洗漱了一下,去更衣室换上自己的衣服,正要回家,电话声欢快响起,米栗故作神秘道:"我给你带了点好东西,你来前台拿一下再回去吧。"

夏花不解风情道:"什么好东西? 不说我就员工通道回去了。"

米栗嗔道:"哎,骗一下都不行。就是今天白班只有我和付恺芘,她请了两小时假,我一个人太无聊了,想找你陪我们一会儿。"

夏花稍一迟疑:"不行啊,我没穿制服。"

"没关系啦,就躲里面,把外套披着,陪我聊一会儿,待会付恺芘一来你就回去呗。就一会儿,好不好?"

夏花还是不放心:"姚经理在那儿盯着呢,不会处分我们吧?"

米栗不以为然:"不会啦,她自己有空的时候比我们还八卦。"

经不起米栗的哀求,夏花答应了下来,不就陪她闲聊一会儿吗。到了前台才知道,米栗还真的是给她带了点东西——她上次故意避开不吃的榴莲飞饼。

米栗最近迷上了对面素问锦斋这款榴莲飞饼,简直到了疯魔的程度,隔三差五就得假公济私过去打包早餐,连做饼的印度师傅名字叫桑杰(Sanjay)都给打听出来了,据说都混上朋友关系了,不用拿预订票也能拿到每天早上的第一炉飞饼。

米栗讲得口沫横飞,夏花心里却是心惊胆战,生怕米栗一个兴奋过头,把那整个榴莲飞饼塞她嘴巴里去。想想再躲下去实在不是个办法,索性把实话说了:"跟你招了吧,其实我不敢吃榴莲。闻到这味都受不了。上次在素问锦斋就是故意躲这道菜才撞到樊素问的。"

"榴莲是水果皇帝啊,你居然不吃,太可惜了。"米栗又惊讶又遗憾地摆摆手,"不吃算了,我自己吃。"说完,趁着还没什么客人来,三两口把那块榴莲饼给解决了。

夏花此刻光想离她远点,退避三舍,几乎躲进墙角根了。遥见门口有客人穿堂过来,再看自己一身不合宜的打扮,赶紧推了推米栗:"客人来了。你看着办啊。"

米栗心情正好,见到客人立即笑开了花,离开前台凑了上去,一开口便是欢迎您入住我们酒店,我们的设施如何如何,服务如何如何,保证让您宾至如归……她受过专业训练,这一串话只用一个长句,不带逗号便解决了。说完直接打了个饱嗝。

刚吃下肚的榴莲饼在肠子里发酵得正浓,此时那股真气得到了最好的释放。

黑人老太太在听她那句话的时候已经是皱着眉,眼睛睁得几乎裂开,此时急速别过脸去,用一种九曲十八弯,类似歌剧高潮的音调尖叫了一句:"Oh～～～! My～ God～……"接着一甩脑袋,提起行李便往外冲,一气呵成。几秒的场景让所有在场的人目瞪口呆,这黑人体魄真是名不虚传,老太太提着行李箱还能跑那么快——说她跑得比袋鼠还快,真不夸张。

米栗直愣愣目送老太太逃离,好几秒过去,才在哄堂大笑中反应过来:她嘴里的榴莲味生生轰走了一个客人!于是,站在大堂中央傻呵呵地笑了好半天。

姚晶晶在旁边是目睹了全程,对此又好气又好笑,上去狠狠瞪了米栗一眼:"还不赶紧刷牙去!"

米栗吐了吐舌头,跑楼上去了。

夏花本想撤了,一看这架势,前台怎么剩她一个了? 一下子进退两难,看了看姚晶晶,希望她能给点反应。

姚晶晶看了夏花一眼,又看了看表,终于上前开口:"现在不是你当班吧?"

夏花讷讷说:"嗯。我马上要回家了。需要等米栗下来吗?"

"不用。我在就好。"姚晶晶说着进了前台。

夏花脱了外套塞下面,背上包包,正要走人,姚晶晶喊了声:"慢着。"

夏花有点惊讶:"还有事吗?"

姚晶晶面无表情地丢过来一本报表:"这个你负责拿去给总经理签字。"夏花心里很是疑惑,向总经理汇报工作的事情不是应该一级一级往上报的吗? 就算是突发事件,要找人拿上去,不是有一个组的前台经理助理让姚晶晶差遣的吗? 更何况其中还有即将上任的大秘呢! 怎么会找上了她这只菜鸟? 又或者,正因为她是前台的新人,所以姚晶晶才打发她去办这事?……

夏花想得脑袋发胀,拼命摇了几下,决定不再纠结。

反正她只是小啰喽一枚,上头有话照办就是,于是拿了报表准备上楼去。刚看了电梯一眼,姚晶晶已经心领神会知道她要干吗,开口说:"不用上去了,高总不在行政办公室。"

"啊?"夏花看向姚晶晶,"那我拿去哪里给他?"

姚晶晶低头翻查账目,不想理会夏花的样子,只说了句:"这个你自己解决。明天之前给他签字就可以了。"

夏花看这情形自己是骑虎难下了,只得默默站着,磨时间等救兵。磨到米栗下楼,姚晶晶离了前台,夏花赶紧拉着米栗探问:"姚经理叫我拿份报表给总经理,可是总经理不知道去哪儿了,怎么办啊? 你知道他在哪儿吗?"

米栗偷偷摇头:"这会儿别说姚晶晶不知道,连上面几位总监都不知道他去哪儿了,跟他关系最铁的卫民好像被问得不耐烦了,昨天就找了个幌子出差了。据说 KK 都失踪好几天了。不然我的调职任命也不会拖到下月才执行啊。"说完翻了翻夏花手上那份报表,自言自语道:"这姚晶晶也真奇怪。不是出了通知,由威廉撵暂代总经理职权的么?不找威廉撵,找你干吗……"

夏花可没听进米栗那么一大串有的没有的,她只听到"KK 失踪好几天了"已经全蔫了:"那我可怎么办啊?"

米栗摊摊手:"打他私人手机,打到通为止。"

打过第一通电话,夏花算是明白了,这次的任务可真是个挑战。高景生的电话提示不在服务区!

夏花觉得这事真没那么简单了,日理万机事事躬亲的总经理居然闹失踪,姚晶晶居然把找人这事推给夏花这个八竿子够不上总经理西裤脚的新人……夏花最后得出结论,姚晶晶定是看中了她的坚持,所以给她一天期限,让她坚持不懈地打总经理电话,打到通为止。

如此逻辑,也算说得通了。

可是,要怎么才能把不在服务区的手机打出响声来呢?夏花很是犯难,家也没想着回了,坐在前台最里边的位置发呆,然后隔几分钟回下神,拨一次电话。

大约过了一小时,米栗终于于心不忍,提醒了夏花一句:"要不,你去找樊素问套套口风?"

"对啊!"夏花拍案而起,"我怎么没想到!"

米栗朝天直翻白眼。

第九章　位置,决定胃口

　　当今社会,卓越往往需要以健康作代价,如此不划算,可还是引得无数精英分子前仆后继,只要成功不要命。

　　聪明人招人注意也招人妒忌,所以傻人有傻福。

　　夏花鼓足勇气进了素问锦斋,别别扭扭地跟前台小姐问老板娘行踪。前台小姐带着点俾睨众生的姿态扫了她一眼:"有预约吗?"

　　夏花有些气不过,明明是同行,居然被人家压过了气势,气血一上涌,冲口而出:"你跟她说,高景生让我来找她的。"

　　说完不足三分钟,便见到了神情紧张的樊素问——还是在上次那个寒柳轩。夏花后来才知道,这个寒柳轩是樊素问特意留给自己的,诗情画意的她喜欢在这里招待朋友或自我陶醉。

　　见到夏花,樊素问虽面挂微笑,却明显是勉强的,纤手一抬,把右边的头发轻轻挽到耳后,招呼夏花坐下,随后问道:"景生那里缺什么了? 要麻烦你跑这一趟,真过意不去!"

　　果然,她是知道高景生行踪的。夏花笑得有些腼腆:"不好意思。其实不是高总叫我来的。是我想来找你帮忙,酒店有点紧急文件要他签,却怎么也找不到他。"

　　"原来是这样。难怪……"樊素问似乎松了口气,转而又审犯人似的看着她："是卫民让你来找我的？"

夏花摇了摇头："是上面交代了任务，我实在打不通高总的电话，没办法，就想到来这里碰碰运气了。您既然知道高总在哪儿，告诉我一声行么？我这真有急事找他。"

樊素问显得有些犯难，一秒的迟疑之后，说："你稍等一下。"便拿着手机出门了。看样子是给高景生请示去了。

过了几分钟，樊素问捏着手机一路"嗯"着往寒柳轩走，进门瞥了夏花一眼，冲手机里说了句"我让她跟你说"，便把手机塞给了夏花。

夏花意识过来将要和谁对话，舌头突然打了结，一句半带哆嗦的"你好"之后便不知要说什么了。

也许是线路的问题，电话里高景生的声音略显低沉，比平日多了点磁性："你找我什么事情？是不是姚晶晶交代你的任务？"

夏花一时间不知道要先回答哪个问题好，脑海是一幅天人对战的情形。

"你在听吗？"

被高景生再次提问，夏花终于回了神，脑子清醒了，口舌也利索了："是，姚经理让我拿份报表给您签字。挺急的。"

"这样。"高景生似乎是思考了一番，"你自己一个人过来。让樊小姐派个车。记住，别跟任何人说我在哪里，姚晶晶也不行，你明白吗？"

夏花不带思考地"嗯"了一声。

高景生意犹未尽，又接下去说："聪明人赚掌声，老实人赚信任，掌声激动人心但响完就没了。信任看不到摸不着，但随时可能增值。你自己把握好。"

夏花听得蒙蒙的，根本理不清这到底是个什么状况，又"嗯"了一声，听他吩咐的把手机递回给了樊素问。

樊素问连"嗯"了两声，关心了一句："你今天还好吧？这些小事赶紧打发了就算了，别太费神了。好好休息。"终于挂了电话。

也就到这个时候，夏花才终于问出高景生的现状——原来是胃穿孔，动了个不大不小的修补手术，还在部队医院躺着呢。当今社会，卓越往往需要以健康作代价，如此不划算，可还是引得无数精英分子前仆后继，只要成功不要命。

坐着素问锦斋的车往西环部队医院疾驰的路上，夏花一路都在腹诽：不就是生病了吗？又不是什么见不得人的事，干吗病假不请，搞得神神秘秘的？难道是为了形象，面子工程？

她心里说，这真是件蠢事。

当然，她更加明白，这一切轮不到她来评说。她只需要乖乖地执行她的任务，如此而已。

樊素问安排了司机送夏花到西环的部队医院，临出门还特意叮嘱夏花，司机虽然每天去送饭，但只和看护小姐接触，并不知道住院的是谁，让她别泄露出去。夏花忙不迭地点头。于是，一路上装着闭目养神，避免司机职业病犯了找她聊天，到时她又答不出来，多不好意思。

昏昏沉沉一个多小时过去，总算到了目的地，夏花下车的时候，正值大中午，阳光正好，她扬起脸，双眼被阳光一刺，隐约有点眩晕的感觉。

医院大院很是宽敞，有个小公园，几栋大楼错落有致。

这家医院，夏花并不陌生。三年前，奶奶心脏病突发，便是送到了这里。手术没成功，老人家没受什么苦便去了，因为手术交了一大笔钱，于是也没留下什么给夏花。夏花当天是在看着奶奶的尸体送往太平间之后，才回家找出父亲的手机号码拨过去。后来，夏友正依旧吊儿郎当在外飘荡，给了学费忘给家用，给了家用又短了培训金，夏花时不时捉襟见肘，便开始了半工半读的生活，贴补自己的学习开销。至今。

一个眉清目秀的看护小姐下来提了饭菜，给夏花带路上去，两人撇下司机上了住院部的大楼。

从夏花到马场参加训练至今，已经十多天没见过高景生，进了病房乍一见，瘦了一圈，两颊都凹了一点进去。果然是病了。

高景生看到夏花倒是笑了，双手撑了床面坐起来，招呼夏花坐下。他住的是豪华病房，配置一应俱全。夏花道了声谢便坐到了床边的沙发上。刚从包包里抽出文件夹来,便听见看护小姐在餐桌前鬼叫:"天哪,这是给病人吃的吗?跟他说了多少遍了!"说着风风火火走到高景生面前:"高先生,您家里实在太敷衍了事,照这样的食谱过日子,生冷不忌加上您的不按时吃饭,您这胃不用多久还得穿。"

高景生笑得有些勉强:"又怎么了?"

看护小姐指着饭菜说:"前两天弄得五花八门,煎炸的酸辣的全给上了。昨天我忍不住说了那位送饭的一顿,我说该给病人准备点粥吧,结果你看弄的什么粥啊,居然加生猛海鲜,不知道海鲜是发物吗?还有这些菜,这么油腻,一看就是直接从餐馆拎来的……"

高景生摆摆手,说:"这个晚点再说,我们要谈点公事,您先去忙吧。"

看护小姐意识到自己是多余的,退了出去。夏花二话不说,急急把报表呈给了高景生,见看护小姐离开时把饭菜都盖上,把垃圾也都带了出去,有感而发:"这位看护小姐挺细心的。"

"嗯,人挺好的。"高景生头低着头看着报表,点了下头,突然爆出来一句,"就是有点罗嗦。"

夏花第一次听到他嫌弃下面的人,竟然是个这样的缘由,忍不住便笑了,发现高景生正抬眼瞧她,赶紧解释道:"那啥,罗嗦点好,不然太安静了,多闷啊。"

高景生笑了笑,低头继续翻阅文件。

报表上有近一个季度的各类型房间入住率,以及最近七天的客人入住明细,还有几张密密麻麻的调查分析,等等。高景生一页一页地扫完,签了字。

夏花想起来姚晶晶的吩咐,提醒高景生说:"高总,最后一页是姚经理跟您请示要特批的单子……她说希望您顺便批了。"那张特批单,是姚晶晶为一个商务房客人做的客房升级服务的特批请示单。如果只是升级豪华房,姚晶晶自己就有那权力。正因为这个跳级程序太不正常了,才需要最高领导的审批。

但夏花依然觉得奇怪,就算是给商务房客人升级,最多也就是升到豪华房,怎么一下子跳到了统套? 不过,以姚晶晶的谨慎,不可能无缘无故做出越位的事情,这件事必然是有需要,她才提交总经理审批。

果然,高景生翻到那张客房升级特批单,看了一眼,"嗯"了一声,大笔一画,落了名字上去。末了,抬起头问:"这位秋不落女士的客房升级就按姚晶晶的意思去办,你跟着姚晶晶多学着点如何招呼统套的客人。"

夏花认真地听,认真地点头。

高景生突然想起点什么,埋头回去把最近七天的客人入住明细翻了一遍,倒抽了口气,指着其中一栏问她:"卓女士的入住手续是你办的?"

夏花凑上前看了看高景生手指的那行信息,原来是那位带了白人女助手的卓女士,点头道:"是的。是位很好说话的客人,看样子来头不小呢。"

高景生眼中流光一闪:"你哪里看出来卓女士来头不小?"

夏花嘿嘿笑了两声,说:"那啥,是米栗看出来的。"

高景生嘴角微抿,过了一会儿,才说:"你看看你们是同龄,她可比你机灵多了。你要努力。"

夏花心想,明显是天分有差,再怎么奋起直追也不是可以勤能补拙的。在眼色这方面,她是不敢对自己存太大希望的。但面上,还是继续点着头配合领导。

高景生合了文件,嘱咐夏花说:"把卓女士的房间也升级为统套。"说完又想了想,反悔了:"还是算了。卓女士有什么需要你尽量配合就行了。至于那位秋女士,你跟着姚晶晶,全力以赴服务好。别的事情我过两天出院再处理。"

任务圆满完成。夏花放下了心。

高景生挽留夏花留下与他一起吃饭,夏花一双手摇得飞快,说什么也要赶回去交任务。其实她是没跟领导一桌吃过饭,拘谨得很。与其吃得消化不良,不如自己回家啃烧饼吃泡面自在些。

高景生见她从入门开始,一直是亦步亦趋,但比起从前手忙脚乱的样子,是大有长进了,他是真心想邀请她一起就餐的,毕竟一个人吃饭真的是很无趣,何况还是那些他咽不下的东西。素问锦斋再怎么打新概念私房菜的招牌,毕竟是餐馆,为了做到色香味俱全,味精、香油等调味料少不了,大厨的手笔又一直是偏重的,也不知道这算不算是他的自作孽。

见夏花去意已决,甚至说司机还在楼下等,高景生也不好挽留了,便叮嘱了句"路上小心",算是告别了。

夏花拉开门那一瞬,有种获释的感觉。没想到门才拉开一个缝,高景生的声音又突然出来:"夏花……"

夏花吓得抖了一下,手一松,门又关了回去。

高景生看着她,表情很自然:"你会做饭吧?"

夏花傻傻地点了点头,不明所以。

只听高景生慢悠悠说了句:"那你明天帮我做点饭菜带来吧?"

"啊?"夏花一时讶异得合不上嘴,半天才战战兢兢问,"您说,要吃我做的饭?"

高景生点着头说:"我就是想吃点家常菜。对了,你过来一下。"

夏花走回他床前,看着他从抽屉里拿出钱包,抽了一小叠粉红钞票出来,直到那几张票子塞进夏花手里,她才算明白过来,这家伙,是把她当临时保姆了。如此一来,她倒是放松了,当他面就把钱数了一遍:"两千块?给这么多啊。好,您还准备住几天院?您接下来的伙食,我包了!"

高景生看她见钱眼开的样子,很真实也很有趣,心情也莫名其妙好了起来:"再住十天半个月你都包伙食吗?"

夏花掰着手指头仔细算了算,答道:"那不行,那我不是亏本了。"

高景生笑道:"我后天下午就出院了。你负责我明后天的伙食就行。做好了,可以交给素问锦斋的司机带过来。"

夏花"哦"了一声,忽想到自己家离这里比酒店近多了,顺便提了提:"其实,我家离这里蛮近的。我坐个公交车过来,三站就到了。呃,您知道的呀。"

高景生想起她家就在西环旁边的老城区,点着头:"对。挺近的。那就麻烦你了。"

"嗨,小事。"夏花一摆手,"刚吓死我了,以为我哪里做错了,您要把我叫回来训一顿呢。"

高景生轻声一笑,前事不提,问:"转正了吧? 进酒店也三四个月了,感觉怎么样?"

夏花盯住高景生:"您是在考核我吗?"

高景生笑着摇头,说:"要考核你也是人力资源部的事情。我就是同事之间关心一下而已。"

夏花吐了口气,说:"酒店啊,很好啊,整个团队朝气蓬勃,帅哥美女那么多,时不时还有几个明星客人入住可以看两眼,养眼就是养心情。这是个可以让人很快成长的地方,我挺喜欢的。"

高景生点头道:"那就好。算适应了。坚持做下去,永远像现在这样认认真真地做事,做什么都会成功的。"

夏花点着头,突然发觉高景生似乎特别爱给她上课,"扑哧"笑了出来。

高景生问:"我说得不对?"

夏花摆着手,拼命转着脑袋:"没有没有。我就是在想,不是在说管你的饭么,怎么扯这么远了……对了,你想吃什么?"

高景生仔细想了想,居然想不出任何垂涎的东西来,只得说:"随便吧。"

夏花在餐饮部被"随便"二字整得有够惨,哪里接受得了这个答案,当下忘了顾忌上下有别,噼里啪啦道:"没有随便! 喜欢吃什么不喜欢吃什么,都点出来啊。"

高景生看她着急的样子很是有趣,慢腾腾一点一点地边想边答:"我喜欢清淡一点的,我不吃动物内脏,不吃有壳的生物……不吃葱蒜,不吃芹菜,不吃所有味道奇怪的东西,不吃南瓜,还有,红白萝卜我都不吃……对了,我也不吃胡椒粉。"

"天。"夏花几乎要翻白眼,"这么多不吃,难怪要胃穿孔。真不知道你家人怎么把你养这么大的。"直到下楼了,一路走一路还在自言自语:"惹毛了我,我就多熬点白粥,让你一天三顿喝白粥……"

毕竟人家没亏待她，夏花自然不敢真的一天三顿白粥敷衍高景生。当天半夜下班，她摸黑上网仔细查了查资料，搜集了一些胃病的食疗方案，第二天天未亮便离开酒店到市场买足了材料，回到家两袖一挽，做了个最简单的小米粥，做了几道清淡的小菜，又用吴茱萸、橘皮、生姜炖了条鲫鱼。赶到医院的时候，才八点半，高景生正在看早间电视新闻。

夏花绕着饭桌盛饭菜、摆碗筷，然后到床边想扶高景生过去。高景生摆摆手，自己下床。

夏花一路跟在高景生身边，欲言又止："那啥，高总……"

高景生发觉异常，侧头眯了眯眼："现在不是上班给顾客作介绍，你可以跟其他同事一样，叫我KK。"

"呃，好。KK……那啥，能不能跟你商量个事？"

"什么事？"高景生有点好奇，这小姑娘平日不是有什么说什么的么，怎么突然就磨蹭起来了。

夏花抓了抓头，鼓足勇气："你能不能，吃点南瓜？"见高景生一脸写着"不"字，没让他开口，赶紧接着说："我查了好多食疗养胃的方子，都说南瓜是最养胃的东西了，还有你不吃的胡萝卜，多吃点，都可以保护胃黏膜。你就勉为其难，吃一点点试试好不？"

"这……"高景生想到南瓜，想到胡萝卜，这些他自小不吃的东西，心里是极排斥的，但看见夏花摆出一脸正气，跟幼稚园老师教育不乖的小孩似的，他只得皱着眉头应承下来，"好吧，试一点点看一下。但是，做得不好吃别怪我倒掉。"

夏花显得很高兴："愿意试就好，咱慢慢来，慢慢来！"还真的有点保姆的风范了。

高景生从来觉得有热情是件极好的事情，当下便当成自己做好事了，只剩一天而已，就算勉为其难吃几口不爱的东西，能换得别人一张笑脸一份开心，未尝不是个好买卖。

前一日他也只是一时兴起，冲口而出，没想到夏花答应得那么爽快，处理得这么积极。他心里有种莫名的高兴。少盐少油无味精的家常粥菜终于让他开了胃，加上夏花刻意把小米粥煮得烂稠，他才可以轻松入肚。喝了口粥，忍不住夸夏花一句："手艺不错，你妈妈有你这样的女儿一定很贴心。"说完才猛地想起来她是没有母亲的，赶紧补了声："不好意思。"

夏花倒是表现得很平常，微笑着说："没事。我又不是石头缝里蹦出来的，还不让人提了？"接着，她微笑着告辞，微笑着转身离去，微笑着走出医院，上了公交。直到回了家，在那个堆满纸箱的破落老屋，关了门，对着四面冷墙，夏花终于瘫坐地面。

其实，当着高景生的面，她是想说几句话的。她想说，如果她有妈妈的话，用得着这样奔波着讨好别人，用得着总是谨小慎微生怕得罪任何一个人吗？不知道为什么，一大早给高景生送饭路上她便有些莫名的不开心，一路都在想，她为什么要这么做，嫌晚上上班不够累吗？还是纯粹同情高景生？又或者全因她对他的个人崇拜？最后她发现，她对高景生的景仰远不及畏惧——她不敢得罪总经理，潜意识地就想讨好他。

因为在这个世上，她只剩酒店工作这一个依靠，过去几个月里倾注了那么多心血进去，如果不小心丢了饭碗，她真的不知道再要何去何从。

别人家跟她一样大的女儿，有的还在跟爸爸妈妈撒娇。可她，上幼儿园时候便知道这只是个梦，一个永远不会实现的梦。爸爸就像传说中那只没有脚的鸟，永远不会落地。而妈妈……她从小没有妈妈。她对母亲的所有认识，都来自奶奶和邻居的描述。

奶奶在世的时候，脾气是出了名的好，可是每次提到她妈妈，都要骂到词穷才歇口。

奶奶说，她妈妈长得妖里妖气的，是个水性杨花的女人，崇洋媚外，一心想要出国，搭上了一个外国人便丢下丈夫女儿，跑得无影无踪。

可是邻居赵阿姨她们都在背地里说，她妈妈很漂亮，说话柔柔的，总是穿着长裙，浪漫极了。她记得有一次赵阿姨看了她好久，用一种略带遗憾的口吻说："你长得真甜，就是可惜，还是不如你妈妈漂亮。"

她不知道谁是谁非,因为她没见过妈妈,连张照片都没有。小时候不懂事,问奶奶妈妈长什么样,被奶奶打了一顿,给了一句"妖怪长什么样,你妈就长什么样!"吓得她再也不敢在奶奶面前提妈妈二字。后来无意间偷听到奶奶和爸爸的谈话,她才知道,妈妈的所有东西,都让奶奶给烧了。

妈妈对夏花而言,一直只是一个符号。一个可以给她温暖怀抱的梦想符号。

她唯一知道的,自己和妈妈之间的关联,是从她的名字里读出来的。

她妈妈也不是什么都没为她做过,至少为她起了名字。她的名字,满满是妈妈的寄望。

妈妈叫秋叶。所以她叫夏花。

生如夏花之绚烂,死若秋叶之静美。夏花自己从家里那本《飞鸟集》中读出了答案。

只是可惜,她未能像母亲所寄望的那样,她这朵小野花,撑死了也开不出绚烂的夏景。她一直都只是凭借自己微薄的力量,兢兢业业地经营她平凡的人生,但图安稳。她想,如果有朝一日,她身上上演了花开富贵的戏码,那应该只是老天爷发错了牌。

她从来没有想过太远的事情,所以难过也不会很久。吃了饭午休了一阵,她开始淘米给高景生做晚饭。收人钱财替人消灾,无论如何得把老板伺候周到了。她做事一向认真,做饭也不例外,进厨房之前,她又仔细翻了翻养胃食谱,检查了剩下的材料,参考着做了几道食疗的小菜,熬了锅浓浓的米粥,还加做了一个南瓜粥作甜点。

她忙得很单纯,忙得不再有任何想法。她不知道,这个城市的另外一个角落里,高景生也在忙,忙得很有想法。

此时的高景生正在给卫民打电话:"老卫,这两天你忙不?"

电话那头的卫民明显又在抚摸他的地中海,半天才笑了出来:"你知道的,威廉掸这人那么谨慎,想让他出点纰漏真的不容易,我真的是黔驴技穷了。你猜你我现在在哪儿吗?"

高景生也有点愣住："你在哪儿?"想到夏花绕了好几圈才找到他,突然有点明白怎么回事:"顶不住,跑了?"

"算那位客户关系经理倒霉吧,进酒店没几天,拿不出什么建树,也不知道他哪里碍了威廉掸的眼,只能让他走人了。我怕威廉掸再搞下去,会弄个连坐出来,到时候人力资源部非关门大吉不可。所以啊,我就跟顶楼你那些旧识套了套交情,跑海南分店考察几天再说。"卫民一口气讲了许多,"如果你那个胃还顶得住,拜托下,回去主持大局吧,不然我怕威廉掸会把屋顶盖都掀了。"

高景生不紧不慢地说:"放心吧,顶层那群白人虽然每天睁只眼闭只眼,可不是真的与世隔绝。屋顶盖子掀不了。让威廉掸蹦几天吧,当了那么久老二,也该让人家尝尝当家的滋味,不然白忙活一场,多憋屈。"

"你小子……"卫民若当他面,肯定要给他来一拳,仔细回味了高景生的放松状态,脑中一个念头闪过,"难道……她人到了?"

高景生"嗯"了一声。

卫民赶紧问道:"那你忙得过来不? 要不我赶回去?"

高景生说:"不用了,我让夏花去了。"

"夏花?"卫民显然有点不放心,"这丫头脑筋走直线的,说话没遮没掩,会不会露马脚?"

高景生笑了一声,颇为自信:"夏花虽然是直,但我相信没少根筋,这段时间她进步也蛮大的,不然早被你清理出去了,不是吗? 再说了,聪明人招人注意也招人妒忌,所以傻人有傻福。她做人做事都并不张扬,正好用来掩人耳目。更何况,姚晶晶正自作聪明在帮我们招待贵宾呢,有她出马,威廉掸什么疑心都不会起。"

"姚晶晶?"卫民终于也笑了,"这棵墙头草,风一刮就四面倒,还真行啊。"

"所以,我想请你下道人事令。客户关系经理的位子,就给姚晶晶兼着吧。"

"客户关系经理? 你想清楚没有? 这个职位虽然不算高,但是至关重要,维系 VIP 客户关系,相当于你的替身!"

"我想得很清楚,就像你说的,她是墙头草。现在客户关系经理的空缺也只有让她上去才最合适。"

"你……"卫民一句话刚要开口便想明白了个中缘由,噗地笑了出来,"既然这样,我会抓紧办理的。"

"现在是天下太平了。"高景生意味深长地说,"看来我得回家多休养几天再说了。"

卫民笑言了一句:"看来现阶段就数你最轻松。"忽地又想到了什么,问:"对了,有件事……别怪我多事,你不会对夏花那个小丫头有什么想法吧?"

高景生怔了一下:"人是你招进来的,我能有什么想法?"

卫民沉默了片刻,说:"我总觉得有些不妥。当初你说就事论事,该把人留着,我也觉得过河拆桥太不地道。可回头一想,其实把她调到别的分店也是轻而易举的事情。一个小丫头而已,你好像过分关心了。素问说她前几天想请你陪她到老家走一趟,你想都没想就推了。她让人给你送饭,你也非得推辞掉。这么多年了,她对你可是一心一意,谁不会犯点错误?过去的事情就算了,好吗?"

"老卫。"高景生语声缓缓,"你不觉得我和素问之间的事,你才是过分关心了?说真的,我根本不想讨论这个问题。但既然你提了,我也说两句。如果她不是回老家,是单身去非洲丛林,我二话不说,我陪她去。但是,她回老家是参加祠堂的祭祀典礼,那是我能出席的地方吗?你当我离婚是离着玩的?我再跟你说一次,我跟素问,不会复合。至于我住院,她想照顾我,这个我不是不领情的,只是你也知道,她从来十指不沾阳春水的,免不了劳师动众,又隔那么大老远,确实麻烦。这种小事,我知道她也不会放心上,她就是跟你抱怨两句,你听完就算了。"听不出半点埋怨,也没有丝毫感情色彩。

卫民有点碰了一鼻子灰的感觉,但又没有立场再多说。只得应和:"好。你都这么说了。我不提了。"

挂了电话,高景生发现自己手心竟然有点潮。

难道,被卫民说中了什么?……他陷入了深思。

第十章　前途,别人给不了你

不论在什么时代什么地方,知恩图报属于礼尚往来的一种,是社交的潜规则。

只要肯努力,做任何事情都会成功的,这跟天资没有绝对的关联。

年轻就意味着可以犯错,可以不断地犯错,可以不断地犯不同的错。

夏花送了晚饭去给高景生,本想问问高景生明天想吃什么,他却主动开了口:"明天你就不要做饭过来了。"

夏花心想,八成是自己的手艺不到家,他吃不惯,也不好意思多说什么,就"哦"了一声,说:"那我把剩下的钱找回给你。"

高景生直接就说:"剩下的你留着打的用吧,我还有事要请你去办一下。"

夏花心头一紧,问:"什么事?"怯怯上前了一步。

高景生微笑如风:"不用紧张。只是叫你去陪陪客人而已。卓女士,你认识的。"

"卓女士?"夏花心中疑问重重,却不知从何问起。

高景生既然点了将,自然也没有瞒她的道理了,直接掀了底牌:"她就是酒店的大股东股权执行人,她先生有受封爵位,所以我们应该称呼她为 Lady Lord,爵士夫人。"

"天,这么年轻。"夏花很是震惊。她万万没想到那位听闻多时的爵士夫人竟然以这样的方式走到她的工作中。那么年轻,那么清丽淡雅的东方女人,看上去像个养尊处优的女大学生,结果竟然是有身份有地位的女强人——谁敢说她不是女强人呢,管理那么庞大的产业。

下一刻,夏花想到了爵士夫人对高景生的青眼有加。从前她所以为的老妇少男的忘年情谊纯属空想,如今的情况一看,倒真的是男才女貌极合拍的一对——慢着,一对? 他们算得上"对"吗? 女有良人男有伴,哎……真是乱! 夏花想着想着,为他们头疼了起来。

高景生见她一直不作回答,还紧锁眉头,问:"你想什么呢?"

夏花回过神,心一横,问道:"其实,我只是个新人,我……不想知道那么多……再说,不是还有姚经理,还有米栗,她不是刚刚升做你的秘书了? 为什么让我去? 你就那么相信我吗?"

高景生仍旧只是微笑:"姚晶晶和米栗,暂时都别让她们知道卓女士的身份。这个,我有我的道理,你别再问。但是我很高兴,你今天问得出这些话,说明最近很有进步,也说明了我没看错人。你不会让我失望的,对吗?"他的声音很显浑厚,音调适中,略略有些慑人。

夏花转头看他一双眸子流光荡漾,心中不觉一动,不由自主就点下了头。

其实有时候偷偷地自我反省,她挺鄙视自己的,明明知道他那么多事情,明明发生了那么多她看不明白但明知有问题的事情,她干吗还是把他当偶像一样端着呢?

嗯,他帮过她。帮过她不止一次。不论出于什么目的。不论在什么时代什么地方,知恩图报属于礼尚往来的一种,是社交的潜规则。

明明只是个狡猾的商人,为什么她非但讨厌不起来,还总是想到他的好处?

夏花的心里,百转千回,跟扭麻花似的。以至于回酒店的一路上,她还在纠结:哎,明明是个遥不可及的人,怎么就忍不住,想多看他几眼呢? 她心里把自己骂了个遍。但是一转身,当高景生的形象出现在她的脑海里,她又心安理得地安慰自己:工作嘛。一切都只是因为工作。

　　夏花听从高景生的安排,当晚上岗前,首先给卓女士致电,但找不到人,只好先把事情挂着,打卡上班。回到南楼,夏花发现前厅的人都在跟姚晶晶说恭喜,一问之下才知,新的人事任命下来了,空缺了几日的客户关系经理职位由姚晶晶暂代。夏花心里有些纳闷,卫民不是不在吗? 还遥控着呢? 不过她想不出什么蹊跷来,依葫芦画瓢地跟姚晶晶恭喜了一番便过去了。倒是姚晶晶一再嘱咐她,晚上值班时候要记得打个电话问下统套 F 的秋女士有无特别需要。

　　夏花就奇了怪了:"姚经理,不是还有两名客户关系专员轮班吗? 我去……不太合适吧?"

　　姚晶晶甩了句:"让你去你就去,问那么多干吗?"

　　夏花被她一训,埋了头下去,心中难免腹诽:那么凶干吗? 但嘴上还是答了声"是",躲一边去了。

　　姚晶晶下班之后,夜班开始。夏花端着训练出来的微笑,站在前台当着活招牌,来来去去还是那么些事情,她已经日渐上手。以为一个晚上又要在这样琐碎的忙碌中度过,没想到一个电话过来,她又莫名其妙了一把。

　　打电话的人是代总经理威廉掸,场面上应该称之为陈副总的那位人物:"夏花是吧? 我是威廉掸,你的入职信息不完整,我现在放开系统操作权限,你登录一下,把资料补全。"

　　夏花脑子里有一瞬间的迷糊,威廉掸什么时候把人力资源部也接收了? 费解,于是脑子马上转回了正题,她的资料确实不完整,卫民没给补齐,她自然也无所谓,眼下代总经理找上门了,怎么好像成了她的错?

　　夏花虽只有几次擦肩而过,却记得十分清楚,威廉掸平日里虽然彬彬有礼,但眼神里的凌厉总归难掩,有一次在电梯间巧遇他带二秘外出,三两句训斥便把平日笑呵呵的二秘说得差点哭出来,可见一斑。夏花想到这些,提着小心飞快地登录酒店员工系统,把个人信息补齐。家庭住址、家庭成员、教育背景……她连幼稚园在哪儿念的都给填上了,终于交差。威廉掸没有再打电话过来,夏花放了心,打电话上去统套F,询问贵宾秋女士有无任何要求,需要增加任何服务否。

电话里的秋女士声音极是圆润:"一切都很好,谢谢。"

可不是,无缘无故捡了个大便宜,当然一切都很好。夏花有种目空的感觉,不知道为什么,心情不错。

前台一直处在一种平凡的忙碌中,但夏花一直带着微笑做事,丝毫不觉倦怠。时间一分一秒地过去,越近半夜,事情也就越少了。只是客房偶有召唤,她和同事交替奔走。

临近半夜的时候,礼宾部接待组风风火火地送来了一队欧洲妇女团。夏花收到客人们的护照,翻开一看头都痛了,每个名字都是一串一串的几十个字母,好几个空点,根本分不清哪个是姓哪个是名,只好一个一个客人地小心求证,仔细核对,对着 PSP 系统奋力作战。

从入职培训到报到那天的会议,培训专员、米栗和姚晶晶对她都是耳提面命:做前台工作,会遇到形形色色的人和事,偶尔犯点小错也是人之常情,不用太紧张,但是有两样东西一定不能错,一个是钱账,一个是 PSP。

PSP,也就是社会信息采集系统,是个绝对中国特色的东西,属于公安的监管系统。帮客人办理入住手续的时候,除了订金划款、排房做钥匙,还有一样非做不可的事情,就是将客人的身份证件信息输入到 PSP 里面,上传公安监管系统。

夏花忙了将近一个小时,终于把五个人的护照都输进去了,这个时候,又有两个印度男人递了护照过来。夏花翻开护照要开始录入信息,一看护照上面的字,差点没晕过去。天,这印度护照居然是手写的!夏花睁大了眼睛拼命辨认,眼珠子都快掉下来了,还是没认出来上面圈来圈去龙飞凤舞的连体字到底是写了些什么。她小心翼翼地开口求证,岂料这两位不同前面几位,英语带着严重的印度口音,夏花几乎把耳朵给掰烂了,也没听明白他们说的是什么,于是拿了纸笔请客人手写。

这下,她可彻底惹恼了客人。两名印度人呱啦呱啦一直叫,说了许多许多。夏花跟听天书似的神游了一阵,总算听明白了其中一句:"你的英语太糟糕了,换个人来!"夏花憋着难受,准备找同事求助,谁知侧头一看,大堂值班经理和前台同事带那个五人团已上了移动梯前往北楼,根本分不开身下来。

夏花一口一个"对不起""请稍等一分钟",想要试图再仔细分辨一下护照上面的字母,谁知客人气呼呼地一把抢走了护照,一副要摔她脸上的架势。夏花大气不敢喘,一双眉毛都快凑一块了,真不知道怎么下台好。

这个时候,有个女子的声音在旁边响起:"Excuse me. May I help you, please?"(请问,能让我帮你吗?)声音很好听,柔柔中有点铿锵的味道。很熟悉。

夏花一抬头,对上了卓女士淡雅的容颜,她身边依旧站着干练清爽的甄妮,看样子两人刚外出回来。

这对印度人也是人精,打量了卓女士一番,脸上即刻砌起了灿烂的笑容,双手递了自家护照上去。

卓女士扫了眼护照上的手写体,把字母一一写到了纸上给夏花,末了,说:"慢慢来。不用着急,手写体很多人看不来的。"

夏花很用力地点头:"嗯。谢谢您,卓女士。"

卓女士淡淡一笑,说:"不客气。"

夏花想到高景生的嘱咐,微微笑道:"对了,卓女士,您待会儿有空吗?能不能打扰您几分钟?高总让我跟您说点事。"说着四下扫了眼,还好,没人。

卓女士轻轻点头:"好,你随时过来找我都没关系。我先上楼,你忙完了再来。"

把两名印度客人的入住手续办好之后,大堂值班经理和前台同事也回了岗位,夏花交代了一声"有客人呼叫",便匆匆上了北楼,她可没有那种熊心豹子胆让卓女士久等。

知道卓女士就是传说中的爵士夫人,是夏花这个超级品牌的幕后大老板,夏花对她的想法便多了起来。在夏花看来,她是那种有足够资本嚣张的女人,她完全可以趾高气扬地睥睨众生说:"漂亮的女人没有我能干,能干的女人没我漂亮,又能干又漂亮的女人没我富贵……"可是她没有,她低调得不可思议,好比这一刻,她亲自给夏花开房门,带着淡淡的笑容:"夏小姐,是你啊。快请进。"轻声慢语叫人如沐春风,举手投足间更是散发着一股幽兰般的气质。

夏花终于相信,人是有分档次的。像卓女士这样的天之骄女,比她大不到十岁,事业版图之大令她瞠目结舌,恐怕她此生未必能见到第二个。女性骨子里所有应有的羡慕嫉妒恨在一秒内全体袭进了她的胸膛,深深烙了一个印,而后迅速地消失无踪,只剩下滔滔景仰撼得一颗小心脏颤巍巍的。

是的。景仰。如此不可企及的人物,给她当偶像还是便宜了她夏花呢,能有机会给人家伴驾,可不是上辈子修来的福气?想到这,夏花衷心地微笑:"爵士夫人,高总让我全力配合您的行程。"

卓女士秋水般的眼眸忽然荡了一下,转而微笑:"坐下来慢慢说。"

"高总胃穿孔开刀住院,暂时过不来,让我帮他说声抱歉。他让我问您,这几天您有什么安排,我会全力配合的。"

卓女士摇摇头:"这个KK,跟他说了多少次,要把身体照顾好……他在什么医院?明天我过去看看他。"

"呃……"夏花觉得高景生真是有先见之名,怎么就知道卓女士会提这茬呢,赶紧照着回答,"那个,高总说,您就别去医院浪费时间了,有空的话,不如先到马场看看,这才是正事。"

卓女士笑了笑:"像他说的话。好吧。反正他发过来的电子资料我也都看过了,还不错。就差实地验收了。明天我会约莫京的负责人在那边等我,你帮我安排个车去马场吧。"

"嗯。还有,卓女士……"夏花顿了顿,"高总让我陪着您。"

卓女士看了她一眼,点头:"好。但,你会骑马吗?"

夏花抓了抓脑袋:"前段时间有训练过几天。"

卓女士笑了笑:"KK还真是深思熟虑,什么都安排妥当了。行,明天你陪我在马场走几圈。"

"好。"夏花点头,"那没什么事,我就不打扰您休息了,我先告辞了?"

卓女士点了下头,没待她起身,又忽地问道:"对了,像刚刚印度人的护照状况……如果再发生,你会怎么办?"

夏花想了想:"再发生之前,我想好好练一下英语听力和书法。"

卓女士含笑看着她:"你倒是好学,真的有点像十年前的KK。"

夏花难免羞赧:"我和高总怎么比?"

卓女士说:"人都是平等的,有什么不能比的。他以前也跟你一样,有什么不会或是不精的,就拼命学,比别人用更多的时间和精力,才能慢慢崭露头角。他确实聪明,学得快,所以才有今天。"

"可是我很笨。"

"都念书念到大学毕业了,能笨到哪里去?再说,只要肯努力,做任何事情都会成功的,这跟天资没有绝对的关联。"

"谢谢您的勉励。"夏花微笑,"别的我不敢说,努力,我一定可以做到。"

"那,我给你出个主意好不好?"

夏花听言,很是好奇:"什么主意?"

卓女士点拨道:"你现在的工作也挺累的,一边工作一边学习很辛苦,如果能寓学习于工作,那样不是节省很多时间和精力吗?——你们酒店不是有个语言天才吗?"

夏花脑子突然开窍,语调也升了几个分贝:"对!拉吉会六国语言啊,我以后找他学……不,我以后多多找他说话,全部用英语!"

拉吉是以管理培训生的身份驻留夏花酒店的,跟当年的高景生一样。不一样的是,拉吉这个金牌行李生会六国语言,懂行政管理,早就到了提拔任用的时候,他偏偏爱惨了行李生的工作,说什么也不上去做管理。果然是人各有志兮何可思量。

卓女士笑道:"嗯。你看自己,一点就通,哪里笨了。"

夏花嘿嘿一笑,大受鼓舞。

一夜好眠。早餐过后,夏花通知礼宾部排了辆商务车给卓女士一行人专用,她自己也随车同行,在用车记录上,她特别仔细地写了东郊景区的名字,而不是温泉别苑或者马场。以为无人注意,想低调离开,刚要推上车门,却有一张笑脸卡在了视框中。原来是多日不见的杜克瑞。

"老杜,姐姐没空陪你玩,拜拜!"夏花摆摆手,想把他打发掉,谁知他倏地一下钻上了车,扯着一张看似天真的笑脸冲卓女士和甄妮招呼道:"哈罗美女,我搭个顺风车,你们不介意吧?"

甄妮警惕地看着杜克瑞,并不说话,倒是卓女士看似不经意地扫了他一眼,说了句:"请随意。"

杜克瑞略略皱眉,仔细看着卓女士,回想着什么。

卓女士轻轻一笑,转头看窗外的风景。

"你……"杜克瑞突然有点激动地指着卓女士,"你是……!"

卓女士回头看了他一眼,含笑不语,并不惊讶。夏花却是被吓到了,抓住杜克瑞的胳膊往下按,一边摇头一边含笑"嘘"了一声,神态甚是俏皮。

杜克瑞会意,手指一画,做了个把嘴巴当拉链拉上的手势。

车子平稳地驶离夏花酒店的地界。夏花一想到离东郊的马场还有一个小时的车程,不觉有些困乏。这时,杜克瑞附到夏花耳畔悄悄说:"看来我想错了。KK把你当心腹呢。"

夏花脸微微一红,心里虽美,嘴上自然要反驳的:"说什么瞎话呢。"扭头装睡。

杜克瑞也不点破她,只看了她一眼,露出一个很放松的笑容。

杜克瑞这趟顺风车一路搭到了马场。夏花见他一起下车,心中略有纠结,但并不敢往复杂处去想,倒是卓女士叫住了他:"小杜,走,给我示范一下马术吧?"

杜克瑞有些愣住:"您……怎么知道我姓杜?"

"你是叫杜克瑞吧?这里是大中华区总店,重要岗位我当然要了解一下的。"卓女士的口气稀松平常,看都没看杜克瑞一眼。

一旁的夏花不明白,杜克瑞只是个酒保,怎么算得上重要岗位呢?但她没问,她知道职业态度之一,是认清自己的位置,不越位。

杜克瑞和卓女士慢慢聊上了,从鸡尾酒到酒店运营策略,相谈甚欢。两人挑了一白一红两只纯种英伦马并肩马背,漫步马场,看上去倒是极美的一道风景。夏花和甄妮尾随他们身后,心里想着,眼前这场景,可比她和杜克瑞摆一块要好看多了。

四人之中,只有夏花的马术是速成班,杜克瑞带着路穿进林子里之后,夏花在驭马上面渐渐感到力不从心,没多久便落了单。

秋风萧瑟,落叶簌簌,一人一马在林荫道上穿来穿去,偶有几片树叶子掉落肩头,"擦"的一声滑过,再慢慢飘落地面……马儿踩上了落叶,脆脆的细声特别悦耳,夏花勒着缰绳,夹着马肚子转来转去,遇到叶子红透的枫树,她还可以随手摘一两片塞兜里。一人独乐,倒也别有一番滋味。

"你倒是挺会自得其乐的。"不知什么时候,卓女士出现在她的身旁,美女白马,飒爽英姿。

夏花笑了笑:"眼前的事物都是这么美好,帅哥美女、良辰美景,当然会快乐啦。"

"你身上有种自律的乐观。"卓女士含笑看着她,"这是一笔巨大的财富。"

夏花懂得什么叫乐观,但她不懂得什么叫自律的乐观。不过没关系,至少她听明白了,卓女士是带着点羡慕的口吻在夸奖她。她想,虽然卓女士看上去很年轻,但毕竟不是真的年轻,所以对她这个实实在在的年轻人,多少还是有点羡慕的吧? 所以她说:"那是因为我年轻,不懂事。"

卓女士呵呵笑了起来,她笑开的时候更加好看,因为露出了酒窝。

夏花不解地看着她,她没讲笑话呀。

卓女士边笑边摇头,说:"我有个朋友,年轻的时候很张狂,说过一句令人难忘的话。她说,年轻就是好,因为年轻就意味着可以犯错,可以不断地犯错,可以不断地犯不同的错。"

夏花也乐了:"这话真是我的写照呢。我刚进酒店没多久,感觉过去的几个月就是不断地在犯错,还好,犯的是不同的错。您知道吗,每次犯了错我都跟自己说，下次可千万不能再犯相同的错了，不然多丢人哪。"

两人就这样说说笑笑，谈些不痛不痒的话题，驭马漫步，享受这难得的悠闲。直到甄妮赶上来报告说，高景生来电问候，卓女士驻马接过蓝牙耳机，挂上耳朵与高景生对话。语气很是轻松，不像上下级，不像工作伙伴，反而像家人。两人聊了十来分钟，卓女士脸上一直带着温温的笑容。

夏花不无羡慕地说："您和KK的关系，真是不错。"

"是啊，他是个好孩子。"

"孩子？"夏花脸上蓦地一僵，说脱了口，"有这么老的孩子么？"

卓女士忽地转了头过来，对着夏花笑，接下去的话似乎是在解释："我们认识的时候，都还只是半大的孩子，这么多年来，酒店行业龙蛇混杂，他做人做事，始终很有原则。他一直没变，所以在我眼里，他一直都是当年那个孩子。"

"嗯，我听说了，你们很早就认识了，他在欧洲的时候，是您介绍他进夏花酒店的。"夏花顺口说了下去，说完有点后悔，但说都说了，只得朝卓女士吐了吐舌头。

卓女士笑容淡了下去，望着前方说："我年轻时候欠了KK的堂哥一份情……所以当我知道KK出国的时候，就拜托了当地的亲戚照顾他。是我推荐他进入夏花酒店实习的，但仅仅只是推荐，如果他自己不争气，我也没办法把他推上现在的位子。别人能帮的只是给予机遇，前途还是要自己去争取的。"

卓女士提到高景生的堂哥时，眼眸中有一瞬的迷离，让人看不出所以，但夏花忽然就弄明白了，心里某个地方有种豁然的感觉。很奇妙。

原来是舍了初恋，嫁与富贵，然后拼了命想要补偿旧爱却不可得，只好将所有关心转嫁给他的兄弟。这个世界总是有些奇妙的事情，让人莞尔，让人唏嘘。

马场的半天悠闲日子很快过去，莫京酒店集团的几个代表静悄悄进到温泉别苑，会议要点一摊开，居然是厚厚好几页，卓女士和甄妮只得决定当晚留在那里。

夏花和杜克瑞都还有晚班要上，唯有先行打车离开。

路上，夏花问杜克瑞："你今天和卓女士都聊些什么？"

以为杜克瑞会侃侃而谈，至少会玩笑几句，没想到他一反常态，一字不漏，只笑了笑允作回答。

夏花一副看穿了他的表情，说："不用神神秘秘的。我还不知道你吗？做酒保才不是你要的，否则你不会那么卖力学那么多东西。我今天虽然只听到了几句你们的谈话，但我记得你问了许多管理上的转轨问题吧？是为了你的论文？"夏花记得，她在酒吧做招待的时候，别的同事都是空手上下班，只有杜克瑞常常手里拿着文件袋，袋子里塞一些酒店行业的时新资料。他是个很上进的孩子，她记得最清楚的是其中一份未完结的手打资料，《经济型酒店向商务酒店转型的可行性研究》，那时候她便判断杜克瑞应该在攻读酒店管理课程。

杜克瑞脸上略显讶色，随后笑了："几天不见，不再是吴下阿蒙了啊！"

夏花嘟着嘴："你好哇，拐着弯笑话我是吗？"

"不敢，不敢！"杜克瑞连连摆手，"沾了你的福气我才拜到师傅，我不会忘恩负义的！"

"拜师？"夏花听他这么说，更加觉得不可思议，"卓女士虽然事业做得很大，但都不是她自己在经营，她也未必懂得多少吧？"

杜克瑞笑道："卓女士是高手中的高手，要不我怎么会顺风车搭到马场去？你别看她没有直接参与酒店运营，那是因为事业版图太大了没办法照顾到。其实经她手起死回生的酒店可多了去了，前几年金融风暴，国内不少工程因为资金链断节或者其他原因给停了，出现很多烂尾楼，当时她刚好开始代理行使夏花控股的大股东权力，雷厉风行地扫了好多烂尾楼下来。那些烂尾楼到了她手里，两三年就改造成了四星五星的酒店。她手下有一个全是精英的危机处理团队，她能让那么多精英心服口服，你说她是什么人物？你想想高景生还是她提携上来的呢，遇到这样的行业翘楚，我能不抓紧机会学习吗？"

"那——她给你指点了什么?"

"卓女士人脉广,她答应介绍几位欧美的行家给我认识,让我先跟他们沟通学习一段时间。"

"真有你的。见缝插针成功了。"

"谢谢夸奖!"

第十一章　吃亏,也是一种经验

白骨精果然不好当,要步步为营,时时小心。

人开心的时候时间过得特别快,事情也进展得格外顺利。

回到酒店,各奔岗位。夏花刚抵前厅,便撞上了拉吉行色匆匆往楼上赶。她好奇地问身边的同事舒佳欣,他怎么了。

舒佳欣一副见到外星人的表情:"你不知道啊? 他现在牛了,所有高管都在楼上会议厅候着他呢。"

夏花不明所以:"拉吉干啥了这么兴师动众?"

舒佳欣笑道:"金钥匙要给他颁奖,叫他去做最后的面谈呢。"

"哦。原来如此。"夏花点头道。

夏花念书时便知道了,"金钥匙"是一个国际化的民间组织,宣扬专业化的酒店服务,诸如"先利人,后利己"、"用心极致,满意加惊喜"、"在客人的惊喜中找到富有的人生"等理念,其中最特色的服务理念当属:在不违背法律与道德的原则下绝不向客人说"NO"。——正是因为如此,许多人戏谑拿到拥有金钥匙会员资格的酒店礼宾部职员为"忍者神龟",把他们的金钥匙个人勋章也叫成了"乌龟牌"。

夏花酒店是金钥匙组织的重要成员,酒店遍布全球,旗下员工基数不小,拿到金钥匙个人勋章的概率照理说应该不低。但目前来看,夏花中国这家总店,也只有高景生拿过一枚金质勋章,此外再无人持有了。一直以管理服务生身份在礼宾部低调游走的拉吉能够拿到金钥匙勋章,绝对是本店的年度盛事。所以,不仅拉吉去了会议厅,礼宾部其他小弟也都尾随参观去了。

夏花和舒佳欣乖巧地守着前台,继续又一夜的迎来送往。

舒佳欣虽是前台经理助理,进酒店时间也并不长,跟夏花算同批的,在前台,前台经理助理也就是熟练的接待员,彼此之间并没有明显的地位差,彼此之间都是以一般同事关系相处。要说前台经理助理和接待员有什么差别,无非就是薪水待遇和前途发展这两样,当上前台经理助理有个好处,可以兼着做轮班大堂值班经理,也就是大堂副理,接触更加全面的客服和操作,并会有更大的提升空间。

舒佳欣入职以来,一直没排上大堂值班经理的差,当晚是她第一次当值大堂副理,还是替的姚晶晶的班。

姚晶晶基本不上夜班,当晚的班还是她自己给自己排的,可是事到临头她又自己给自己批了假条。前厅部她是老大,对于她偶尔的胡来,自然没人敢有异议。舒佳欣落到表现机会,也是高高兴兴地接了兼差任务。

但工作才开始有点小忙,姚晶晶突然来了电话,下了个任务,说统套 F 的秋不落女士要搭当晚的飞机离开,叫当班的接待员跟礼宾部确认一遍送机的车辆和出发时间。

舒佳欣理所当然将任务交给了夏花。夏花想跟她问点细节,她也无可奈何,两手一摊说:“这个事还真别问我,我什么也不知道,反正是姚经理交代的,你就全权去处理吧。”说着连连抱拳。

夏花只好硬着头皮打电话给统套 F 的秋不落女士,以核对信息的名义,跟她问出了航班和出发时间、人数、行李件数等。秋女士口气还算和蔼,夏花挂了电话之后稍稍松了口气,但一看出发时间只剩半个多小时,大气不敢多喘,赶紧打电话给礼宾部订车。

礼宾部的人都跑楼上会议厅参观盛事去了,办公区无人应答。

平日里,派车问题都是姚晶晶和拉吉商量着解决的,如今姚晶晶不在,拉吉在开会,她该如何是好?

她试着去找人问询。前厅忙得七手八脚的两名行李小弟一问三不知,反而跟她抱怨了一通:"他们都去看了,把我们扔这里,真没良心。"

夏花有点崩溃的感觉,脑子一热便冲上了楼,但是临门一脚还是黄了。她在会议厅外面的走廊踱来踱去,焦急万分,始终没有胆子闯进去。要知道,里面的资格面试并不仅仅是拉吉个人的荣誉问题,更是酒店的一项重要策略,她如果贸然打断里面的会谈进程,会引发什么结果真的很难想象。

时间一分一秒地过去,眼看只剩不到半小时,客人就要出发了,如果客人出发的时候没有车接送,这可如何是好?夏花越想越害怕,脑子里"嗡嗡"地响。回到前台,心一横,打电话给114查了家附近的租车公司电话,匆匆订了一辆商务轿车,甚至跑门口等到车来,自己掏钱把包车费给垫了,才算安心下来。

夏花觉得自己这次的处理真的是可圈可点。因为她把秋不落送上车的时候,威廉掸从天而降也钻了进去,直接坐了副驾。

因为姚晶晶有过吩咐,必须将秋不落送到机场入闸才算任务完成,夏花也爬了上去。坐稳之前,威廉掸跟秋不落已经开始谈笑风生。

夏花看着眼前这位面容姣好、穿戴得体、浑身透着贵气的中年妇人,忽然有点侥幸的感觉,心里跟自己说,幸亏反应得快,逃过一劫。要是让客人一齐等车,客人恼火还是其次,威廉掸也会知道的,那时恐怕是吃不了兜着走。

夏花默默坐在秋不落身边,听着威廉掸对秋不落无微不至的关心,听着他对沿途风景的解说,听着秋不落对酒店的种种评价和对威廉掸的感谢。都是些官方语言,她听得索然无趣。

很突然的,秋不落侧头看了她一眼:"小姑娘你是实习生吧?"

"嗯?"夏花有些不明所以,"我是正式员工啊。"

秋不落好奇地盯着她的工作牌:"怎么你的工作牌上只写酒店名字和招待员,没写你的名字?"

夏花低头一看,工作牌上写着中英文对照的"夏花　招待员",明白秋不落是误解了，呵呵笑道："我姓夏，名花，不巧，跟酒店同名。"

"你叫夏花？"秋不落脸上露出极惊讶的表情。夏花看得有些忍俊不禁，这些日子来，对她的名字产生兴趣的客人不是一个两个，她早就习惯了。但大家惊讶一下也就过去了，没想到这位秋不落女士饶有兴趣地研究起她的家世来了："那你是哪里人啊？"

"本地人。"

"多大了？"

"22。"

"家里还有什么人？"

"基本上没什么人。"夏花有点崩溃，但还是俏皮地来了句，"人丁稀薄啊，要不您到我家坐坐，也凑个数？"

秋不落见她表情扮得可爱，也忍不住笑了，对威廉掸说："你们家前台这个用人策略真好。活招牌啊。"

威廉掸扭头看了夏花一眼，笑道："您夸奖了。不过，确实是精心挑选过的。"

送走秋不落，夏花一回前台便给姚晶晶打电话作汇报，顺便提了提包车费报销的问题，夏花并不觉得这是多大的问题，毕竟事出突然，礼宾部无人配合，叫外援已经算她反应快了。

没想到姚晶晶听完，口气全变了："你这样搞怎么行？我们是正规的大企业，每个部门都有一套自己的行为模式和规范，你突然生出一个车费报销单，你叫我怎么往上报？我可不敢往上面签字！"作为上司的姚晶晶不签字，那不就意味着不能报销？夏花挂了电话，闷闷不乐。

距离产生美，果然是真理。想她当初未入前台，实习期间，姚晶晶对她多么和蔼可亲。如今大有亲妈变后妈的可能性……她越想越觉得浑身乏力。

舒佳欣在一旁看她有气没力的样子，问了问她怎么回事。

夏花大致说了下情况，叹了句："我真是吃力不讨好啊。"

舒佳欣眼珠一转，笑道："哎，谁叫你叫车之前不先给姚经理打电话请示一下呢。你擅作主张,人家凭什么帮你?"

夏花这才恍然大悟,原来自己奔走一夜,还是算漏了一点。

白骨精果然不好当,要步步为营,时时小心。

虽然心疼那几百块包车费,但工作任务顺利完成,没有因此留什么话柄,夏花已经很满意自己这一晚的表现了。想来想去,最后还是一笑了之。

舒佳欣奇怪地看着她:"做亏本生意还这么开心呢?"

夏花手一摆:"你懂什么? 这叫吃亏是福。"

当晚,夏花在倒班宿舍做了一个很美好的梦,梦里面她正在楼上会议厅接受金钥匙勋章,满堂喝彩为她一人响起,经久不绝,她摸着胸前的金质奖章,笑得入心入肺。酒店那些高管和同事们一个挨着一个,都在恭喜她,她一个一个跟人说着谢谢,谢谢。

一直到最后,她跟高景生说谢谢的时候,高景生突然暗黑着一张脸,伸手去拽她的勋章,口气十分的硬:"你为什么抢我的奖章?"

她拼命护着奖章,想逃出他的魔爪,挣扎着,解释着:"我没有抢你的奖章,我没有! ……"

手机闹钟响得跟鬼叫一般凄厉,梦在这里戛然而止,夏花腾地坐了起来,愣愣坐在床上发呆,不知道用了多长时间,才让脑子从混沌转到清醒的状态,回想刚刚梦见的场景,不觉失笑。

随后,夏花看了看时间,已经临近白班的上班时间,她匆匆梳洗,赶紧打卡、上前台——她轮到了白班。

这是她第一次轮前台白班,早饭都没来得及吃,没想到一上来便遇到了个棘手的客人。

客人是个中年男性,年纪不小,脾气更大,一进门直冲前台,来势汹汹,一开口便是马景涛式的激扬咆哮,义愤填膺地说要投诉。

夏花一头雾水,耐着性子,揣着小心,笑脸相迎:"请问我们哪里服务不周,请您指出,是我们的问题,我们一定好好改进!"

客人呱啦呱啦讲了一大串。夏花把所有逻辑学原理都用上了,才从他的长篇大论里提炼出要旨来:原来,这位客人前日退房时,接待员没有主动给他发票,所以他专程折回索要,越嚷越激动,仿佛酒店欠了他多少债似的。

夏花心里是太平的,因为这实在是个芝麻绿豆大的事情,她都不明白这个客人这么激动做什么,她秉着职业态度,慢慢解释:"非常不好意思,我想您可能有点误会。因为我们酒店的客人百分80%以上来自境外,他们都是要求我们出具账单,而不是我们国内的增值税发票,所以客人没有主动提的话,我们都是出抬头账单。既然您有需要,我们肯定会给您补上的,您稍等一分钟,我马上为您准备。"说完便从工作台下面掏出发票本,比对金额,打印了一份收据,撕下对等额度的发票,放进信封,双手呈上。

没想到,客人却不接。而是往前台猛一拍掌,不依不饶:"别说的好听,你们分明是故意的! 告诉你,这事没这么容易了! ……你们这几个小前台,当我不知道你们做什么的吗? 不就是帮酒店骗人吗? 白天在这里装淑女,晚上再到楼上扭腰扭屁股吊凯子,说白了就一……"

从愤懑不平到人身攻击,噼里啪啦不带逗点的脏话连串而来,越骂越上瘾,几乎要把前台小姐们的先祖统统从祖坟挖出来鞭尸。

姚晶晶刚从礼宾部拐出来,见此情形却不上前,只站着看热闹,同事们更是纷纷退避三舍。夏花撞在枪口上,她本来就口拙,平常都与人为善,何况面对客人,自然是由着他骂,那局面完全是秀才遇到兵,夏花被骂得体无完肤。

招架不住滚滚而来的脏话,夏花的泪腺开始汩汩流动,眼睛略略发酸。但众目睽睽,她强压着泪意,含笑看着客人,柔声劝着:"您别生气好吗,咱们慢慢说。"有礼有节。

在现场几乎要瘫痪的时候,一个浑厚有磁性的声音响起:"不好意思打扰下。"

很耳熟。夏花扭头一看,高景生西装笔挺,一身正气地站在了旁边。——他回来了。

客人斜眼瞟了一下,不屑地问:"你谁啊你,老子这事没解决,少来掺和! 你们这些嘴上没毛的办事不牢,老子不相信,找你们领导过来!"

高景生不烦也不怒,不紧不慢地说:"这位客人,敝人就是这家酒店的总经理,请问我有什么能帮到你的吗?"嘴角带着浅浅的笑。

客人一脸狐疑:"你……算了算了,这样吧,你们害我多跑了一趟,时间、精力浪费那么多,总要赔偿的吧?"

高景生没有直接答他,而是转头看了夏花一眼,夏花会意,把事情用简单的两句话概括了:"这位客人昨日退房的时候,前台没有主动开具正式发票给他,他今天特意过来拿发票的。收据和发票都准备好了,在这里呢。"说着举了举手中的信封。

高景生看着夏花说:"给这位客人提供一份体验券,下次入住邀请他去桑拿部轻松一下。"——酒店有一些康乐项目的体验券,会视情况赠送给一些老客户做宣传,虽然服务是免费的,但是必须持有客房门卡才能刷卡入场,也就是说,必须在酒店入住期间才有效。

客人显然并不满足于这个小恩小惠,继续叫嚣:"你们不是外资吗?怎么整了个中国人当总经理?骗老子玩是吗?惹火了老子,老子让你们关门大吉!靠,去,把你们的老外领导叫过来,老子不跟中国人说。"

高景生笑容深了几分,说:"您稍等一分钟。"然后拿起对讲机:"John, I am KK, please come to front office, with your buddies."(约翰,我是KK,到前厅来一下,带上你兄弟。)

两分钟之后,保安部的黑人副队长约翰,带着一黑一白两名手下,硝烟滚滚地降临前厅,朝高景生恭恭敬敬地行了个礼。

高景生点了下头,然后很平静地跟客人说了句:"您有什么要求,尽管说。"

客人略一迟疑,垂了眼,转头问夏花:"我的发票呢?"

夏花从上一刻莫名其妙挨骂至今,一直双手抬着信封,此刻条件反射地往上托了托。

客人倏地一下抽走了信封,前事不提,往门口大迈步,一口气走到了旋转门,进闸前狠狠吐了一口痰,离开。

约翰提了脚要上前去制止,高景生皱着眉头拦住了他,眼睁睁看着那个客人大摇大摆消失在酒店门外。

众人心中皆是唏嘘,高景生却是一脸风云不动。他气定神闲地走到姚晶晶面前,叮了她一句,要求她在当日的值班日志上落上一条:前台退房时应主动询问客人是否需要发票。随后,又刻意拐过来吩咐夏花道:"把这个客人的证件号输入酒店联盟的客服系统,注明了,以后不管他到联盟旗下的哪家酒店,提前多久预定也不准给他打折,全部按原价。"很平静,从头到尾都很平静。

夏花也努力地学习着他这份平静,但此时心里还是忍不住乐开了花。她非常肯定,自己真是爱死了他这份泰山崩于前而面不改色的风范。

虽然一大早莫名其妙挨了一顿臭骂,很冤枉很委屈,但是经过高景生云淡风轻的处理,她找到了快乐的窍门。一整天,她都乐呵呵的,连带着入住的客人都很开心,好几个直夸她服务热情周到。

快下班的时候,行政办公室一个电话下来,说是高景生召见。前台的付恺芪为夏花捏了把汗:"估计要秋后算账吧? 可怜啊,前台总归是办事不周,谁叫你要走到那个客人面前呢。哎,枪打出头鸟,你上去捱两句就过去了,可记得别把我们也拖下水啊!"

夏花看了看付恺芪似笑非笑的表情,心里明白了八九分,昨天这个客人八成就是她送走的! 她也不点破,笑笑说:"你没看我见到总经理腿都软了,哪敢说什么话!"

其实,夏花的直觉告诉她,高景生并不是一个揪着人家小毛病不放的人,肯定不会为了早上芝麻绿豆的小事专程叫她上去训一顿,八成是为了卓女士的事情。因为她今天排了白班,昨天离开马场前就跟卓女士请了假,说好不过去陪同了,但她一忙起来,忘记了跟高景生报备。

高景生却也不是来跟她确认这些细节的,等她进了总经理办公室,他只说了一句:"这几天谢谢你了。"语气还蛮有诚意的。

夏花觉得有点受不住,嘿嘿笑了下:"陪卓女士是应该做的,您不用跟我说谢谢。"

谁知高景生接着说道:"卓女士明天一早会离开温泉别苑,提前回欧洲,酒店这边有新闻发布会,我走不开,你代我过去送卓女士吧?"

夏花"哦"了一声,首先想到是:怎么又是我?这应该是客户关系经理姚晶晶,或者大秘米栗的事情,甚至可以说是顶楼那群白人分内的事情,怎么又会轮到她?其实这两天她一直挺纠结的,米栗对她那么好,她却隐瞒了卓女士是大股东执行人的这件事。好在卓女士不出席发布会,否则大家撞一块了,她可怎么跟米栗交代?想到这她松了口气,心安理得地跟自己说,我只是公事公办而已。

这回的公事一直这么蹊跷,她也不敢问为什么,毕竟高景生有言在先,卓女士的一切要保密……

然后,她便想起明天该是轮休日了,想起她还有要事待办,赶紧说:"那个……高总,明天我可能去不了。"

高景生没想到她愣了半天,来这么一出,问:"怎么,你有事?"

"嗯。搬家。"

高景生皱了皱眉,"你家就你一个人吧?能行吗?"

夏花笑得挺轻松的样子:"我家一直都是我一个人,有什么不行的。"

高景生仍是不太放心,继续问:"房子找好了,在哪里?安全吗?"

夏花点头:"嗯。在爱乐商住楼,就西环绿映山庄附近。至于安全问题,呵呵,我以前在老区那么多年都住得好好的,哪里会不安全?"

高景生说:"一定要明天搬家?你自己一个女孩子,忙不过来可以缓几天再处理,找同事、朋友帮下忙。"

夏花答道:"都约好了的,订金都交了,明天让搬家公司忙一趟就可以了。"

高景生略一思量,说:"那里有点杂,为什么不住旁边的富贵公馆?"

夏花有些无语:我还想住更旁边一点的绿映山庄呢,别墅,多好。嘴上只能恭恭敬敬地说:"预算有限,富贵公馆是新楼盘,现在租金应该比较贵。"

高景生说:"也不一定,找一些装潢简单一点的,压压价应该也差不多。"

夏花挠挠头,"是吗?那真有点可惜,我已经下订了。"

"你是找的中介公司还是直接找业主签的约?"

"中介。"

"哪家?"

"靓管家。"

"哦。他们刘总我认识。"高景生含笑道,"这样吧,我跟他说一声,让他们带你看看富贵公馆的房子,如果有合适的,直接转签那里的就可以了。你看怎么样?我是认为,那边的物业管理比较到位,你一个女孩子自己住,安全第一。"

"这样也可以?"夏花觉得很不可思议。

高景生点点头:"小事情而已。你同意就好。不过,我也要你做点小事。"

夏花脑子顺利拐弯,笑道:"明天先别搬家,去送卓女士,是吗?"

高景生点头。

买卖结束,夏花说:"那,我下去了?"

高景生再点头。

夏花笑笑,转身离开。

高景生看了眼她的背影,说了句:"那,回头你安顿好了,告诉我一声。"

夏花的手刚扶到门把,怔了一下,轻轻应了声:"好。"开门,离去。

高景生的回归迅速掀起一场风暴,一夜之间,夏花中国将扩展经营的消息不胫而走,才几个小时而已,新闻发布会迅速召开,亚洲的主流财经媒体无一缺席,风头一时无二。

顶楼那群白人也忽然结束了长期集体闭关的生活,集团总裁副总裁项目负责人等,齐齐出现在新闻发布会上。一时间,数风流人物,还看夏花酒店。夏花酒店成了城中焦点,各界人士迎来送往,看热闹的,打探消息的,会聚一堂。

然而,所有的热闹都不属于夏花,因为她必须只身前往尚属清冷地界的东郊,将卓女士低调送走。

像卓女士这样有涵养有风度又低调到不可思议的老板实在难得一见,夏花打心里觉得自己这辈子估计也就只能遇到这么一个了,于是无微不至,格外殷勤。许是她的表现过于真诚,卓女士显得很开心,叫她好好工作,下次来酒店还来找她叙话。这话对夏花来说,无疑是颗定心丸,让她高兴了好一阵,嘴巴都快咧到耳朵边了。

人开心的时候时间过得特别快,事情也进展得格外顺利。夏花送卓女士上了机,自己搭机场快运直接回家,还是傍晚时分,天际刚刚吞了最后一抹晚霞。

手机响起,竟然是靓管家的中介人员,问她哪天有空,要安排她看富贵公馆的房子。夏花一愣之后不得不感叹,高景生的办事效率可真高。

夏花往窗外一看,马上就到西环站点了,思忖着时间还早,择日不如撞日,便试探地问了问:“不知道现在去看行不行?”

对方也是专业人士专业态度,立即应承了。夏花下了车直奔富贵公馆。

富贵公馆是小高层,靓管家的中介人员带她看的是 28 楼一套 50 多平方米的小房子,本来是一室一厅的规格,愣是给隔出了两室一厅,厅是小了点,但整体布局并不算拥挤。夏花基本上都是一个人住,其实这样的空间也够了,把其中一个房间预留给父亲,也都不知道他老人家猴年马月能回来住一两天。只是房租,比起爱乐商住楼那套 70 平方米的两居室还要贵上五六百。想到这,她便犹豫了。

中介人员一眼看出夏花相中了房子,便不停地撺掇她租下,说:“这里租出一套少一套,这一套可是我们手上最好的小套间了,如果不是熟人介绍,我们肯定不会轻易拿出来的……”

夏花很是心动,在空房子里走来走去,参观了十几分钟,做了好几次撤退的打算,最后还是一咬牙,定了下来。

促使她作出最后决定的,是在她站到阳台的一刹那的撼动。夜幕刚下,华灯初上,她站到那里可以俯瞰到不远处的绿映山庄全景,还可以远眺大半个城市的风景。

夜风微凉,扑面而来,她紧了紧外衣,却从那丝凉意里觉出了甜味,微笑悄上唇角。

在老区住了那么多年,门窗推开出去不是斑驳的晾晒场便是生草的旧墙,生锈的下水道管口永远滴着水,旧式的烟囱永远是乌漆漆的⋯⋯风一刮,烟囱外衣剥落,和下水道的渗水卷到一起,还没落地便散发出一股酸臭味,运气不好脏东西刮到晾晒的衣物上,又要重洗⋯⋯夏花二十几年的人生中,何曾想过,自己可以在早晨醒来时候呼吸一口清新的空气,远眺一番各处的风景?

虽然贵了点,但她的收入还是足够维持开支的。毕竟她找到的是一份食宿不愁的工作,时不时有小费补贴,她自己又是一人吃饱全家不饿的状态。再说,父亲想起她来的时候还是会接济她一些的⋯⋯工作那么辛苦,她难得任性,犒劳一下自己,住得赏心悦目一些,并不算奢侈胡为吧?想到这,她大笔一挥签了新合同。

她跟自己说,住好一点,图个清亮的视野,图一份好心情。一切都会越来越好。

第十二章　进取，要先做到来者不拒

　　高景生真正打赢仗的地方，叫以德报怨，化干戈为玉帛，无懈可击啊！

　　仗义每多屠狗辈，负心从来读书人，神经大条的人心眼往往也不小。

　　谁也没料到，原本纷繁复杂的局面竟以一个皆大欢喜的方式落下了帷幕，威廉掸如愿当上了总经理。只不过，是温泉别苑的执行总经理。高景生自然不会被拉下马，如愿坐稳了夏花中国总店行政办公室一把手的位置，再无威胁，还正式入了夏花中国高层项目组。

　　财务总监薛万豪随同威廉掸去了温泉别苑，如愿地成了二把手。卫民调到财务部任财务总监，也如愿地做回了本职。顶楼的一位德国籍行政经理考夫曼（Kaufman），调下来坐了人力资源总监的位子，成为夏花中国控制全局的最好印证。方方面面，都圆满地如了其愿。

　　米栗迎来了她在前台的最后一天当班，隔日就要去行政办公室报到了，她如愿地攀上了规划中的事业最高峰。

　　夏花心底里有种很奇怪的感觉，隐隐的，总觉得哪里有点不对劲，但她说不上来。最后，只有一点她是绝对肯定的——她从没想过事情可以这样发展,想象中那么可怕的争权夺利,却是和平地走向了终点,所有人的欲望都得到了填补,似乎大家都如愿了。

但米栗悄悄地跟夏花分析了这么一通:"调威廉掸去主持温泉别苑,名义上是升了,做总经理了,实际上却是给了个冷锅冷灶叫他烧去。做得好是应该的,还给KK落个知人善任、虚怀若谷的好名声;但做不好就糟糕了,人家KK开好局做好策划才让你去当现成的总经理,这都做不好的话,岂不是证明你的能力有问题?"

夏花这次没有听米栗的,而是坚持了自己的想法:"那又如何? 不管大家怎么想怎么看,我觉得吧,任命书下来,高景生给威廉掸背了书写了推荐,威廉掸的人生从此上了一个台阶,他也就永远欠着高景生一份人情。这一点才是高景生真正打赢仗的地方。这叫以德报怨,化干戈为玉帛,无懈可击啊!"

米栗拍拍夏花的肩膀说:"好吧,我承认,同一件事情在不同人看来,果然是迥然不同的性质。"

关于此事的看法,两人难达共识,未免伤了和气,略过不提。毕竟这是米栗在前台最后的日子,夏花又刚好排上了同个班次,自然格外珍惜最后的合作共处机会。

闲谈间,一位刚刚入住的青年女人,拎了个行李箱下来前台,把箱子往台上一搁,丢了20块钱说:"拉链坏了,麻烦帮我拿去修一下。"说完也没给夏花回答的机会,一转身便回楼上去了。

夏花仔细看了眼那个行李箱,心里大叫不好,这可是L打头的牌子……20块钱,修什么修啊? 够么?

夏花十分犯愁,转头看向米栗,直接摊手问:"这可怎么办?"米栗不紧不慢地凑了过来,仔细检查了一下,说:"只是拉链头坏了,20块你还有得赚,还想怎么样?"

夏花说:"可是这是L……"

米栗一副憋笑的表情,直接打断了她的话:"你看不出来这是A货吗? 拿着去小商品市场,找修鞋铺修理一下,三块钱就够了,加上来回的公交车费,嗯,你还能赚十几块小费呢。"

夏花这时哪里顾得上那十几块钱小费了,光顾着琢磨这个 A 货要怎么辨认了,拉着米栗请教了起来。

米栗趾高气扬地向她详解了一番,末了叮嘱说:"知道客人拿的是 A 货你也不能拆穿人家啊,是人都要面子,你在客人面前还是要恭恭敬敬把那包当正品托着。"

夏花突然想起来一茬,心头紧了一下:"那万一客人拿个假的给我,却跟我要真的包包,怎么办?"

"啊?"米栗猛地一愣,"你变聪明了嘛!……遇到诈骗的,那是你倒霉……我可没办法。"

夏花死死盯着米栗:"我不信,你才不会没办法呢!"

米栗推开她的脑袋:"哎呀,办法都是人想的,一万个人就能想出一万种办法来!比如,让客人签个委托单,说个记号,或者拉个证人什么的。总之,随机应变,这事教不了!"

夏花呵呵直笑。她这回是开窍了,有些东西非有不可,有些东西可有可无,有些东西完全可以置之不理。时尚嗅觉这种东西,以前她觉得可有可无,可现在一看,是非有不可。照米栗的推介跑小商品市场的修鞋店把箱子拉链整理好,回来拉着米栗学眼色。

米栗本就是个玩家,对所有漂亮的时尚的昂贵的东西都无法免疫,被夏花几个问题拨动了心弦,兴致勃勃地发挥着她的敏锐度,从一线的奢侈品到无线的港姐,讲得口沫横飞。讲到累了,米栗望着夏花长叹了一声:"哎,你这么少根筋,没有我在身边,你可怎么办呀?"

夏花自己也犯愁:"是呀,没有你在我身边,我可怎么办呀?"

米栗突然压低了声音,偷偷地提醒她:"你要记住了,前台这几个人,能混上前台经理助理的,都是门槛精。你呀,多长几个心眼。尤其面对姚晶晶,要格外小心。"

"哎……"夏花推了推米栗,悄声细语,"我发现你特别不喜欢姚晶晶,为什么？是不是因为她漂亮？"

"漂亮的人多了去了，我嫉妒得完嘛？再说了，咱新时代女性，姿色再少，骨子里还是会觉得自己有点姿色的。这点盲目自信，我有！"米栗一口气说了许多，"我就是不喜欢那种聪明过头的女人，看着就有点阴森森的，怪瘆人的。"

夏花察觉不出姚晶晶哪里阴森，唯有笑道："合着你是因为我笨才跟我好的。"

米栗也嘿嘿笑了起来："你才知道啊。"

夏花本想追打她，想了想，眯起了眼："如果哪天我变得比她们所有人还聪明，你怎么办？"

"怎么办？"米栗想了想，叹了口气，"朋友是一辈子的事，我都跟你好上了，还能半道甩了你不成。"

夏花听得暖和，重重抱住了米栗。

一天的时间，竟然就这样过去了。

夏花踩着点下班，请了两天假，正式搬了家。把富贵公馆的新屋打扫干净、摆放整齐之后，她倒在床上睡了一个长长的懒觉。

不知道是不是新环境的问题，后半夜她一直在做梦，梦里面旧屋的纸箱子增加了好多倍，怎么也搬不完。搬家公司来回忙乎，酒店许多同事都来了，帮忙整理着，一大帮人忙得热火朝天。

突然，门砰的一声响了，父亲拉长了一张脸站在门口，阴气沉沉地说："安顿好了，怎么也不告诉我一声？"

夏花心头一紧，张了张口，说不出话来，顷刻便醒了过来。

醒来的时候，梦里的场景还万分清晰。夏花也意识到，自己确实够糊涂的，居然还没跟父亲汇报搬家的情况，万一哪天父亲突然回来，找不到家，那可真是乌龙事件了。此刻想想，她的做法可真不应该。当下也不管什么时间了，直接拨了电话过去汇报新家地址。

夏友正听说夏花把家给搬好了，愣了一下："搬家租房子要花不少钱吧？

你哪来那么多钱?"

夏花脸上浮起一丝苦笑,说:"爸爸,我工作好几个月了,我有工资呀。"

"对哦,你都参加工作了……"夏友正的声音有点空灵,似乎还在努力接受事实中,"这么快,你工作好几个月了……工作怎么样? 累不累?"

夏花说:"工作挺好的,不累。"——工作是很累,但没必要让远方的父亲担心。

夏友正宽了宽心,说:"那你好好工作。你上次说是进的夏花酒店是吧?是个好单位。好好努力……"翻来倒去就那几句了。

父女两人找不到更多的话题,三两下便沉默了下来,又草草收了线。

夏花静静看着仍有些陌生的新家,耳中袅袅是梦里那个有情绪有反应的父亲,对比电话里那个连她工作情况都忘记了的父亲,两幅影像怎么也重叠不到一起,心下不免有点落寞。

再次想到梦里那句"安顿好了,怎么也不告诉我一声?",亲切感沁入了心扉。

她喃喃念了出来:安顿好了,告诉我一声。

脑中猛一激灵,眼前忽然闪过曾经在总经理办公室发生的一幕。

那句话分明不是梦! 他……提过的!

夏花额头直冒冷汗,下意识地擦了擦。

接下去的一整天,她都在纠结:这可怎么办好? 她要去找高景生吗? 说她看好了房子,搬好了家,安顿好了? ——这又不是工作汇报。人家当初只是随口一提吧? 可是,如果人家就是上级对下属的关心,她不予回应,未免有点……

说与不说,这是个问题。

没想到,有人主动终结了她的纠结。临下班的时候,行政办公室电话下来,米栗的声音依旧那样专业柔美:"夏花,KK找你,上来一下哦。"

也许是心中有鬼的关系,夏花怀揣着几百只兔子上了楼,进了总经理办公室,对上高景生一脸意味深长的微笑,她一颗心就这样悬在了半空,怯怯道:"高总好……"

高景生微微颔首:"坐。"

夏花听话坐好,如坐针毡。

接着,只听高景生说:"我需要一个兼职的私人助理,偶尔处理一些小事情,米栗没空,所以推荐了你,你觉得怎样?"

夏花感觉自己的脑袋像被雷轰过,耳边嗡嗡作响,不晓得眼下是什么状况。不知道过了多久,她发现高景生还在看着她,等她的回答,她不好意思了起来:"那个……高总,我什么都不会呀……"

高景生不以为然,说:"不需要你会什么,就是偶尔送送文件,做做传话筒而已。是素问锦斋的事情。工资就按业务量给你计算补贴……你看怎样?"

夏花想的却是另外一回事:"可是,我在前台要上班的呀……"

高景生忍不住笑:"我自然会安排。素问锦斋的事情不多,而且一般也不急,安排业余时间过去就可以。"

"哦。"夏花习惯性地点着头。

高景生瞄了她一眼:"那就这样了。你先下去吧。"

"啊?"夏花张大嘴,"就这样?我……"她想说的是我没答应呀,可是话到嘴边又吞了回去。

高景生问:"你还有其他事?"

夏花拼命摇头:"没有……没有……就是那啥……我搬家搬好了,富贵公馆……想跟你说声谢谢。"

高景生微笑道:"我没做什么。不用谢我。"想了想又问:"对了,你住几楼?"

"28。"夏花不假思索地回答,随后疑心上来,"怎么,有问题吗?"

高景生摇头道:"没问题,住高点好,景观不错。"说着摆了摆手,夏花会意,开了门出去。

高景生看着房间门轻轻地开了又关,若有所思地念了句:"看来老刘挺上心的。"

夏花出了总经理室,吐了一大口气,步伐也轻松了,朝米栗走了过去。本想关心关心她新环境还适应么,看她笑头笑脸的样子,和二秘玩笑连连,混得风生水起,也就不提那茬了,转而问她:"看你这么开心,什么好事啊?"

米栗得意地扬着头:"我每天都这么开心,哪里需要什么好事?"

夏花笑道:"少来,我还不知道你么? 笑得张牙舞爪的,肯定有事!"

米栗笑得贼兮兮的:"嘿嘿,是为你高兴好不好? 你不是刚捡了个好差事?"

夏花仔细盯着她瞧,瞧不出什么异常,于是推了推她:"既然是好事,你干吗不自己留着,干吗便宜我啊?"

米栗持续地笑:"你别好心当成驴肝肺好不好? 这次我是真心要帮你的。你听我说,出来打工,如果做不到打工皇帝……你就只能图那份收入了。虽然这份兼差是暂时性的,但是可以光明正大地来,酒店里多少人排着队想做呢,你就回去偷着乐吧。"

夏花心里好奇得要死:"你说嘛,到底为什么你不做?"

米栗嘿嘿地笑,就是不肯正面回答。

一旁的二秘掩嘴偷笑,夏花眼睛余光扫过,明白她必然知情,大跨步过去探问。

米栗倒也没有阻止二秘的意思,坐着不动。

只听二秘笑嘻嘻说:"咱们的大秘小姐事业爱情双丰收,正在热恋,一下班就赶回去会牛——情郎了,怎么会浪费时间去兼差呢。"

米栗对着二秘娇嗔道:"有嘴说别人没嘴说自己,你自己不也一样? 搞得KK刚刚说什么来着,行政办公室这俩女的,都是女生外相!"

夏花故扮伤感:"真伤心啊,这么快就亲疏有别了。二秘都知道的事,我还不知道。"

米栗"切——"了一声,拉了好长:"拜托,是你自己迟钝好不好? 每天埋头做事,两耳不闻窗外事,当然什么都察觉不到。我和我们家三都在一起好几天了……我没好意思说,你也都不关心我,我才伤心呢……"

夏花一边道歉一边在心里感叹，天，都"我们家三"了，她才知道。她果然是个不合格的朋友。她抓了抓头发："到底是谁啊？"

二秘在一旁忍不住了，插进话来说："还不就是素问锦斋的飞饼师傅，桑杰！"

夏花突然觉得这一天的事情都格外诡异，她想不明白，前段时间米栗还只是喜欢吃那个榴莲飞饼而已，怎么几天不留意，她就喜欢上飞饼师傅了……天，照她这样发展，是不是喜欢吃肉就会爱上屠夫，喜欢拜佛就会爱上和尚……夏花忍不住全身一抖。

回神看着米栗，看她一张明丽的笑脸上写满了聪颖，夏花有种被人鞭打的感觉，直冲冲就把心里的话倒了出来："你是不是脑袋被门夹了？找个印度人也就算了干吗还是个厨师？他识不识字？"

米栗没见夏花这般发起火，突然领教了一番她激扬奋起的样子，非但不生气，反而笑得乐呵呵的："你放心啦。桑杰家庭背景还可以的，他父亲是知识分子，他自己也有大学文凭，做饼只是他的兴趣啦！"

夏花听她这样说，可以确认她没疯，但是心里还是不太放心，叹了口气说："哎，看你乐的，我不说了。反正，我保留意见。"——她没有种族歧视，印度人里还是有很多人才的，比如拉吉，虽然只是行李生，但能力高，足以让她佩服得五体投地。可是米栗跟这个桑杰在一起，实在让她难以接受，她觉得这状况太不靠谱了。但是，既成事实，她又能多说什么？只能偷偷祈祷，祈祷米栗是蒙中了潜力股的，祈祷老天爷别玩太大。

米栗这段恋情让她太震惊，回到前台还一直在想，怎么就这样了？付恺芪见她一副心不在焉的样子，上前关心道："怎么，KK训你了？"

夏花摇了摇头，张了好几次嘴巴才问出话来："恺芪，你说米栗怎么就跟那个印度人在一起了？"

付恺芪一脸惊讶："都多久的事了！你跟她关系那么好，不会现在才知道吧？"

夏花啊了一声，定定地看着付恺芪："很久了？"

"是有段时间了。"付恺芪点着头,"我以前以为她有多聪明呢,现在知道了,她是真的天真可爱到爆啊。你说她长得怪好的,怎么眼神不好呢?……哈哈……我跟你说,你也别郁闷了,以前她穿制服,北楼换了衣服,从员工通道走你当然看不见了。现在她可是大秘啊,不用穿制服了,肯定是一下班就直接奔对面去。不信你等着瞧!"

夏花上了心,傍晚下班,仔细一观察,果然,米栗一下班便蹭蹭下楼,行色匆匆,直冲对面街去了。

夏花看得有些目瞪口呆,都不知道卫民什么时候站到她身边了。

卫民把手搭在台子上,敲了敲。

夏花回过神,赶紧问候:"卫总好。有什么我可以效劳吗?"挤着笑容。

卫民看了眼米栗远去的方向,回头轻叹了一声,对夏花说:"你说这个米栗到底是聪明还是笨?我们不好说她,不合适。你跟她是好朋友,要说说她,找什么人不好……"说着连连摇头。

听到卫民的表态,夏花心底里同仇敌忾的情感油然而发,正声说:"您放心,我一定盯紧她,见缝插针,有机会就说说她。"

卫民一边笑一边仍在摇头,提醒了夏花一句:"她很固执的,你悠着点。"说完便走了。

夏花仔细地琢磨着要怎么跟米栗分析她的恋爱形势,想了许久想不出招,一边等着公交车回家,一边豁出去了给米栗电话:"米栗啊,你觉得你是不是冲动了点?"

米栗听得一头雾水,反问:"我冲动什么了呀?"

夏花唉声叹气地说:"就那个……你再考虑考虑嘛……"

米栗"扑哧"一声笑了出来:"我们家三人很好的。你放心好啦。"

夏花追着问:"好人多了去了,你总不能因为人好就跟人家谈恋爱吧?"

米栗音调略有提高:"当然不是!我们在一起,那是因为爱情!爱情,你懂得什么叫爱情吗?你谈过恋爱吗?"说完她忽地想到夏花是谈过恋爱的,还是惨淡收场的……赶紧补了句:"对不起,我忘了。"

夏花讪笑了一声,半天才说:"没事,我也忘了。原来我是谈过恋爱的。只是在生活面前,我市侩了,把感情抛到了九霄云外了。看来,是我不近人情了。"

米栗一鼓作气,想把夏花也拖下水:"孤独是可耻的,饱暖是会思淫欲的,你现在工作也熟悉了,生活也稳定了,想不想感情也稳定稳定? 我们家三有很多朋友的……"

夏花脸都绿了:"我没兴趣!"

冷静下来仔细一想,夏花发觉事情有很大的漏洞,高景生提供的兼差对米栗有百利而无一害,她大可以借工作之便多跑几趟素问锦斋,顺便谈谈情,说说爱……可是,她干吗要推掉呢?

夏花想不明白,便把这茬给提了出来,米栗这次回答得有点严肃:"总之你别问了。相信我就对了,我这次真是为你着想的,你搬家要付房租吧? 多一份补贴不好吗?"

"有钱赚当然是好的,只是……"夏花依然犹豫。

米栗声音铿锵有力:"你说你活得那么清醒做什么呢? 唉……你就当我喜欢跟桑杰二人世界,当我和烦娘娘有仇,不想见她……你爱怎么想都好。总之你记住,就算我会利用你,我也不会害你。就这样。"

米栗说得那么有诚意,夏花自然不敢再多追究了,唯有安慰自己:走一步看一步吧。

反正高景生有言在先,于她而言,精力还是会放在主职工作上,烦娘娘那里,就得应付时且应付吧。

如今米栗已经离开前台,再也没有人像她一样言传身教,夏花开始了她完全"独立自主、自力更生"的前台生涯。

前台这个位置,每天人来人往,三教九流什么人都有,找茬的人很多,偶尔还有个把无聊之极的男士会顺路来讨几句嘴上的便宜,比如装少安公子之类的 VIP 客人。

面对那些让人发窘甚至发怒的问话,夏花从不知所措到坦然面对,花了不短的时间。

　　她慢慢地懂得了如何谈笑风生地挡走客人的明枪暗箭,全身而退;懂得了如何在客人的调笑中寻找理性的平衡,永远带着职业的微笑,笑得恰到好处。

　　米栗跟她说,从哭着团团转,到笑着打太极,这便是职场所谓的成长。

　　除去工作太过忙碌的因素,前台确实是个有趣的地方,每天都能见到很多人,观赏到很多故事。让人不禁莞尔,让人哭笑不得,让人目瞪口呆,甚至让人抓狂……

　　这天,便来了一位十分耐人寻味的客人。此人大约四十五六岁,长得油腻腻、圆嘟嘟的,颇有几分喜感,一身名牌标签明晃晃的十分刺眼。付恺芘瞄了一眼,嘀咕了一句:"天……这品味。土暴发户……"悄悄对夏花说:"交给你啦。"便站里边去了。

　　夏花含笑迎了上去,跟客人打招呼。

　　客人是来入住的,夏花扫了一下客人的身份证,问道:"张先生您好,请问您有预定吗?"

　　"住个酒店还要啥子预定哦,没有! 给我一间豪华房。豪华房,小妹你知道的哦?"

　　夏花听得有趣,乐呵呵地应承:"嗯。知道的,知道的。"快手快脚把客人的客房安排好,钥匙也做好,然后问:"请问张先生,您的押金是付现金还是刷信用卡?"

　　张先生一双胖手往上衣口袋一摸,掏出钱包,抽出来一张借记卡往前台桌上一放:"刷这个。"

　　夏花一看,好心提醒他:"张先生,您这是借记卡,不能刷预授权,只能刷房费。而且非要刷的话,如果需要退款就要等很长时间……"

　　话没说完,张先生已经不耐烦了:"啥子借记卡? 跟你说,我可是存了好多钱进去的!"

　　夏花一时无言以对,心想算了,对付土人就得用土办法:"那好,我就用这个给您刷房费,然后您再用现金付杂费押金。您看这样好吗?"

张先生不耐烦地挥了挥手。

夏花得令,便双手送回借记卡:"那请您先收好,这个等退房的时候再刷就可以了。麻烦您另外交一下押金,现金需要……"

谁知,客人瞪大眼睛道:"啥子东西嘛?我不是把卡给你刷了吗?怎么还要现金?你咋这么得意捏?"

夏花耐着性子继续解释:"张先生,刚刚跟您解释过了,借记卡只能刷房费,您还需要另外交杂费押金。"

客人皱着眉头摆了摆手:"哎哟,你们这咋这么喜剧捏?算了算了,给你刷这个吧……"说完从他钱包里抽出一张信用卡来,口中自言自语碎碎念:"这张存钱真麻烦。"

夏花顿时傻眼,真想说:张先生,您咋这么喜剧捏?但吞了吞口水,继续按章办事。

这位张先生虽然行事说话与他人格格不入,但并不是多麻烦的人,尽管不满意,接了门卡还是乐呵呵上楼去了,一句投诉的话都没有。

付恺芪这时终于结束了冷眼旁观,笑道:"夏花,你真是个好孩子啊。那么喜剧的客人,你也把他伺候得服服帖帖的。"

夏花也笑了:"仗义每多屠狗辈,负心从来读书人,神经大条的人心眼往往也不小。这类客人是经常闹点小笑话,不过只要好好跟他们说,都挺好说话的。"

"好说话,太好了。"突然旁边冒出一个熟悉的声音来。夏花转头一看,是杜克瑞。

夏花问:"老杜,怎么有空来串门子,有好事关照吗?"

杜克瑞笑嘻嘻攀在前台:"当然是好事了,想问下你们前厅部圣诞晚会要出什么节目。"

"踢踏舞。"夏花不假思索地回答。

"这么挑战?"杜克瑞有点怀疑地看了看夏花,"原来你还是有两下子的嘛,还会跳踢踏舞?"

付恺芪"扑哧"一声笑了,插口说:"前厅部那么多人哪。你还真会想当然。"

杜克瑞于是问付恺芪:"那这节目是谁来跳?"

付恺芪道:"就我们前台的一众美女啊,姚经理领舞! 不过,你们家夏花死活说自己不会跳舞,就当候补了。"

"姚姐啊? 早就听说她舞跳得不错。"杜克瑞一边说一边看了看夏花,"你真不会跳?"

夏花一摊手:"我是那种会说谎的人吗? 从小就没这细胞!"说着想到杜克瑞刚刚的话,"你刚叫姚经理什么? 你不要命啦?"别的部门经理和部下拉近距离,都喜欢人家叫他们哥啊姐啊的,可是姚晶晶这个姓一直让她很纠结,三令五申前厅部的姑娘小伙都不可叫她姚姐。夏花为此也曾偷乐了一把:姚姐,窑姐,可不是让人笑喷么。但没想到杜克瑞跑来前厅这么叫,分明是在顶风作案!

杜克瑞一脸的满不在乎:"当她面我也这么叫!"说着一抬眼,对上了正朝前台走来的姚晶晶。杜克瑞一张青春洋溢的小脸顿时笑皱了,不无心虚地挥手打招呼:"姚姐……姐好!"

夏花一身鸡皮疙瘩全出来了,心底却不得不佩服这个杜克瑞,反应忒快了。

姚晶晶徐徐走来,半眯着眼睛打量杜克瑞:"小杜,你没事来前台凑什么热闹? 酒吧没事做吗? 要不要我帮你找点事情做?"

"别,别。姚姐姐,姚经理。我是无事不登三宝殿。"杜克瑞耸肩道,"想请你帮个忙,借个人。"

姚晶晶看他不像撒谎的样子,问:"什么事?"

杜克瑞说:"不是要圣诞晚会了吗? 我们酒吧那晚有单身派对、酬宾活动,所以就派我做代表参加晚会,我缺个女伴合唱。"

"原来是这样。"姚晶晶思忖片刻,"你想借谁过去? 我们人手也不足呢。"

杜克瑞指了指夏花："就你们的候补借给我就可以了。怎样？"

"什么？"夏花叫了出来，"杜克瑞你可想清楚，我，我五音不全，唱歌跑调的……"

姚晶晶本来还在考虑，见夏花这等反应，轻笑了一下，说："你好歹也在酒吧待过，去支援一下，别偷懒。"

"谢谢！谢谢领导的大力支持！"杜克瑞朝着姚晶晶连连称谢，转头跟夏花说，"这几天咱们对下值班表，抽点时间排练，别偷懒啊！"说完便走了。

夏花看着杜克瑞，有口难言。她总不能说，她除了上班，还要随时待命，忙高景生交代的素问锦斋的事务吧？虽然这事并不算什么秘密，但她也不清楚到底多少人知道这个事情，总之没人提问，她自己也不会到处乱讲。高景生让她做的事情实在是简单到没有学历也能做到，无非送个文件、找个人、试个菜什么的，基本上就是充当了传话筒和高景生替身的功效。但这也是要花不少业余时间的，于是，夏花一直觉得自己很忙，很忙。

她一直谨小慎微，所以对时间的安排，也自有一番思量。中秋晚会前厅部选角的时候，她有意跳慢了半拍，是为了逃避密集的排练演出，好节省出多一点的个人时间。没想到最后还是没逃过去。看来，偷懒也是门技术活。

夏花叹了口气，麻木地继续守着前台。

第十三章　忙碌，生活本应如此

感情一事，是无法可依、无章可循的。

从本土化经营的角度来看，自行培养人才是最好的策略，但时间跨
度太长。

人来人往，前台的事永远不会有完结的时候，麻烦自然也是层出不穷。
又有电话下来呼叫客服，说上不了网了。

这已经不知道是第几个投诉电话了，从夏花入前台至今，几乎每天都有
客人跟前台投诉上不了网，然后前台就要赶紧安排技术部的人员上门解决
去。有时候遇到深夜，技术部人手不足或者无人值班，前台答不上来就麻烦
了，于是，夏花渐渐总结出了网络连接不上的问题所在，无非就那么几个老毛
病：网线在墙边的接触口松动了；墙口的网线接触面板坏了；客人的本地连接
TCP/IP 没有设定为自动；客人用 CABLE(有线)的同时还打开了无线；客人
的 IE 连接是指定的代理服务器……基本上，这几个问题排除之后，只剩电信
公司的电缆线路问题和客人的电脑问题了，只要不是最后这两种问题，夏花
都已经可以自行帮客人解决。

夜深人静，技术部果然又没人应答。夏花跟大堂值班经理交代了一声，
便自己上去了。

按了门铃，等了许久，终于有人来开门，原来是位残疾男士，缺了一只胳

膊一条腿，这开门速度该算快的了。夏花莫名一阵感激，跟客人打了招呼，入内帮他看电脑。

进屋之后，夏花听见了水声。侧眼瞄了一下，浴室灯亮着。心下有些异样的感觉。

客人的网络问题是本地连接的 TCP/IP 没有设定好，夏花三两下便把问题解决了。客人很高兴，拨动着轮椅要送她出门。夏花连连摆手，说："我自己出去就可以了。您好好休息。"

这个时候，浴室的门开了。走出来一个天仙一样的年轻女孩，一头瀑布似的黑发轻轻散在肩头，身上只围着件浴巾，一身嫩白的肌肤仿佛还在渗水。那脸蛋精致的，那腿长的，夏花看得忘了呼吸。

美女柔声说："我送你。"

夏花恍恍惚惚地出了门，看着美女缓缓合上门。才想起来，此人她见过。

夏花回到前台之后，心情久久不能平复，终于忍不住抓了舒佳欣把看到的事情讲了一遍。实在不是她缺德，而是这事太……暴殄天物了。

就是那个天仙一般的美女。叫阿宝的。夏花怎么可能忘记。

在酒吧工作的时候，夏花见过她一次，她只是往吧台上静静坐着等人，一袭及膝的黑色小洋裙穿在她身上是那么的妥帖，身段婀娜，迷倒众生。那晚都不知道有多少男人为之疯狂，轮番上阵邀她喝酒，她却谁也不理，只专心等着女伴。在她的女伴到来之前，她只跟吧台前递酒给她的杜克瑞说了声"谢谢"，连声音都美得那般空灵。

那晚她的女伴叫她阿宝。夏花记得格外清晰。那样不食人间烟火的人儿，连成日泡在美女堆中的杜克瑞都不能幸免地频频看她。夏花一直以为是哪家的千金小姐，没想到老天给她配的是个残疾人……

舒佳欣听罢，笑道："原来你说的是她啊？那个残疾人不是她老公，是她恩公。"

夏花愣住了："恩公？"

舒佳欣摆摆手："我说错了，不是恩公，是恩客。"

"你说她是……"夏花觉得天都要塌了。

舒佳欣却笑得十分开心的样子:"她学历不低呢,在这行可出名了,不是一般人点得到她出台的。你别看楼上那位缺胳膊少腿的,是那个什么什么协会的会长,家底不薄的……不过,你说,他又缺胳膊又少腿的,上了床,要怎么弄呀?"

夏花真后悔跟舒佳欣起了话头。因为后半夜里,舒佳欣一直在跟其他同事研究,那位会长究竟怎么做到位的……

为此,夏花恶心了很久,直到第二天,杜克瑞来找她排练,她依然闷闷不乐。杜克瑞以为她因为被他"抓壮丁"而不开心,变着法宝逗她。夏花不经逗,把事情和盘托出。杜克瑞听完老大不高兴的样子:"别人的事,你操什么心? 真是笑话!"

夏花愣在了当场。回头仔细想想,这世界鲜花插牛粪的事情数不胜数,暴殄天物的事情不计其数,众人最多感叹一句了事,她自己也看多了,何曾打抱不平过。这次是怎么了,就因为那个阿宝漂亮得连女人都心动,所以她才这般纠结? 她一下子惊醒。

她想开了,却轮到杜克瑞不开心了。他到了排练的 KTV 包房,点出曲目叫夏花练歌,自己却坐到沙发喝啤酒,一罐接着一罐,闷头猛喝。

音响里放的是表演曲目,杜克瑞设置了滚动播出,夏花只能一遍接一遍地唱着同一首歌。

夏花感觉歌曲旋律是很熟悉的,但睁大眼睛看着歌词条,她万分确定自己没听过,无比纠结,因为唱不好,只能一遍一遍,勉力为之。好在,杜克瑞光顾着喝酒,似乎没什么心思听她的鬼哭狼嚎。

她心里颇有怨言,这杜克瑞真是的,挑什么不好,挑了首英文歌,也不掂量掂量夏花有几斤几两,唱得来么。但见杜克瑞喝得有点过了,停了下来,上前问他:"你怎么啦,不高兴什么呢?"

杜克瑞闷声念了句:"没什么。"

"没什么你还喝这么多?"夏花拨了拨桌上的啤酒罐,都快一打了……她很怀疑,就杜克瑞那个瘦不拉几的身板,肚子才多大啊,怎么片刻就装下了这么多液体?她刚才光顾着练歌,也没注意他上过厕所没有,此时光为他担心,喝那么多,会不会把膀胱撑破啊?于是坐到他身边好心劝导:"你少喝点,万一喝醉了多丢人哪,你可是酒保诶。"

杜克瑞转身看她,什么也没说,突然就抱住了她。

夏花脑子"嗡"的一下空了,下一刻拼命地想要挣脱。

杜克瑞却抱紧了她不放。夏花终于意识到,男女有别,再瘦弱的男人,力气还是大的。她着急了,拍打着他喊道:"你抽什么风?再不放手我叫人了!"

"就抱一会儿。"杜克瑞在她耳边喃喃说道。

夏花从未见过这样的杜克瑞,愣了一下,忽然感到后背一凉。

有水滴渗透了她的衬衣。夏花心里一软,叹了口气,问:"你到底怎么了?"

杜克瑞身上酒气渐渐上来,出来的话也略显含糊:"我们不是说好了吗,你为什么不等我……"显然,不是在跟夏花说话。

"你是说,阿宝吗?"夏花小心探问。此刻,她的心在颤抖。她想起当初在酒吧,杜克瑞频频望向阿宝的眼神,一望,再一望。她一直以为只是因为阿宝美得太出尘脱俗,以为自己多想了。原来没有。

杜克瑞的酒品算好的。有一搭没一搭地念叨了一会儿,便把头枕在夏花腿上睡着了。

睡梦中的杜克瑞眉头依旧是皱起的。他的眼睫毛很长,卷卷的,略湿。

夏花忍不住伸出手去,想抚平他的眉心,平了,又皱起,平了,又皱起。

她不免感叹,这个阳光的大男孩,心底到底装了多少不平事啊。如此纠结。

想来想去,她忽地又良心发现,上天对她算极好的,衣食无忧,工作顺利,生活稳定,感情上虽然有点挫折,但比起阿宝和杜克瑞的故事,真是小巫见大巫了。

夏花把杜克瑞酒后的话一句句拼凑起来,拼出了一个令人扼腕的往事。

阿宝是杜克瑞的初恋女友。按照杜克瑞的留学年龄来推算,他们初恋的时节应该是念初中的时候。杜克瑞从小留学生到大留学生,用比别人短的时间念完了本科回来,带着美好的记忆去找初恋,结果看到的是走上一条不归路的阿宝,一夜可以卖出五位数的阿宝。

"造物弄人啊……"夏花叹着气,想象着如果杜克瑞和阿宝可以终成眷属,该是怎样羡煞神仙的一对璧人。奈何天公不作美,事情演变成如今这种对面不相识的局面。

将杜克瑞安置好之后,夏花带着一身洗刷不去的酒气和伤感回了家。

富贵公馆还是昨天的样子,可是此刻夏花却觉得有些莫名的清冷。电梯载着她一个人到了28楼,"滴"的一声,门开的时候,忽然看到两个中年妇女站在她家的对门。

这一层本是四套小户型的规格,但对面的两套小户被户主买了打通,做成了三室两厅。据说,对门是精装修,但装好大半年了,一直空置着无人人住。夏花一直对各种浪费深恶痛绝,想到那么多穷人无瓦遮头,却还有那么多有钱人买完一套又一套,空置着,心里就压不住仇富心理。

这个世界,处处都有不平事。

两名妇女打开房门,夏花带着好奇多看了两眼,果然是精装修,欧式简约风格,很是清新,从墙布到地板都极悦目,一点瑕疵也看不出来。家具不多,但瞄一眼那白色沙发,绝对是真皮的,而且价值不菲,八成还得定做才有。

两名妇女带着工具,明显是保洁员来做护理。

夏花发挥着无尽的想象力,依然想象不出,究竟是什么人,会用白色的真皮沙发。这家的主人,算得上是人间极品了吧?

这一日太多让人唏嘘的事情,夏花觉得自己需要好好睡一觉,补充能量,才能恢复战斗力。但是高景生并没有给她这样的机会,而是一通电话过来,给她下了新的指令,叫她联系猎头公司,帮素问锦斋找个职业总经理。

夏花心里早有疑问,高景生忙得跟鬼一样,成日处于飘来飘去的状态,为什么还要揽着素问锦斋这个摊子不放手?难道他真想跟樊素问复合不成?

那他干吗要离婚？过去的几天，她给樊素问跑了几次腿，早已深有体会为何高景生要离婚。她甚至怀疑米栗是不是诓她的，就樊素问这样的，怎么可能考到博士？

或者，她就是那种高分低能的典型。从夏花对她的接触看来，她待人处事彬彬有礼，看上去很清楚，但对生活、对人生，绝对是不清不楚的，米栗叫她烦娘娘，真不是损她。季节更替换菜单这样的小事也要来烦高景生，夏花拿着素问锦斋厨房送上来的备选菜单时，都想帮她勾一勾算了。她真不明白，樊素问管理了那么久的餐馆，连这个都搞不定么？但事情的结果是，她把备选菜单拿给了高景生，高景生皱着眉头，花了两三分钟哗啦啦勾好了新一季菜单，然后对夏花说："你把我选出来的菜单按类别整理一下，叫他们厨房配合广告公司，把各个菜式照片拍好，然后叫广告公司一周内把新菜单样本做出来。后面的事你具体看着办。"

夏花跟广告公司讨论稿件的时候，把秋冬滋补、美容养颜作主题整理了一份颇受欢迎的新菜单。一边做，她一边在想，之前高景生没有人帮他忙，他要对付各怀鬼胎的酒店内部高管，要推动马术中心和温泉别苑的项目建设，还要亲自处理这等杂务……他可真是个神。

如今，这位神级的人物也终于忍不住，想要摆脱烦娘娘了。

夏花嘴角撇过一丝笑，摇了摇头，翻开手机，找出高景生发过来的猎头名片，拨了电话出去。

夏花跟猎头李小姐联系的时候，心里油然而生一股难言的快感。这要搁在年头那阵子，她压根不敢想象自己要让多少人挑肥拣瘦了才找得到工作，她根本想不到有这么一天，她也可以挑剔别人，挑的还是餐馆总经理候选人，而且这一天还来得这么快。想着想着，她就忍不住咧嘴笑。不过，事情可没有那么顺利，选总经理又不是菜市场挑白菜，一时半会儿李小姐也拿不出人来，于是，她求着夏花多给她们几天时间物色人选。夏花有样学样地布置了任务进程下去："这样吧，晚上我给你邮件，把我们的基本条件跟你列一下，再给你三天时间，你赶紧物色人选。三天后你告诉我，在本市大概可以找到多少符合基本条件的总经理人选,按照不同级别分一下类,我把应聘条件再细化一下,然后请你再花几天时间把符合条件的人员简历作人工筛选,一周之后我们要见到至少五位高素质的人才。"

招聘的事情告一段落,夏花依旧是忙得一佛出世二佛升天,杜克瑞又偏偏插了那么一脚,隔三岔五便抓她去练歌,本来挺有情趣的一件消遣,被他活生生搞成了功课。夏花自然唱不出什么感情来,常常把杜克瑞搞得很幽怨。夏花每每看到他幽怨的表情,心里想起阿宝,跟歌词一对应,才能唱出几句有味道的来。如此循环,倒也真把那首歌练得滚瓜烂熟了。

眼看圣诞马上就到了,前厅需要做一些应景布置,姚晶晶带领众人里里外外地忙了一把。看姚晶晶爬上爬下热火朝天的样子,夏花很是感慨:"姚经理以身作则,真是勤快。"

旁边的付恺芪掩嘴直笑,低声说:"她现在不好好表现,那才是傻的。"意有所指。

夏花一愣,反应了过来,是啊,非常时期,姚晶晶可不得好好表现,争取群众分、印象分。

原因无它,这个圣诞晚会,除了庆贺,还是送别。市场销售总监正式调离本店,要赶回欧洲过年。有传闻说内部提升的可能性很大,因为酒店至今还没有一个真正本地拔擢上来的高管,从本土化经营的角度来看,自行培养人才是最好的策略,但时间跨度太长,于是,那些有一定年资和丰富经验的中层骨干便成了最好的选择,姚晶晶也便成了众人押注的对象。

她也确实不负众望,表现得可圈可点。

这个晚上,那位长得油腻腻、肥嘟嘟的张先生,喝醉了酒回来,见到在大厅巡逻的姚晶晶,跌跌撞撞地扑了过去。

姚晶晶一个闪避,张先生扑了个狗啃屎。

此君真的是喝高了,趴在地上不知道起来,顺势抱着姚晶晶的小腿叫着:"老婆,我要嘘嘘……老婆……我要嗯嗯……"那一脸红彤彤的,不知道到底是喝高了,还是憋坏了。

姚晶晶拼了命要抽脚出去,却被他抠得死死的。

姚晶晶眼里尽是嫌恶,却还要装出笑容可掬的慈母样子:"张先生,您要去卫生间是吗?我找人带你过去好不好?"说着直招手,唤来一个行李员帮忙把他架走了。

张先生被架着走了一阵,略有清醒,频频回头朝姚晶晶挥手,口里念着:"老婆大人,我自己去那啥子……自己去!我要浇花施肥……花开富贵!"说着甩开服务生的手,自己摸向拐角的卫生间去了。

服务生见多了喝醉酒四处找妈找老婆的,也不以为然,就由他去了,回头忙自己的。

谁知,片刻之后,整个大厅飘起一阵厕所的味道。

只听一位保洁阿姨在拐角惊叫:"天哪,怎么屙花盆里了!"

那位张先生,把盆栽给拔了,蹲花盆里解决了他的急事。

"天,他还真去浇花施肥了……"姚晶晶听到前厅的骚乱,拉上礼宾部的两名男服务生,硬着头皮赶上去解决善后。

忙碌的工作中,总有这样一些有趣的人有趣的事,让人忍俊不禁。

笑过恶心过,生活一如既往地忙碌。夏花每天起早摸黑,有时候忙得回不了家,便在倒班宿舍睡下,然后到米栗的宿舍洗个澡换身衣服。精神抖擞了,继续前进。

到了圣诞预演的这天早上,夏花终于发现她这段时间忙得有点过分了。因为她忙得没空逛街,此时已经找不到一条能穿的丝袜了。她的制服是超短裙,一定要穿高裤裆的连裤丝袜才不会露出袜裆痕迹,但时间来不及了,她只有光着腿赶到酒店,先上班再说。

这个时节,气温已经很低了,在酒店外面,大风衣遮不到小腿,夏花冻得直哆嗦。好不容易进了酒店,躲到前台桌子后面,还是不能幸免于难。大门一开一关,不断地有冷风钻进来。夏花冻得直跺脚。

即便这样,她也只能撑着等下班。

酒店北楼下面便有商场,但都是名店,一双丝袜顶她一个礼拜工资,她才舍不得花这冤枉钱。况且,里面售的多数是时尚的花式丝袜,跟制服也不搭调。

隔两条街就有百货商场了,夏花心想,等下了班打了卡,她就赶过去买它两打!

好不容易熬到下班时间,前厅部匆匆集合,杜克瑞一通电话下来,她才知道,这天是圣诞预演的日子,她得马上到宴会大厅去。

夏花下意识地扯了扯裙子,头低低地往宴会厅赶。跺着脚等电梯,一开门就往里冲,结果,听见一个声音在耳后响起:"有那么冷吗?怎么缩成这样?"

夏花扭头一看,高景生正站在她身后,正皱着眉等她回话呢。

夏花吐了吐舌头,说:"那个……我今天找不到丝袜了,所以,光着腿来的……"

高景生看了一眼她毛孔耸立的一双长腿,两条眉头几乎皱到了一起。

夏花夹紧双腿,立正的姿势站得笔直笔直,嘴上则是呵呵地笑:"没事啦,等排练完了我马上冲出去买!"

结果,就在她和杜克瑞的试验结束,她离开宴会厅的时候,高景生找到她,塞给了她一袋丝袜,袋子是隔壁街专卖店的标志。

"我不知道上面那些多少D的数字是什么,就各拿了一双。"高景生说这话的时候,语气并不利落,气势全无。

"D数是丝线的密度。"夏花低头一边回答一边瞄了瞄那一大袋袜子,款型各异,厚薄齐全,袜子是最普通的肉色、灰色和黑色,都是她平日穿过的颜色。她突然觉得袋子有些烫手,脸上竟也是热气腾腾,"可是,你……为什么……"终究还是问不出声。

高景生愣了一下,接着没好气地说了句:"给你你就拿去换上,哪来那么多为什么!"

夏花"吃吃"笑了两声,抬眼望着他,脆脆地道了声谢:"那,谢谢了。KK。"扭头往更衣间跑去,不敢停歇。

不知道从什么时候开始，夏花不再纠结要叫高景生为高总还是 KK。人前叫他高总，人后，她很自然地叫他 KK。也不知道从什么时候开始，夏花不再纠结高景生对她的关心。她知道他对属下都很好，就算对她多关心一点也是情有可原的，因为她是他的私人助理，关心是理所当然。综合以上，夏花和高景生真的混熟了，自然不再庸人自扰。

况且，她也发现了，不知道从什么时候开始，高景生对她再没有从前那份客气，而是真的把她当助理了。比如，有时候他嘴馋了，大半夜的打她电话，说："明天早餐帮我带西门的苏记豆腐脑。"等等，说完便挂，理所当然的样子。比如，有时候他偷懒了，会把素问锦斋的一些小事交给她决策，然后笑笑说："素问要是问起什么，就说是我点头的。"

夏花永远不会知道，从临时起意到贯彻实施，买那袋丝袜的过程，高景生历经了怎样的心理斗争。

那之前，高景生一直跟自己说，他对夏花，只是上司对下属的关心，并无任何特别之处。除了那一点点好奇之心——一开始，他只是出于对一张白纸的关注，慢慢地，他发现她是个很有韧性的女孩子，简单、认真、执着，找到一个目标，就会拼尽全力……在她身上，他找到自己少年时那种无知者无畏的心境。所以，他对她，从关注到羡慕，又从羡慕到了嫉妒。

是的，后来他发展到压不住自己的嫉妒心。他一边把她当鲶鱼用着，一边嫉妒她，嫉妒她的年轻，嫉妒她的一往无前。所以他时不时给她增加点工作量，心底就是想看看，她什么时候会顶不住。

当初引她入局，是米栗的推荐和卫民的临时起意。后来，看她楚楚可怜的样子，看她不断地出包，他忍不住一再出手帮她，忍不住提醒她，甚至教育她……她也似乎是卯上了，拼着命学习，换了几个地方竟然都让她闯过去了。听说她拿到助理调酒师证书的时候，他甚至有些呆住——像她这样秀气的女孩子，居然也能拿调酒盅？

为了分散威廉掸的注意力，他将她调去马场，本以为一个全新的领域她必然交不出成绩单来，却没想到她卯着劲把马术入门课程学了下来。

她忙得风风火火,总是一副痛并快乐着的模样。

他渐渐喜欢上了看着她忙进忙出的感觉。

住院那几天,他叫她做饭,本是为了让樊素问消停一下,没想过夏花一个小姑娘能做出上得了台面的饭菜,没想到她真拿豆包当了干粮,竟然还查了食谱,做得有模有样。若不是卓女士的事情紧急,他又不想用到米栗露出马脚,他会很愿意让她继续服务下去。

再后来呢,他养成了惯性思维,把她当成了万能小姐。当他提出要大秘二秘兼职私人助理工作的时候,两个爱情至上的女生都面露难色,他脑中灵光一闪,居然闪过了夏花的身影,于是,他提示米栗说:"你在前台不是有不少姐妹吗?推荐一个。"果然,米栗推荐了她最好的姐妹,夏花。那一刻,他心里竟泛起了不足为外人道的窃喜。事实证明,她又努力地成长为了一个优秀的助理。

如果她没有那股子蛮劲,估计早就被扫地出门了吧?

不过,以上这一切,似乎构不成他为她买私人用品的理由。

就算是听到她说她光着腿的时候,他在那一刹那也没有怜香惜玉的紧迫感。她是前台小强,才冻不死呢。

可是进了宴会厅,看到她奔向杜克瑞,看着两人争着玩吉他,有说有笑,高景生心底里突然有股子莫名的烦躁,腾腾冒了上来。

以前也有好几次见他们两个走在一起,原来并没有发觉什么,此时看上去,两个人都是那么青春洋溢,挨在一起竟是那么和谐的一对剪影。他心里好生嫉妒。

是的,是嫉妒。

他没办法再跟自己说,他嫉妒她的年轻,所以也嫉妒她的爱情。那一刻,他知道,他嫉妒的是杜克瑞的翩翩年少。

他自认也对得起"翩翩"二字,只是,他不再年少了。

高景生刚认识杜克瑞的时候,小杜还是小小杜,只有十三四岁,是个还没长开的孩子。他的条件在一众小留学生里面算极出众的,多的是小女孩往他身边蹭。在欧洲那几年,他玩心也重,隔三岔五换女友,从未成年的白人小妹妹到成年的黑人大姐姐,什么口味都换过一遍。后来他回国前,高景生他们一群前辈给他送行,他喝高了,说出了自己有个初恋的女孩子在国内,说那个女孩子长得跟天仙一样,他决定了,一回国就收心,跟她好好过。高景生一直觉得他小孩子心性没个准,事实也证明根本没看到他身边有什么初恋女友的影子。

他还只是个孩子。

她也不过是个孩子。只是比起杜克瑞来说,明显成熟得多。

所以高景生不曾将他们联系到一处。如今看来,他似乎是错了。

毕竟感情一事,是无法可依、无章可循的。好比此刻的自己。

越想越觉烦躁,高景生拔了腿便走开了。到了走廊上,看到卫民一个人怔怔地正对窗外抽烟。他不动声色地把手伸向窗台,把卫民的烟盒拿了过来,抽出一根来,拾起窗台上打火机,点燃。

卫民颇觉奇怪:"你不是戒了好几年了?怎么,这阵子有什么烦心事吗?"

高景生手下微一迟疑,指间那根烟竟就掉了。他笑了笑,俯身捡起,扔进身旁的垃圾桶里,转身又夹了一根,还没出烟盒,便塞了回去。"算了,不抽了。"转移话题问道,"你呢,有什么烦心事?"

"我多简单哪。不就家里那档子无头公案。"

高景生没有搭话,清官难断家务事,有过前车之鉴,他可不想再惹一身骚。转身望向厅内,正好,是夏花和杜克瑞上场。

杜克瑞拨动着电子吉他,样子实在好看。夏花手握话筒,缓缓走向台正中,嘴巴一张一合很是得拍。

> ···*Riding for 4：55*
>
> *But I've played this scene too many times*
>
> *To ever feel the part again*
>
> *I don't really want to fake it*
>
> *I already knew the end*

So bye bye Cin-Cinderella

Everything just has to change

And the midnight blues are calling

I guess that's part of the game…

是温拿乐队的《4：55》。

音乐旋律很有节奏,曲调里有股与他们的年龄不相称的沧桑,可是让夏花略略压低的嗓音诠释出了另外一种味道,似乎是遗憾的味道。

这首歌应该是杜克瑞选的吧? 在欧洲马会俱乐部的联谊中,他便唱过一次。

那么,夏花知不知道,这首歌的中文版,叫做《爱你一万年》?

远处的夏花唱得投入,抑扬顿挫拿捏得当,赢得掌声连连。只是走路姿势不甚好看,走得很小心,一只手下意识地扯着裙摆——高景生知道,她是冷了。

但她脸上一直是带着笑的,笑得恰到好处,进退得宜。

一直混混沌沌的脑际,似被什么强行浇下,醍醐灌顶。

很多原本一直模糊着的事情,在那一刻突然清晰了起来。

"我有事先走一步。"丢下这话,高景生几乎是飞奔着出门的。

他直奔了隔壁街的丝袜专卖店。他记得樊素问在那儿买过,她那么挑剔都穿得下去,质量应该可以。

眼下,他似乎只有这一件事,能为她做。

而他,此刻是发自真心地想做点事。

第十四章 成长，含泪的微笑

> 在大企业做事，每个人都是一颗螺丝钉，没有那颗螺丝钉，大机器便转不起来，但备用的螺丝钉很多，不是非你不可。
>
> 人各有所爱，各有所求，不一样的价值观交叉，网起世间各式各样的喜怒哀乐、悲欢离合，世界才会显得如此美妙。

圣诞预演的丝袜插曲，夏花不敢声张，更不敢太当回事。她毕竟涉世不深，很多事情不敢妄下判断，有时候明知暧昧，她也抱着鸵鸟思想得过且过。

过完圣诞，人事上又有了一些变动，人力资源部的新总监考夫曼不知道用了什么法子说服拉吉，把他调上去做了培训主管。

之前为了提高英语口语，夏花一有空就扯着拉吉说话，不知不觉倒是混成了好朋友。得到拉吉调职的消息，她第一个跑过去恭喜拉吉。

谁知拉吉并不领情，忧着脸说："谢谢你，但是你不用恭喜我了。我是被赶鸭子上架的。我不高兴。等新的主管来了，我还是要下来做行李生的。"

夏花笑道："我们中国人都觉得，人就是要不断学习、不断前进、不断提高的。在职场，升职就是前进、提高的一种表现，是对自己努力工作的一种肯定。不过人各有志，不能勉强。"

拉吉也笑了，露出一排齐齐的白牙："人各有志！我就是喜欢当行李生！还有我想说，你还是很有事业心的，不像你那个姐妹，就知道拣舒服的活做。"

"你说,米栗?"

"是啊,如果不是她主动出击,大秘那个职位哪里能轮到她啊。她现在的日子可比前台舒服太多了,要不哪有那么多时间谈恋爱!"

夏花笑道:"那也是人各有志的一种表现!"

拉吉抓了抓头皮,傻笑着点了点头,转而又说:"可是,她看着怪聪明的,怎么找男朋友那么糊涂呢?"

夏花眼皮猛地一跳:"桑杰有问题吗?"

"他应该没问题吧,但是米栗我就不敢保证了。你知不知道,我们印度社会传统家庭对女人管得挺严的,而且……"桑杰一边说一边挠头。

夏花从桑杰口中才慢慢了解了一些关于印度的社会情况。比如,传统印度家庭讲究门当户对,而且家族群居,嫁进去的女人往往要伺候一大家子。

夏花听得头疼,她无法想象明朗精灵的米栗裹一身纱丽,摆弄锅铲整一大家子的伙食,餐餐印度咖喱,还要跟着用手抓饭吃……天,对于一个现代中国职业女性来说,那是什么样的生活?

可是,米栗一副甜蜜到死的样子,提到她家三便热情如火,夏花的冷水还没泼到她身上,已经被蒸发掉了。最后,她也只能将注意力转回到工作中来。

前台每天都有新鲜事直播,刚送走一个找错店的,又来了两个信用卡诈骗的,拿着别人的卡来刷,还要求前台给套现,一张不够还掏出两张来……夏花直接通知了姚晶晶来处理,姚晶晶来转了一圈便报了警。

这年头,诈骗犯无孔不入,而且个个艺高人胆大!夏花一边忙一边感叹。直到一个电话打断了她的絮叨。

听到对方自报家门,夏花忙不迭地问好。

来电的是夏友正所在船公司的一位内勤老人,老葛。来电不为别的,就为了他中秋时候送月饼上门,结果找不到夏花了……不知道她搬哪里去了,打她家里电话又一直没人接听,急了,电话追到国外,问了夏友正,才问到夏花的手机号。隔了这么久,中秋月饼都馊了,老葛总算和夏花对上了话。

"夏花,搬家也不说一声,让葛伯伯叫几个人帮你啊,你一个女孩子,怎么弄啊?"老葛的语气很是心疼。

夏花呵呵地笑:"叫个搬家公司,多简单呀。又不用我来搬。葛伯伯放心,我都搞定了。"

老葛许是仍把夏花当小孩,不放心地问:"新家地址是在富贵公馆 28 楼是吧? 你什么时候有空啊? 我过去看看?"

"是的,随时欢迎您过来坐! 不过我上班比较忙,是三班倒,您什么时候想过来的话,先给我打个电话,看我要不要当班,免得白跑一趟。"夏花提醒道。

老葛又关心了几句,终于收线。

夏花不自觉地嘘了口气。

忙了一天,腰酸背痛,正要赶到公车站搭车,高景生的奥迪拦在了她面前。

高景生降下玻璃窗,朝她笑了笑:"上车。"说着伸手过去拉开了副驾车门,不容置疑。

夏花莫名有些忐忑不安。她也不知道自己紧张什么,慢腾腾挪了脚进去。

高景生问了句:"回家?"

夏花点头"嗯"了一声。

高景生稳稳握着方向盘,心无旁骛似的。一路前行,两人一直无话。

直到车开至富贵公馆,夏花下了车,高景生突然叫住她问道:"你现在有没有男朋友?"

夏花一颗心突然怦怦地急剧跳动。想了许久,故作轻松地回答:"报告领导,暂时没有,也还不需要媒公媒婆,谢谢。"

她万万没有想到,高景生竟然可以用那种四平八稳的语调说出这样一句话来:"自荐可以吗?"

夏花撑着一张几乎要垮掉的笑脸,说:"高总,您太一本正经了,开玩笑的样子真的不好笑。"

高景生有些哭笑不得,这丫头看来不笨嘛,这么快就学会打太极来了,还是说,女人天生在某些方面就是天赋异禀的? 带着点不忿,他索性挑明了:"我不是开玩笑。再次郑重邀请夏花小姐做我女朋友,怎样?"

夏花觉得自己的心脏已经快要蹦出身体了,却还是死撑着维持基本的笑容,用玩笑的口吻说:"您不是有樊小姐吗? 别吃着碗里的,惦着锅里的。"

高景生极是无奈:"那只是一段往事。"

"然后呢? 你想跟我传达什么意思?"夏花歪着脑袋看他。

"往事如烟,风一吹就散了。不必太较真。"

夏花在发怔片刻之后说了句:"我们这场对话也会成为往事。"

高景生却不回答了:"你好好考虑一下。"说完竟然头也不回,钻进车里,开走了。

夏花看着那辆奥迪的尾烟渐渐消失眼前,一颗心越来越沉。虽然高景生把主动权交到她手里,她却越想越火大,最后忍不住一跺脚,喊道:"烦死了!"

然后,她听到一记回音:"夏花!"

夏花全身一颤,转头一看,是老葛。他等不及再约,当天就赶过来了,提着一大袋礼品,说是给她过元旦用。

夏花知道,他们公司只会在中秋时节送月饼,过年时候送油票,并没有元旦礼物这一说。老葛手上这一袋,肯定是老葛自己掏腰包买给夏花的。无功不受禄,于是夏花拼命婉拒。

老葛二话不说,把东西提上了门,往厅里一放才开口:"东西放这就是你的了,别叫伯伯我拿回去,这么重,伯伯老胳膊老腿的,经不起折腾。再说了,是你爸爸托我来看看你,你跟我这么生疏干吗呢?"

夏花说不过老人家,只能道谢收下:"那,谢谢您了,葛伯伯。"

老葛看着她低眉顺眼的样子,叹息一声说:"夏花啊,你爸爸虽然人不在家,但还是关心你的,你千万别怪他,啊?"

夏花含笑点头,但笑得勉强。

老葛继续说:"你爸爸是个好人。难得一见的好人。你现在年轻,不懂得分辨。等你到我这把年纪,你就知道了,像你爸爸这样纯粹的人有多么难得。社会那么复杂,人人向钱看齐,只有你爸爸这样的人,才那么重感情。真的,等你长大了,老了,你就明白了。一个人要永远保持一颗纯粹的心灵,真的很不容易。"

夏花明白老葛说的意思,虽然没有切肤的感受,但理论上是可以接受的,所以她继续点头。

老葛心疼她一个小女孩独自撑着无人照应的屋檐过日子,方方面面都关心了一圈。最后,他小心翼翼地探问:"夏花啊,刚才送你回来的那个,是你男朋友吗?看上去不错啊。"

夏花头摇得跟拨浪鼓似的:"没有,没有。他当然不是……他是我们公司领导,今天顺路送我一程的。"

老葛皱了皱眉。他阅人无数,回想刚刚见到的两人对话场景,想到那些神态,无论如何也无法将那个年轻英俊的男人和一个关心下属的上司联系到一起,于是,他秉着一颗长辈之心,殷殷相劝:"夏花啊,虽然你爸爸没时间管你,但你一直很懂事。伯伯相信你不会乱来。你知道,外面很多男的,专门骗小女孩。你要多个心眼才好……"

夏花站立厅中,如风中的花朵,战栗不止,花瓣落了一地。

花儿未开,已开始落了。不知道有救没有。

夏花渐渐发现了,在大企业做事,每个人都是一颗螺丝钉,没有那颗螺丝钉,大机器便转不起来,但备用的螺丝钉很多,不是非你不可。所以,这些小螺丝钉们每天埋头苦干,绕着工作转,渐渐地,转成了陀螺。

陀螺也没什么不好,但偶尔会有迷失感,找不到前进的方向。

在跟拉吉讨论这个事情的时候,拉吉若有所思地看了她一眼,问:"你入职多久了?"

夏花此时掰着手指头算了算,赫然发现,自己已在这里半年多了。

拉吉笑笑:"是该停一停手,进修一下了。你申请前台经理助理培训吧。"

"啊?"夏花没想到拉吉有此一说,用不确定的口音再次询问,"我是接待员,不是前台经理助理啊,可以申请的么?"

拉吉笑道:"当然可以。如果现在申请前台经理助理培训,考核通过的话,培训回来就顺理成章升职嘛。现在正是好时机,过年前后人事变动比较大,培训、升职都比较容易申请到。反正你也苦干半年多了,试一试嘛。"

夏花想了又想,底气始终不足,于是打电话给米栗:"拉吉建议我报名前台经理助理培训,你说,我可以报么?"

"报!"米栗叫道,"干吗不报! 我正想提醒你呢,他先说了。拉吉这家伙还真是够意思! 赶紧报去,都来半年多了,早该了。前台经理助理培训半年组织一次,这次不报又要等半年,这样拖下去不是办法,升职这事,要眼明手快!"

夏花得到米栗的鼓励,便找拉吉要了申请表格,仔细地填了一通。填到最后一页,她犯愁了,还需要部门领导和总经理的签字同意!

想到姚晶晶,想到高景生,夏花没来由地头疼。

工作的时候把姚晶晶的严厉当谨慎,可是遇到升职的事,夏花想到姚晶晶那张一会儿火山一会儿冰山的美人脸,有点望而却步的情绪。好几次拿着申请表,远远见到姚晶晶,想冲上去叫她给签个字,就是迈不开步。

这样拖拖拉拉又过了几天,元旦在忙碌中过去了。

离春节是越来越近了,年底团拜会特别多,酒店忙得跟战场似的,硝烟滚滚。

元旦过后,前厅部来了几个新人,有招待员,有前台经理助理。姚晶晶一边忙碌一边还要培训新人,颇有几分怨气挂在脸上。夏花看得忐忑,心里的不安慢慢地转变成了焦急。

可能因为关注姚晶晶关注得多,她的一举一动都落入了夏花眼中。连她给新人开例会,夏花也凑过去听了一把。其实姚晶晶所讲的那些案例和论点,夏花多数是听过的,有些新的案例还是亲身经历过的,但听姚晶晶带着自己的观点在那讲得口沫横飞,夏花觉得还是蛮有趣的。

在酒店业待久了，见过的人、经历过的事情多了，自然就积累了大量的案例，得闲可以自己编一本教材，教化后人。姚晶晶便是这么做的。

夏花心想，姚晶晶其实真的是个很好的管理人员，因为她总是先从品德方面对手下进行入职教育。

因为前厅部女孩多，姚晶晶每每要针对女孩子们讲一番肺腑之言，名为"女孩子要自爱"。

姚晶晶的"自爱说"，首先是那段著名的给灰姑娘提鞋的"个人定位说"，其次便是一个惨绝人寰的案例：美人吃亏记。据说，在姚晶晶还未进入夏花之前，在另外一家五星级酒店从客户关系经理做到了前台经理，那期间，该酒店发生了一件让所有年轻女孩引以为戒的事情。

夏花听着姚晶晶的再次铺陈，眼前映出一个夜高风黑的场景来，外面正是严冬腊月，云淡星稀，空气仿佛都被冻住了，只有酒店的霓虹灯青山不改绿水长流，闪着迷离的光辉。

一个美得让人窒息的艺校女孩从酒吧出来，吐得一塌糊涂，几乎要把肝胆都吐出来了，周身乏力，最后便瘫倒在了路边。她身材极好，穿着Ｔ恤牛仔裤也难掩芳华，即使是醉了，依旧吸引着过往路人的目光。但大家都只是看一眼便走了，因为从酒吧到酒店外墙，她身边一直站着一个衣着体面的男人，照顾周到。最后，男人将她背进了酒店。

男人搜出女孩的身份证，在前台匆匆办了入住手续，然后便要送女孩回房。这个时候，身为值班经理的姚晶晶警惕了一把，拦住男人说："要不我们都忙送上去？"

男人很没好气地回了一句："我女朋友，干吗要你们送？"

姚晶晶词穷，但为防有什么意外发生，要求男人出示一下身份证，办理双人入住手续。

男人几乎是瞪着姚晶晶说："我天天来，我是谁你不认识吗？"

对峙许久，最后，男人作了让步，要求姚晶晶把他的名字列为访客，而不是共同入住。

许多男人带小三开房的时候，都不肯办理共同入住，以防家中母老虎顺藤摸瓜掌握了证据。姚晶晶亦可理解，在手续办妥之后，亲自帮这对男女开了电梯门。

第二天，姚晶晶正要下班，看到那个美得不可方物的女孩失魂落魄地走出了酒店大门，光着脚，衬衣扣子还扣错了，怎一个惨字了得。姚晶晶心里有不好的预感，于是在执房收拾女孩房间的时候赶去了现场。

整个房间凌乱不堪，床上、地上尽是卫生纸的纸团，上面沾满了红的白的液体。触目惊心。

为免纠纷，姚晶晶要求执房把那些卫生纸收起来，用自封袋做了封存，心惊胆战地等待了两个多月。

两个多月后，姚晶晶把那袋垃圾处理掉了。

因为她又遇到了那个女孩。

女孩穿得十分妖娆，化了个精致的淡妆，挽着一个六七十岁的老外来开房，一路亲吻着上了楼。

一个美若天仙、前途无量的艺校女孩，就这样沦落了风尘。

姚晶晶每次讲到这里，都要再三强调，女孩子要把招子擦亮，要自爱。这次，她训完话，不知是有意还是无意，瞥了后座的夏花一眼。

夏花听过多次这个案例，但再听依旧唏嘘。然后，对上姚晶晶的眼神，莫名心中一阵战栗。

她心里突然冒出一种抗争到底的心理，她觉得，女孩子不仅要自爱，也要自强。所以，例会结束的时候，她鼓足勇气把前台经理助理培训申请表呈到了姚晶晶面前。

姚晶晶犹豫了好一会儿，看了夏花好几眼，最后还是落笔在上级推荐那一栏上签了字。事后，夏花给米栗打电话说："原来姚晶晶那么好说话，害我白担心一场。"米栗咯咯笑了许久，说："你是走了狗屎运，挑对时候了。她正要笼络民心，可不得做好看点。"夏花对此表示再次无语，从此略过不提。

过了姚晶晶那关，夏花脑中仍回旋着那个经典案例，退回前台继续唏嘘。

舒佳欣看夏花一个早上光剩下叹气了，好奇地问她出了什么大事。

夏花摇摇头："还不就是又听了一遍那个艺校女孩吃闷亏的事情。太没天理了。如果那个女孩子真的像姚晶晶说的那么美，那真的是暴殄天物啊！"

舒佳欣笑道："那女孩你也见过的呀。"

夏花睁大双眼："什么？我什么时候见过她？"

"就是阿宝嘛。"

原来，这就是阿宝沦落风尘前的人生经历。

夏花心口一下子被什么东西堵住了。

然后，她不自觉就想到了杜克瑞。不知他知不知道这段往事？不知她是否要去告诉他？

夏花考虑了很久很久，最后，她决定什么也不说。

因为，如果杜克瑞已经知道，她再提便是多管闲事的长舌妇，那行为也无非是在人家伤口上撒盐；如果杜克瑞还不知道，她讲这些也不能改变什么，无非是增加人家的烦恼。衡量之下，什么也不说，反而是最好的。

所以，夏花自己也选择了遗忘。彻底忘掉这个故事。

端着培训申请书，看着上面姚晶晶的签字，看着最后面空着的那格，脑子里呈现出天人交战的状态。

自从高景生把素问锦斋总经理面试的重任交给了樊素问，已经好多天没再过问餐厅的事情，遇到一些零星的小事，夏花往往看着办了。所以，她已经好多天没有见过高景生。这让她有种逃出生天的感觉。

但前台经理助理培训是不等人的，拉吉也提醒她两回了，再不提交表格，就要等半年后了。

好几次看到姚晶晶上楼，都很想冲上去说："姚经理，您帮我把申请书带给总经理签个字好不好？"但想起平日里姚晶晶常常把报表丢给她，叫她拿去行政办公室，还往往加一句"你拿上去吧，反正你熟"。口气不冷不热的，听着怪别扭。夏花便却了步。

夏花趁着午饭时间，把主意打到米栗身上："那个……米栗，你帮我把申请书拿上去给 KK 签个字好不?"

米栗用一种奇怪的眼神看着她:"你自己为什么不去?"

夏花眼神略为游移:"这……就是不好意思嘛……"

米栗翻了翻白眼:"关乎个人利益,有什么好矫情的?"

夏花推了推她:"你就帮一把嘛……"

米栗摆了摆手:"不是我不帮你,递张纸没什么,关键是这程序不能这么走的。这严格说起来是要面试的,面试过了人家才给你签字。"

"啊?"夏花有点懵了,"可是姚经理看了一眼就马上给我签字了啊……"

米栗想了想:"人家是直属上司,看你日常表现就可以了,KK 不一样啊,是总经理,你以为所有一线员工他都认识吗?虽然部门主管签了字,总经理一般都会签,但是为了公平起见,他当然还要先问一问,了解一下情况啊!"

夏花心想,也是。想到时间紧迫,也顾不上许多了,吃完饭,打听到高景生在办公室,拿了申请书就往行政办公室奔。那架势,就差没要把申请书拍人家脸上了:"高总,麻烦您签个字吧?"

高景生看了她一眼,低头翻了翻那份前台经理助理培训申请,手放在上面,却没有要提笔的意思,而是抬头问她:"你要申请前台经理助理培训?"

废话,申请书不是在你手里? 夏花心里直嘀咕,脸上则挂着笑容"嗯"了一声。

高景生说:"报名时间快来不及了,以后这种事宜早不宜迟。"

夏花想不明白早报晚报有什么区别,但她眼下最关心的,是高景生怎么还不签字。于是继续点着头。

高景生看了她两秒。

夏花脑中灵光一闪:"那个……KK……你不是打算公报私仇吧?"

高景生挑眉看向她:"怎么,我们有仇吗?"

"没有,没有!"夏花堆着笑,连连摆手。心下只念着:您老快点签吧……

高景生嘴角微微一提,抓了钢笔过来,大笔一挥,夏花的心终于落了下来。

接回申请书，夏花以为高景生还要说点什么，或者要旧事重提，站直了一秒。结果等来的是高景生一句："还有事？"

"呃……"夏花舌头也哆嗦了，"没有了……那，我出去了。"

才要转身，便听见高景生来了句："对了……"

夏花一身汗毛都立了起来："什么事？"

高景生神色淡然："这次前台经理助理培训，是金钥匙组织的，在杭州集中培训，过去跟其他酒店的同行交流一下也挺好的，你好好表现。"

"嗯！"夏花拼命点着头，"我知道的……再见。"

"我还没说完呢。"高景生失笑，"你就这么不想看到我？"

"不会……不会……"夏花连连摇头，"您还有什么吩咐？"

高景生嘴角的笑容慢慢消失："酒店明天会派车送报名的几个同事去参加前台经理助理培训，你让他们先走，先留下来帮我把素问锦斋的总经理人选资料整理出来，这几天得把这个事情整理下。"一副公事公办的模样。

"哦。"夏花应了一声。出了总经理办公室，终于长吐了一口气。

遥见行政办公室的两位秘书小姐守着各自的格子间，夏花思忖着要过去跟米栗打个招呼，却发现她正在通电话，脸色暗沉，声调阴沉。

"都跟你说了没有，没有！我不知道，我什么也不知道……你到底烦不烦？……"说到这里，米栗声音已经有点失控。

后面，自然是不欢而散，米栗狠狠摁断了电话。

夏花站得远远的，仍旧感受得到米栗的怒气冲天。她都不知道要不要过去打招呼了。倒是米栗发现了她，立即变了张脸，笑眯眯朝她招了招手。

夏花迎了过去。

米栗看了眼她手中的申请书，说："你拿到签字啦？不错不错。"

夏花看她情绪转换都不需要时间过渡，心下佩服得很，也没什么顾忌，直接问道："你刚跟谁在聊啊，生那么大气？"

米栗说变脸又变脸，愤愤道："还不是烦娘娘！都不知道她哪根筋不对，到现在还一口咬定我在她和KK中间搞破坏。哪来那么多小三啊！什么人嘛！"

夏花心里咯噔一下，没来由想到自己曾经戏说的那句：珍爱生命，远离总经理。她讪讪笑道："你居然挂她电话，就不怕她跟你老板告状？"

米栗又摆手又摇头："我敢跟她呛声，当然有我的把握。你想啊，KK能不知道她什么人嘛？就算她告状，也没用，掉自己身价而已。"说着瞥了眼高景生的办公室，"真不敢想象，KK以前的日子怎么过的！居然到现在还甩不脱这个牛皮糖！"

夏花笑笑拍了她一下："少替别人担心了，想想你自己吧。我一直想问你，桑杰有那么好吗？你不会是为了为了避嫌，为了让烦娘娘安心，所以特意在她眼皮子底下谈恋爱吧？"

米栗瞪大眼睛看着夏花："天哪，你怎么不去写小说？想象力也未免太丰富了吧？谁有空陪她玩？我们家三那么好，我们是情投意合好不好？"

不知道为什么，米栗说情投意合说得理直气壮，夏花却觉得鸡皮疙瘩都起来了。她想，或许是她免疫力太低吧？

桑杰一事，夏花一直想要劝劝米栗的，结果在热恋中的米栗面前，她总是会丧失气势，然后一次一次把话又掖着带了回去。

她一边摇头一边走，走着走着，突然就想到了列夫·尼古拉耶维奇·托尔斯泰的那句名言：假如有千万个人，就有千万条心，自然有千万副心肠，就有千万种恋爱。

人各有所爱，各有所求，不一样的价值观交叉，网起世间各式各样的喜怒哀乐、悲欢离合，世界才会显得如此美妙。

她想，她的恋爱观和米栗的，看来是注定大相径庭的了。

第十五章　疲惫,城市的传染病

升斗小民决定不了怎么活,就只能无限地扛住生活的考验。

生活如此枯燥,偶尔放肆,偶尔出格,恣情活一场未尝不可。

夏花将申请表格提交之后,拉吉当天便将她排进了培训名单。然后,她眼睁睁看着那群参加培训的同事欢欢喜喜地提了行李上了车,提前到杭州旅游去了。

按照高景生的吩咐,她必须留在酒店,直到培训开始的前一天。夏花想到这,有点咬牙切齿,但君命难违,在这间夏花酒店,高景生就是皇帝,虽然是打工皇帝。她能奈何?

更要命的是,姚晶晶原来的排班表就没有把夏花预算在培训人员中,现在一看人手不足,夏花又还不急着走,就把她的班次密集地往前挪,于是,夏花的日工作时间一下子延长了不少。

加上猎头公司开始递送一些人员资料过来,她要整理资料给高景生,要安排樊素问的会谈时间,还要应付素问锦斋的一些琐碎事情……她忙得一个头两个大,有时候会有种错觉,自己跺跺脚就可以立地成佛了。

偏偏倒班宿舍又因为添装设备在紧急装修,每天一大早就开始倒腾,夏花夜班之后往往才睡几个小时,便被钻头声音吵得半醒不醒。起床吧,不甘心,不起床吧,头疼欲裂……很是消耗体力。往往回到家,累得跟抽去骨头了一样,趴在床上,动都动不了。

她想到不久之前,因为快毕业了,到处找工作,同学们之间互相调侃,说考公务员的过的是猪的生活,找工作的过的是狗的生活,考研的过的是猪狗不如的生活。她如今倒觉得,她现在过的才是猪狗不如的生活。不如猪,有个安稳的觉可以睡,不如狗,有个稳定的窝可以守。但那又如何?这便是生活。升斗小民决定不了怎么活,就只能无限地扛住生活的考验。

她一向是个极能抗压的人,自然有缓和压力的一套办法。时间充足的话,她会放点好听的音乐,泡个精油浴,让身心都放松一下。

最近几乎每天回到家就是用几分钟冲个澡,便躺床上去睡觉,脏衣服都是第二天洗的。眼看着第二天便可以启程去杭州了,夏花紧绷的神经有所缓解,心想也该放松一下,于是决定放一澡盆水,好好泡个澡。

把 MP3 放到浴室梳妆台上,插上电,选了播放列表,等不及澡盆的水放满,她便往里打了泡,躺了进去。

躺在澡盆里的时候,她想到了从前看过的许多影视、小说情节,一个独居的女人,躺在澡盆里,然后煤气泄漏,她便再也爬不起来了。

她觉得真要感谢科技的进步,有太阳能热水器真好,至少在累得几乎不省人事的时候,不用担心因警觉降低而死掉。

在这个安全的空间,她可以完全放松,可以很安心地闭目养神。

于是,她这么一合眼,不小心便睡着了。

迷迷糊糊中,她又听到了钻头的声音,还有各种锤子在一旁敲打,砰砰作响,好不叫人心烦。

夏花的脑袋快要裂了,挣扎着睁开了眼。

原来是浴室的门在响。混在音乐声中,还真不好辨认。

发现真相之后夏花愣了一下,紧接着吓得一声尖叫,随即站了起来,一把抓过一条浴巾,把自己裹了起来。即使这样,也没能压住她全身嗖嗖往上立起的汗毛。

究竟是什么人,居然闯进了她家?

夏花很害怕。

她想起了之前看过的许多社会新闻,许多可怕的字眼浮上了她的脑海,她甚至觉得,自己只要开了门,就死无葬身之地。然后,亲人、朋友、同事们只能在报纸新闻上不断缅怀她:《富贵公馆昨日发生入室抢劫案,花样少女惨死家中》,《富贵公馆入室抢劫案追踪:少女死前曾遭□□……》,《聚焦单身女子公寓:由富贵公馆入室抢劫案引发的恐慌》,《我市警察急速出击,富贵公馆入室抢劫案近日告破》,《单身好不好? ——富贵公馆入室抢劫案反思录》……

无限恐惧中,夏花看到了墙上的电话机,这下才抓到救命稻草似的冲上去,拨了110:"喂,救命啊,有人入室抢劫……快点来人……我是富贵公馆28楼……"

同一时间,浴室门还在砰砰地响,一个男人的声音在叫着:"小姐,快开门……"不对,好像不止一个……

夏花挂了电话之后,心仍旧跟着浴室门一起砰砰响。

如此阵仗,真是惊险至极。

她仔细听着,判断着门外到底有多少人,然后听到了一句:"小姐……水漫金山了……"

夏花低头一看,一股水流源源不断地漫过浴缸,流到地板上,流出了浴室……想必已经流出了房门……

夏花的脸红到了脖子根,赶紧关了水龙头。

外面的人似乎没有离去的意思,也许以为她出了事,也许是想给她个交代,她可以想象外面是怎样的鸡飞狗跳,一番心理挣扎之后,她终于颤颤巍巍地开了门。

门外站着好几个男人,有物业的大叔们,有附近摆摊服务的锁匠,还有一个,此刻正站在她眼前几寸的地方,是个从未见过的帅哥。

是的,帅哥。二十几岁的样子,身材高大健硕,剑眉星目鹰钩鼻,微微皱着眉,却显得更加有股子魅惑……皮肤偏白,看上去比夏花的还光滑……身上有股淡淡的古龙水味道……

夏花不知是之前被吓的还是此刻被帅哥镇的，傻乎乎站在浴室门口，大气也不敢喘一下。

她都忘了，自己全身湿漉漉的，只围了条浴巾……

帅哥见到她的一刹那，也愣了一下，随即反应过来，飞快地脱掉外套，裹住夏花露在外面的肩膀。转身遮住她，对屋内的其他人说："好了。大家还是先出去吧。让这位小姐赶紧处理下。"

说完又回头跟夏花解释了一句："水都漫到楼下了。我们在门外敲了很久没回应，以为你出事了。所以找了锁匠过来开门。不好意思了，我们先走了，麻烦你赶紧处理一下现场。"说完跟着那几个人往外走。

物业大叔们一边往外走，一边摇头叹气："现在的女孩子，洗个澡也能洗得天下大乱……"

夏花一直傻愣愣地站在冰凉的地板上，此时定睛看了看水塘似的客厅，人已经完全清醒，但头更加痛了。——这个现场哪有那么好清理？

都是自己造的孽啊，搞出这么大一摊子乌龙，居然还以为是什么入室抢劫……想到自己在浴室里的挣扎，真是天大的笑话了……

想着想着，夏花惊叫了起来："不好了！"

帅哥刚走到门前，听到她这么一叫，回过头来看了看她："小姐有事吗？"

夏花很不好意思地说："我……大事不好了……我刚才报警了……"

"什么？"帅哥无奈地看着她，"你报的什么警？"

夏花不知道对方是说的反问句还是疑问句，她低眉顺耳，老老实实地把自己刚刚的英明决策交代了："我报了入室抢劫……"

"入室抢劫？"帅哥整张脸都冻住了，随即提醒，"还不赶紧打电话过去销案？"说着一双眼四下搜寻，落在了沙发旁的电话架上。

夏花好像被电醒了一般，冲上去抓起了电话。

几乎是在同一时间，物业大叔陪着一排民警哥哥全副武装，趟着水站到了她家门前，表情各异。

除却工作,她的世界向来简单得很,不知道有多久没这么热闹过了。

夏花脸上火辣辣的,只觉得自己五官全被熔化了,垮下来了……没脸见人啊,不由自主地把身上那件长外套紧了紧,遮严实点。

帅哥脸上露出点不耐烦的神色,但看了她一眼,还是主动迎了上去,跟公仆们解释:"一场误会,一场误会。不好意思,麻烦大家了。"

物业大叔也在一旁赔着笑脸跟民警哥哥解释着:"我们都跟各位说了,是误会,真是误会……"

几位民警哥哥往里一瞥,花朵年纪的小姑娘正裹着男式外套靠在沙发上,一脸又无辜又尴尬的样子,头发还在滴着水。再对照只穿了衬衣的年轻帅哥,众人心中皆有了答案。

但作为人民公仆,人家该做的事仍然照做,一位拉着物业大叔去了解隔壁和楼上楼下的住户情况,另有一位民警哥哥进了屋内,查看了一圈,跟带头的点了点头,低声说了几句什么,应该是在汇报状况。

带头的民警哥哥30岁左右,五官端正,眼神凌厉,一身正气,显然很看不惯这种小两口耍花枪耍上警局的桥段,上前一步训斥道:"小姑娘,是你报的警是吧?人不大,脾气倒不小……知不知道110电话是不能乱拨的?看看这都几点了?以后要注意点,跟男朋友吵架是小事,随便浪费警力是大事!下次再这样,我们要请你去局子里坐坐了!"

夏花哪里还敢跟人家分辩真的假的,点头如捣蒜。

正气哥哥看了夏花好几眼,终于好气又好笑地收了队,蹚着水下楼了。大约是理解,生活如此枯燥,偶尔放肆,偶尔出格,恣情活一场未尝不可。

夏花朝着民警哥哥们的背影,吐了吐舌头。

终于安静了。屋子里,那位不曾见过的年轻帅哥仍然杵着。夏花低头看了看自己身上的外套,说:"那个……你的外套……"

帅哥看了她身上一眼,微微皱了皱眉头:"都湿了,你晾干了再还给我。"理所当然的口气。

"那个……"夏花也皱了皱眉,"您住楼下的吗?"

"对了，忘记自我介绍了。"帅哥轻笑，"我住在对门。刚住进来两天，承蒙您看得起，当了一回入室抢劫的嫌疑犯。我姓徐，徐开，双人徐，花开富贵的开。请问小姐怎么称呼？"

夏花听得眼皮直跳，一颗心莫名其妙怦怦跳了起来，不无自嘲地想，你给我的惊喜才大呢，我总不能自我介绍说我姓夏，夏花，花开富贵的花……于是，嚅嚅道："我……姓夏。"下面再不肯说下去了。

徐开等了两秒，见眼前的夏小姐诚意仅限于此，也不再追问："夏小姐，虽然这个相识过程太另类了点，但还是很高兴认识你！真的要谢谢你给我这么大的惊喜，这么精彩的一天我想我永远不会忘记！"说完，笑着伸了手过来。

夏花蜻蜓点水地跟他握了下手，把他打发走了。

看着对门开了又关上，又看到了那套白色的真皮意式沙发，之前还一直狐疑，到底什么样的极品才衬得起这样奢侈的家具，如今倒是觉得那套沙发本来就是为这个徐开打造的。

视线回到屋内，怎一个惨字了得。

她换了套衣服，提起精神，拿起拖把，开始从里到外的大清理工作，一直忙到天亮才完工。

大半夜地劳动了这么一场，热得一身汗，竟然意外地清醒。想到本来想好好休息一夜的，如今全泡汤了——是真的泡在她的澡汤里了，心底腾腾冒上来极大一股怨气，很是不甘，于是，打电话骚扰米栗，汇报突发状况。

米栗还没起床，一边打着哈欠一边听，听着听着，清醒了，笑得几乎岔气："天哪，你到底哪来的狗屎运啊，在家洗澡也能惹祸，这也就算了，还能就这样惹来一个大帅哥当护花使者？说，说，那帅哥到底帅到什么程度？说具体点。"

夏花想了许久，那徐开到底帅到什么程度呢？有些犯难："米栗……这个，还真不好形容……对了，你记得有个香港演员叫连凯的吧？脸型、鼻子有点像他，但是比他白……哦，有点像古天乐年轻的时候，不过没他那时候那么阴柔……身材嘛，有点像那个吴彦祖……大概是这样吧……"

"让我想象一下……"米栗也开始犯难了,想了许久,一声惊叫,"哎,不用想了,天哪,极品,这绝对是个极品! 夏花,你真的运气太好了! 简直是祖坟冒烟啊……"

夏花嘿嘿直笑:"还好,还好。人家刚搬过来,指不定大小老婆都有了呢。"

米栗想了想:"嗯,我们要好好判断一下……你说你家对门有多少平方?"

夏花笑答:"一百多,具体多到哪里我忘记了,精装修,欧式风格,全套家具都没见过,八成进口的,连沙发都是白色真皮的……这下你满意了吗?"

"满意,满意!"米栗声音显得更加兴奋了,"就是不知道是做什么的。"

夏花说:"我又不是神仙,怎么知道。"

"你不是说他的衣服正穿你身上嘛,看看,有没什么蛛丝马迹啊。"

夏花觉得这米栗真是可以改行当侦探了,但她自己也好奇,便捞起那件大衣上下检视了一番,别的收获没有,只发现了扣子背面的标牌:"按照你的传授判断,意大利手工正品,价值不菲。"

"天!"米栗叫道,"这样的男人,就算是无业游民,也是个中极品啊,好好把握啊……天哪,太可惜了,要不是我已经有我们家三了,我一定扑上去……"

夏花说:"把你们家三甩了,我把这位帅哥介绍给你认识。"

"这样啊……"米栗似乎还真的考虑一下,"还是算了。我们家三人多么好,我怎么可以丢下他呢? 但是,你家对门那位帅哥实在让人口水啊……对了,你搬家那么久,我还没去参观过呢,什么时候过去看看?"

夏花咯咯直笑:"随时欢迎。"

……

很快就到时间,该出发了,她出了门,看到对门,不自觉就脸红了起来。心里暗暗下了决心:回头把外套还了,以后见到对门那个姓徐的,她一定绕道走! 不然实在丢不起这人了!

第十六章　忐忑，没有把握的心情

控制不住自己的情绪真是件可怕的事情。

幸福有无数种方式可以得到,但每一条路都有风险,看你自己怎么把握了。

天就这么亮了,在一夜的折腾之后,夏花提着行李下了楼,直接站小区门口等车——据说公司会派车来接她。结果,等了十几分钟,她等来了高景生。

总经理亲自开车送她去杭州。这待遇真是高……夏花觉得自己此刻大概是一朵风中小花——只剩花枝乱颤的份了。

高景生下车把夏花的行李放进后车厢,看她还傻愣在一旁,催道:"还不快上车。"

夏花不知道自己是带着什么样的心情坐上车的,上到高速了,才想起来问高景生:"你也去杭州? 我想,你不需要参加前台经理助理培训吧?"

高景生笑道:"真不凑巧,我就是去参加前台经理助理培训的。"

"啊?"夏花的脑袋一时转不过弯来,一直纠结着他堂堂总经理来参加前台经理助理培训课程做什么?

"我来参加开幕式。"高景生自己说了出来,"说几句话就可以回去了。"说着,从车门边上抽了瓶水给夏花。

"哦……早点回去好,早点回去好……"夏花神神叨叨地接过矿泉水,旋开了盖子。

高景生抬眼瞄了瞄镜中的夏花："你就这么不想看到我？"

"不是……不是……"夏花脸上堆着笑，心中却是叫苦连连，"我是在想，酒店没有你不行啊……"

高景生一脸平静地说："私底下，就不用说场面话了，多无趣。如果说你没有我不行，倒还有意思一些。"

夏花刚灌嘴里的一口水，全喷了。

高景生的车开得挺稳当，居然没受她影响，平速前行。只见他朝上瞥了眼，说："纸巾在上面，自己拿。"

"那个……KK……"夏花一边抽着纸巾擦去车上和自己身上的水渍，一边好言相劝，"你别再逗我了好吗？"

高景生嘴角微微上扬："我哪儿逗你了？我跟你说正经的。我不是叫你好好考虑吗？你考虑好了没有？"

夏花被他话题这样一转，又愣住了，半天答不出来。

高景生瞥了她一眼，说："你看你都没好好考虑过。你先考虑着。考虑出结果了，咱们再来讨论。"

夏花语塞。

这一路要好几个小时，夏花前一晚基本没睡，现在越来越困，打了个盹便到杭州了。

到了指定酒店，匆匆报到，办了手续，夏花到房间里躺了个四脚朝天，真想好好睡一觉，但下午要先开个会，为第二天的开幕式预热，夏花收拾了一下行李，换了套职业装，便去开会了。

会议才开始，她已经神游太虚，熬到会议结束，她顾不上吃晚饭了，直接冲到房间倒头约见周公。

不知道睡了多久，手机跟叫魂似的响个没完。

夏花迷迷糊糊地抓过手机，"喂"了一声，然后便听见了高景生的声音："怎么这么早就睡了？到大厅来一下。"这口气，很有公事公办的味道。

夏花心里咯噔了一下,可别是素问锦斋出了什么问题?还是酒店有什么交代?……想到这立即清醒了过来,手忙脚乱地爬了起来,匆匆换了套衣服,袜子都没穿,直接把脚塞单鞋里面,蹬蹬跑下了楼。

高景生一见她,只说了句"走吧"便开始往外走。

夏花不明所以地跟在他身后,一路忐忑不安。

直到高景生开了车过来,她上了车,扣好了安全带,才听见高景生切入正题:"我们去吃晚饭。"

夏花心底一把无名火莫名烧了起来,可又不敢发泄,于是嘟着嘴说:"我不饿。"

高景生说:"那我们随便转转,晚点再去吃。"

夏花一句话不吭,摆出一副非暴力不合作的态度。

于是,高景生开着车,在西湖附近转了好几个圈。他看她脸色阴沉,知道是真的生气了,便由着她发挥。

夏花一路默不作声,直到夏友正的电话打破了沉静。

"夏花,怎么打家里电话没人接呢?"

夏花有些受宠若惊,父亲居然主动打电话回来,她脸上不自觉已浮起笑意:"爸爸,我现在出差,在杭州呢。你呢,你现在哪儿?"

夏友正"嗯"了一声:"这样啊。好好照顾自己。我还在船上。"

夏花也"嗯"了一声:"那爸爸,你也好好照顾自己。"

夏友正继续道:"好。好。对了,爸爸有件事跟你说一下,过年我可能就不回去了,今年你就自己过年吧,爸爸给你汇了点钱,你自己去买条漂亮裙子,多买点年货啊。"

夏花脸上的笑容像春天的雪,说化就化了,"怎么又不回来了……"

夏友正好声好气地说:"夏花,你知道爸爸要做事的。你好好工作,好好过日子。等爸爸回去的时候,给你带礼物。"又是这样,说不回来就不回来,然后放着夏花自己过春节。

夏花很想好好说父亲一顿,但她知道自己怎么说也改变不了父亲的决定,于是只剩一脸的无奈:"爸……那你好好保重。"

高景生看她更加不开心的样子,车越开越慢,试问了句:"要不,下车找个地方坐坐?"

"好。"夏花终于应了答。

高景生把她放在湖边,自己掉头去停车。

夏花站在栏杆边,心情跟前方黑黢黢的湖面没什么两样。突然觉得自己不知道为什么活着。每天忙碌地工作,不知道是为了什么;拼命地维持着一个只有她一个人的家,不知道为了什么;一直倾慕着的高景生跟她提出交往,她不敢接受,更不知道是为了什么……

心中有把无名的火在烧。她很生气,但是她不知道自己是在生谁的气,不知道自己为什么而生气。她只知道,控制不住自己的情绪真是件可怕的事情。

想着想着,她忍不住踢起了栏杆。一下,一下,奋力踢去。

"栏杆跟你没仇吧,你这样踢人家?"高景生含笑的声音吓到了她,刚要踢出去的脚猛然收回,一个趔趄,脚底的单鞋滑了出去。

在夏花的尖叫声中,那只单鞋"砰"的一声掉进了湖里。

夏花抬起头,一脸幽怨地望着高景生,很明显,这账得算他头上——谁叫他出声的?

高景生耸了耸肩,大步上前:"你看你,没鞋穿了吧。"低头一扫视,还是光着脚丫子的。寒冬腊月,可不得冻死。

夏花不知哪来的怨气,俯身把另一只鞋子也脱了扔掉,赤脚站在水泥地面:"这下你高兴了。"

"好了,别闹了。"高景生往她前面一蹲,"上来吧。我背你去车上,咱们先去买双鞋,再晚商店都关了。"

"不用了,我自己走过去。"

高景生看了看她冻得发红的脚掌,笑道:"你说的,自己走过去。那我去开车,你慢慢走。"说着起身便往停车场走,头也不回。

"还真的说走就走……"夏花有点咬牙切齿地嘀咕。脚下凉意不断沁上心脾,脚板都冻住了,人也不断发抖起来,但说出去的话泼出去的水,她只能硬着头皮往前赶路。

走了几步,突然一阵钻心的痛从脚底传来。夏花大叫了起来,抬脚一看——一颗大号图钉已经完全入肉,血丝从图钉边沿渗了出来。

"一个个,都跟我作对……"夏花带着哭腔,抬着一只脚,举步维艰。

高景生闻声赶了过来,看她抱着只脚,一脸哭相,掰开她的手,看了看她的脚底,又好气又好笑地说:"你说你没事闹什么别扭,净跟自己过不去。"

夏花光顾着疼了,哪里还会注意他说什么。

"忍着点。"高景生说完,一把将夏花脚底的图钉拔了出来,然后从口袋里掏出手绢,给她草草包扎了一下。

夏花疼得嗷嗷直叫,把高景生的西服都抓皱了。

高景生抓住她的手说:"好了,赶紧上医院,打针破伤风要紧。"说着打横把她抱了起来。

夏花拍着他肩膀说:"把我放下去,把我放下去……我自己走。"

高景生冷声说道:"安静点。你是打算叫人来围观是吗?"

夏花四下张望一番,静了下来。

到了停车场,高景生把夏花塞进车内,开了导航,飞驰到最近的医院。

下车的时候,他问夏花:"要不要背你进去?"夏花这次没有硬撑,点了点头。高景生笑着将她背进了医院。挂了急诊,清洗了伤口,打了破伤风,取了药,高景生又把夏花背回了车上,事情总算告一段落。

这么一折腾,好好一个晚上已经去了一半。

车驶离了医院,高景生一路寻找着商店,但明显已经太晚了,所有商场都关门了。高景生看了看光着脚丫裹着纱布的夏花,叹道:"看来今天你是注定要光脚板了。"

夏花看着窗外一排排紧闭的店铺,终于笑了出来:"算了,算了,回酒店吧。"

高景生看她终于释怀，问道："心情好了？那，可以陪我去吃晚饭了吧？"

"还吃什么晚饭！"夏花看了高景生一眼，"吃夜宵吧。"

高景生抬手看了眼腕表，时间已近子夜。可不是，无端端折腾了一夜，晚饭改夜宵了。

为了照顾赤脚的夏花，高景生最后从洋快餐店带了外卖出来，把车泊在路旁，摇下车窗，和夏花在车上解决他们的"夜宵"。

夏花酒店的伙食一向不错，两人的嘴巴都是被养刁了的，对洋快餐向来是能避则避。高景生一边啃着汉堡，一边皱着眉头。夏花虽然也不喜欢，但饿坏了，狼吞虎咽。

高景生递了蜂蜜柚子茶过来："吃慢点，小心噎着。"

夏花嘿嘿笑了两声，接过饮料。

吃饭的过程总算是恢复和平共处了。

夜深露重，凉意袭人。吃完东西，两人赶紧把车窗给合上了。高景生把空调调高了一些温度，卯足马力开往酒店。

正当夏花在犯愁待会到了酒店，要怎么开口叫高景生帮她去房间拿双拖鞋下来给她时，高景生突然把车停到了一个巷口。

夏花侧身看了看高景生："怎么了？"

"等我一下。"高景生说完便跑进了巷子里。

夏花傻坐在车上，一直猜着他到底是急着上厕所呢还是急着干吗去，直到接到他的电话："你鞋子穿几码？"

夏花这才知道，他帮她买鞋去了。

又过了一会儿，高景生疾步从巷子里走了出来，带着一身凉气钻上了车，把手里的一袋东西往夏花怀中丢去："看看合不合适。"

夏花翻开袋子，掏出来一双软底绸面的舞鞋。颜色应该很鲜艳——街旁昏黄的路灯透过窗户打在鞋子上，把原本的颜色给掩藏了起来，夏花还是下意识地判断了一下，大概是大红色吧。

鞋底很软很软，整个鞋面都凹着，掰开一看，左右两只鞋面各绣有一只鱼,靠在一起,是一对亲嘴鱼,传统和现代的完美结合。

"这个时间还有鞋卖啊?"夏花觉得不可思议。

"前面是艺术中心,有很多夜班的舞蹈课程。这双舞鞋是从舞蹈用品店买的。你先穿着。明天再到商场挑一双合适的。"

夏花翻了翻鞋子,微微一笑:"这鞋子很漂亮,够特别的。多少钱,我还给你。"

高景生脸色一沉:"你非得跟我算得这么清吗?"

夏花愣了一下,又笑道:"亲兄弟还明算账呢。在领导面前,我怎么可以贪小便宜。你不收的话,我就不穿了,待会我还光着脚走回去。"

高景生没有说话,直接靠了过来。

夏花不明白他要做什么,直接呆住了。

只见高景生从她手里拿走鞋子,俯身抓住她的脚,把她的脚塞到鞋子里头去了。

这姿势实在不好,高景生的脸几次贴到了她的大腿上。虽然隔着厚厚的裤子和外套,夏花还是心跳如鼓。

那只没受伤的脚还好说,一穿就进去了。那只受了伤的,因为裹了几层纱布塞了许久才穿好,不小心牵动了伤口,夏花又嗷嗷叫了两声。

"你……"夏花不知道要说什么。

"没事别跟自己过不去。"高景生回身坐好,启动了车子,"鞋子就当是你做我这么久的私人助理的年终奖好了。"

"这个当年终奖?"夏花失口叫了出来,"那我也太吃亏了吧?"

高景生大笑了起来。

是夜,夏花辗转难眠,于是,爬起来开了电脑,登上网络,到一个情感版块发了个帖子:你们说我该接受他吗?

帖子的内容是:

他是我上司的上司,海归精英,比我大了整整十岁,有过一次婚史,长得也很帅,单位里面的小女孩有许多都拿他当偶像,包括我在内。

我们第一次见面的时候，我刚跟大学里谈了三年的男朋友分手，正哭得稀里哗啦，是他跟我说，不合适早点结束没什么不好，就算我是失败被甩的一方，至少赢到了时间。

在单位里，我是个新人，所以难免磕磕碰碰，他帮我解决了不少问题，但看上去并不是为了我才做的，只是很公开的那种上司对下属的关照或者指导而已。

但是后来，慢慢地有点变味，他给我支派了一些特别任务，因为这些任务，我和他的联系紧密了。但我发誓，我们一直是公事上的来往而已。

最近，他跟我提出交往的要求。老实说，我吓到了。

我只是个普通的女孩子，五官端正，勉强够上前台小姐的标准罢了。他为什么会看上我？他的前妻非常漂亮，非常出色，但还是离婚收场，我跟他又能好多久？

何况，他是我的偶像，跟偶像在一起，压力是不是会太大了点？

而且，他所受的教育跟我毕竟不一样，如果在一起，我们的三观会不会有摩擦？

……我承认，我不淡定了。

今晚跟他出去吃饭，我心情不好，无理取闹，整伤了自己。他一路陪我，脾气好到爆，任由我把晚饭拖成了宵夜，只能吃垃圾食品……

他给我穿鞋的时候，我爱死了他那副认真的样子。

可是，我还是没有答应他。

他叫我好好考虑。

我好烦哪！

谁来帮我做个决定？

帖子发出去没几分钟，便被刷高了几十楼。这个意想不到的局面让夏花也愣住了，于是，她一楼一楼地往下读。

一楼：楼主好幸福，有人给穿鞋，真浪漫。我家那位，我脚崴了还催我走快点呢。

二楼：这个大叔比楼主大好多啊，身材怎样？会不会秃头？秃头就算了啊！

三楼:听楼主说话的口气,很早熟啊,难怪会喜欢老男人。

四楼:我研究了一下,楼主你只要找出他看上你的原因,就可以放心大胆地爱了。

五楼:看男人,言胜于行。不要贪图他们光鲜的外表。

六楼:我看楼主也就是担心跟大叔在一起,跟他和前妻一样,没好下场吧?据统计,离过婚的人再次离婚的几率比头婚的人要大很多倍。不过这也不是绝对的。说不定你运气好。

七楼:在社会上打滚多年的男人,一般都很心细周到,很懂得照顾女人,没有足够社会历练的女人,很容易就被牵着鼻子走,这位上司的上司明显就是这样把楼主牵着走了,但他们的真心有限;如果换做学校里的男生,孩子气还很重,他心里再爱你,还是常常脾气一上来就跟你对吵,非要争个谁对谁错,然后把女孩子惹哭,估计你和你前男友差不多就是这样吧?其实,幸福有无数种方式可以得到,但每一条路都有风险,看你自己怎么把握了。

八楼:楼主不要考虑了,老少配不靠谱。

九楼:幸福,就是找一个温暖的人过一辈子。

十楼:照楼主所说的,对方是个很优秀的人,楼主也说了,他前妻很漂亮,听你的口气是觉得自己不如她漂亮,所以不敢确定他是不是真的喜欢你是吧?虽然男人是视觉动物没错,但也不是见美女就扑的。尤其随着年龄的增长,他们会更在意女方的性格、人品,等等。我相信楼主是个可人的好女孩。好女孩会有好姻缘的。

……

夏花一边读,楼层一边在加高。

刷了几次帖子,看到第一百零五楼,一句"姑娘你还年轻,正是随心所欲的年龄,他年纪一把了才要担心好不好"终于让夏花"扑"的一声笑了出来:可不是,她杞人忧天个什么劲啊。跟着心走便是了。

打定了主意,她稳稳当当地入睡。

第十七章　甜蜜,上天的恩赐

　　有人赚钱买花戴,有人赚钱买肉吃,你赚钱住最贵的病房开最贵的刀,为谁辛苦为谁忙啊?

　　生活是对爱情最大的考验,所有无忧无虑的时光是上天给爱情最大的恩赐。

　　一夜好眠,夏花神采奕奕去参加第二天的开幕式,结果发现作为嘉宾的高景生脸色不太好。许是前一夜没睡好?

　　夏花觉得不应该:他向来泰山崩于前而面不改色,不至于因为夏花这个悬而不决的小问题就垮了。兴许有什么突发状况?

　　就这样,夏花坐在台下一直在琢磨,直到不经意间看到高景生按了按胃部的小动作,她才知道坏了,他胃病犯了。

　　可不是,昨晚人家是一番热情,要跟她吃顿晚饭,她非得那么别扭着,结果晚饭拖成夜宵,还吃的是垃圾食品,人家那个穿过洞的胃,恐怕胃膜还没长好,又给磨坏了……想着想着,夏花好一顿自责。

　　台上的高景生按着胃煎熬,台下的夏花偷瞄着他煎熬。两人就这样煎熬着直到开幕式结束,众人步出礼堂。

　　夏花追到高景生身边:"你还好吧? 是不是胃病犯了?"

　　高景生怔了一下,笑起来:"整个开幕式,你就光注意我是不是犯胃病了?"

夏花脸刷的一下红了，一努嘴："活该你痛死。"

高景生一只手放在她肩上，有些无力："你再不帮我去拿药，我就真要痛死了。"

夏花抬眼一看，高景生的两条眉毛已经拧到一处了，赶紧问道："你房间没有药吗？我去药店买？药名是什么？"

高景生掏出车钥匙塞到她手中："药在我车上，帮我拿到房间，谢谢。我先上去喝点水。"

夏花抓了钥匙便往外奔。

高景生看着她远去的背影，嘴角不自觉挂起了微笑，笑容中夹带着一丝的抽痛，然笑意浓浓，温情满满。

然而，高景生这次的胃痛惨烈了点，储备好的胃药并没有拯救他于万一，他的胃像翻浪一般，一阵一阵的抽痛愈演愈烈，到最后，他脸色惨白，呕了一摊血出来，终于蜷在沙发上动不了了，弱着声说："打120吧。"

夏花在他旁边端水递药半天，换来这结果，吓得手忙脚乱，拿着纸巾给高景生擦嘴边的血渍，一边擦一边抖。

打了120，通知了前台接应，等急救车的几分钟漫长得让人坐立不安。

下榻酒店的前台经理、活动策划人纷纷上门来关照，夏花看了看高景生不耐烦的眼神，赶紧把人打发了，自己则焦急地在房间里走来走去，口中念念有词："不要有事，不要有事。"

最后还是高景生维持着最后一丝清醒，抓着她的手说："别怕，没事。"

他的手冰凉冰凉的，手心有点潮，夏花抬眼看去，发现他额上也在冒着冷汗。她叹了口气，说："你真是……气死人了。"

好在，救护车不会遇到塞车，总算是及时到了。作为高景生的助理，夏花很尽职地把一干人等打发了，自己跟上了车。

前一晚他送她上医院，24小时还没到呢，改成她送他来了。

急诊室一阵排查，询问了几句迅速得出结论：上消化道出血。

主治医师调到他的病历之后，摇了摇头说："年纪轻轻的，把个胃都快整成网兜了。"听得夏花心惊胆战。

她在手术室外一直守到灯熄,看他入了病房,麻醉药效未退一路昏睡,自作主张给他换了头等病房,又跟医院要了个特护,给小护士照本宣科一番指点之后,便回酒店了。

一路上,回想到自己刚刚如何抽出高景生的一张顶级卡一路海刷,想到一程过来,POS机上那些跳跃的数字,真是肉疼。心中难免感慨:有人赚钱买花戴,有人赚钱买肉吃,你赚钱住最贵的病房开最贵的刀,为谁辛苦为谁忙啊……想到这,摸了摸肚子,下意识地跟自己说:"咱可开不起这刀,按时吃饭去。"

这个晚上,夏花便睡得没那么好了。脑子里不断浮现白天的场景,想到高景生脸色发白、嘴唇抖动的样子,想到他最后挨不住了才说打120吧……真是又好气又好笑。

就这样,她整晚都在做脑力运动,第二天天刚蒙蒙亮便醒了。她匆匆跟培训组织的老师留字条请了假,便出发前去医院探视高景生。

路上,夏花拐到知味观买了点粥带过去,进了病房,听到特护的提醒,才恍然想起,高景生这两日还不能进食,把粥往桌上一搁,双手一摊:"不好意思,你就当我是专程来刺激你的好了。既然你还不能吃东西,我饿了,我自己吃啦。"

高景生也是刚醒过来,还处于半瘫状态,听夏花这么一说,随口应了句:"你随便。"

夏花还真的挽起袖子坐到桌前,邀特护小姐一起吃,特护小姐婉拒之后,夏花自己解开包装,津津有味地喝起粥来。

特护小姐很尽职,连夏花喝粥都来帮忙收拾桌子,把夏花当老板娘伺候了,弄得夏花很不好意思,连连摆手:"谢谢,不用忙了。姑娘你先忙你的去吧。这里我自己收拾。"

特护小姐看了看夏花和高景生,会意地离开,轻轻把门带上。夏花看着她的笑容消失在门外,张了张口想解释点什么,终究还是没有说出口。

高景生闻到一屋子粥香，彻底醒了过来。他的肠胃在药效过后一直处于抽痛状态，但此时味觉还是被调动了起来，无奈只能看不能吃，还真的是不好过日子，于是动着脑筋想着有没有什么事情可以转移注意力。想到自己一夜断联，感觉尤其不好，开口问夏花："你有没有把我的电脑带过来？"

夏花睁大眼睛："有没有搞错？你这样还工作呢？你就休息一天吧，算我求你了。"

"你这是，关心我吗？"高景生的笑容有些玩味，看得夏花汗毛渐立。

夏花边往嘴里送粥，边答："是啊。关心你。最怕就是你死了我要负连带责任，满意了？"言语间似乎有些怨气，高景生却听出了一丝甜蜜。

然而他对公事一贯的执著，是无论如何改变不了的，下一刻，他又到处去翻找手机。

夏花听到手机开机的声音，感叹了一句："有什么事情要交代的，说吧，我来联系。你好好休息。"说着便离桌到了高景生床边，伸出手来讨要手机。

高景生看了看她，却没有马上交出手机，而是一边拨号一边说："我先跟卫民说一声。"说着已经转换语调跟卫民谈了起来："老卫，我要在杭州多待几天，酒店那边你先看着。……还能有什么事，不就是胃又穿了……是，我全身就这个胃最娇贵……素问那边在招聘总经理，你有空也帮忙瞧瞧……市场部的事情你就先让各个销售小组自己顶着，你就跟他们说，业绩考核在春节前放榜……至于新的任命，等我回去再出吧，行了，就这样吧。挂了。"

高景生说完，挂了电话，还真的乖乖把手机递到夏花手中："你回酒店把我的行李和上网带过来，这几天你要在医院工作了。"

夏花对着他笑了笑："我做好心理准备了。"

高景生也笑了笑："白天的前台经理助理培训你还是要参加。我会跟培训老师讲一下，不太重要的课程就放你早点过来。"

"好。"夏花满口答应。

高景生突然觉得有点奇怪："怎么今天这么好说话，看到我病倒那么开心，坏心情一扫而空？"

夏花嘟了嘟嘴:"哪有。"看高景生还盯着她,不知怎的浑身不自在,咬了咬下唇,便招了:"好了,我承认,我昨天吓到了……你在手术的时候,一个护士跟我说,胃出血的死亡率有 10% 那么高。害我直冒冷汗。就怕……你要是死在这里,多冤啊……你要是真死了,回头心有不甘,再不放过我,我可怎么办……"

她讲得断断续续,有些无厘头。但高景生脸上渐渐浮起了暖暖的笑意。他拉住夏花的右手,说:"你猜对了。我现在活得好好的,还是不想放过你。你说,怎么办?"眼睛往手中物望去,她的手软软的,滑滑的,触感很好,果然是年轻才有的好处。

夏花手一抖,挣了一下,却抽不出来——高景生虽病着,力气还是比她大的。

夏花跺了跺脚:"酒店的流氓是借酒撒泼,你倒好,借病使坏!"

高景生将她的右手握到了唇边,往上面淡淡一吻:"这才是借病使坏。"

夏花全身毛孔似乎在那一刻贲张了,热血一上涌,猛地一用力,把手抽了回来:"你,你……"结结巴巴什么也说不出来了。

高景生却得意地笑着。

夏花左手握右手,摩挲半天,突然开口问道:"喂,你到底看上我什么了?"

高景生一愣,嘴角抽了抽:"你……是在面试我吗?"

"算是吧。"夏花微笑道。

高景生开始从脑海里搜刮认识她以来的所有片段,究竟是为什么呢?要从何说起?认真地想了许久,居然把不出一个完整的理由,于是,口拙了。他看了看夏花:"怎么办,我想不出一个像样的理由来。"

夏花歪着脑袋想了想:"不像样……那,那就先让你欠着吧……"

高景生突然感觉心跳急促了几分:"你是说……"

夏花撇了撇嘴:"看在你为我付出这么惨痛的代价,勉强试用几天。"

高景生伸手抚了抚她的脸颊:"你不用自责。冰冻三尺非一日之寒,昨天一顿饭起不了这么大作用的。是因为最近酒店一直很忙,我的作息又乱了。"

"哦……原来……"夏花恍然大悟,心中巨石落下,指着高景生的脑袋说:"原来是你自作孽……哎,你说你,怎么这么不懂事呢?"一副小大人的样子。

高景生笑了两声,腹部又抽了起来,疼痛难抑,但看着夏花青春四溢的脸庞,忍不住自我安慰着,这次的胃痛还算痛得有代价。

高景生记得,他曾经在办公室,漫不经心地问夏花,为什么一直那么积极,跟陀螺一样,永远不停转。她说,因为态度决定人生。然后,她说到了那个有名的吸引定律:无论你的注意力或者能量集中在哪个方面,也无论这种注意力或者能量是消极的还是积极的,你都在吸引着它们成为你生活的一部分。

她说,既然如此,那就应该积极地生活,才有希望获得美满的人生。

这些,是在夏花离开病房之后他才想起来的。然后,他又想到了许多。他想到初见夏花的样子,梨花带雨的一张白纸,一跺脚一擦泪之间尽是小儿女情态;他想到第一次送她回家,她小心翼翼如履薄冰,一个甩门把他丢下,直奔楼上而去,语音却经久不绝;他想到她立在酒店前台的样子,清新淡雅……

他想,应该就是她了。寻寻觅觅那么多年,最后竟是这样一个女孩子,以这样细雨润物的姿态,走进了他的心里。想着想着,他的嘴角忍不住扬起淡淡的笑容。

人生就是这样的匪夷所思。

多年前那场恋爱,和那段维持时间不短的婚姻,像一笔糊涂账,至今理不清楚。只是依稀记得,当年他很是得意了一场。人人夸他好运气,找到了个货真价实的美女老婆。

樊素问确实是漂亮,性情又好,还是双博士,一直以来,让他在华人圈里倍有面子。

可是没有人知道,这位谪仙般的美女,只能供养。她不懂柴米油盐,她的居家状态是鸡飞狗跳一团糟。

她不会做饭,不会洗衣拖地,不会收拾房子。这些,都可以请个钟点工来帮忙解决。可问题是,她的不自觉已经到了人神共愤的地步。对外,她一天一套衣服地换,对内,换下的衣服挂在房间的晾衣架上,一件一件,挂满两排,从头轮起,再穿一遍。如果没有人提醒,她会一直轮下去,穿的时候往衣服上喷喷香水就算洗过了。经常是好几个月过去,香水都喷去几瓶了,那两排衣服都还没洗过。然后高景生受不了了,把衣服抱到洗衣机里,放它半桶洗衣液,搅个够。这事往往到了最后,高景生还要受樊素问一番斥责,说她哪件衣服不能水洗,哪件衣服不能机洗,哪件衣服不能混洗……以上,只是其一。有关樊素问的那些记忆,次次经典回放,都是以他的头疼发作告终。

那时候,高景生总算慢慢体会到,娶到一个货真价实的美女老婆,是多么挑战的人生。

尤其,在他事业发展的关键时期,她却怀疑他有外遇。——他在前线打仗,她却在后院点火。他只能一再地避开她。可这一避又避出祸来,她居然入禀法院,告他实施冷暴力。

真是书念多了,什么招都使得出来。

痛定思痛,他便提出离婚。趁着樊素问还年轻漂亮,比较容易开展新生活,他也可以一劳永逸。谁知她咬死了不离。最后出动卓女士当说客,她才勉强点头,但开出了一个离婚条件,竟是要他照顾她直到她再婚。于是,便有了绵绵不绝的后事。

从欧洲到国内,他的生活一直和樊素问的人生捆绑销售。所以,即便事业上较国外稳定许多,他也一直无心考虑个人问题,又或者是实在没有遇到那个他认为可以的人。直到夏花在不知不觉间走进了他的生活。他想,这次他不知道算不算违规。

因为樊素问还没着落。

想着,又有点头疼了。他无意识地按了按太阳穴。

"先生,您头疼吗?"特护小姐见又皱眉又按脑袋的,赶紧上前。

"哦。没事。"高景生赶紧摇头,"你忙你的去吧。我这里没什么事情。"

"好。"特护小姐边说边往外走,走了几步又折回来,从沙发上的一个黑色大袋子里面掏出好几份财经杂志和报纸,放到高景生的床头小桌上,说,"差点忘记了,这是夏小姐让我拿给您的,说怕您闷。您女朋友可真窝心。"

高景生笑笑,点了下头。待特护小姐出门了,他翻了翻报纸杂志,都是他平日看的那些,看来夏花还是费了番工夫的。心下很是欣慰。

住院的日子堪比苦行僧,衣食住行全部受限,打开电视不是师奶们热衷的肥皂剧,就是千篇一律的综艺节目,都不是他的菜。闲极无聊,他把手机从夏花藏好的行李袋里翻了出来,开机,拨了电话出去。

电话那头的夏花明显是压低了声线在说话,跟做贼似的:"胃又穿了?"

高景生笑道:"没。"

"人好好的吧?"

高景生"嗯"了一声。

夏花突然怒了起来:"好好的给我打什么电话? 我上课呢。"说完便把线路给摁断了。

高景生拿着手机开始发傻:这姑娘,不会这么快就骑到他头上来了吧? 这可如何是好?

正想着招,短信进来了:乖乖听医生的话,下课给你买糖吃。

这个夏花,大概是独立惯了,总是一副小大人的口吻。看这短信,跟他小时候妈妈说"乖乖听阿姨的话,等妈妈下班,给你买糖吃",一模一样的口气。

于是,他真的乖乖地等着她下课。

她真的提了一袋水果糖来看他,把糖果往他怀中一扔,说:"会不会嘴淡? 我问过了医生,医生说硬糖可以含着。多熬两天,过两天就可以吃粥了……"

"我不是第一次开刀了,我知道。"高景生打断她的絮絮叨叨。

夏花愣了一下,笑道:"是啊。你这么有经验,我瞎凑什么热闹。那,我走了。"说完提了包就要走。

高景生一急,坐了起来,一手压着肚子,一手招着她:"回来。这么小气,半句都说不得。"

夏花鼓着腮帮子瞪他:"女人都小气,你这么有经验,不知道吗?"

高景生手往下一垂："不行了，肚子痛。"说着两手都按在腹上，腰也弯了下去。

夏花一惊，快步上前，扶住高景生的肩膀："怎么了？"

高景生含笑抬头，蓦地伸出双手揽住夏花。

夏花猝不及防，跌落高景生怀中，又是恼火又是嗔笑，拍打了他好几下。

高景生一脸得逞的笑。

住院的日子很是难熬，好在有夏花日日来伴。高景生竟把它当成了假期在打发，病房中一直是言笑晏晏，连巡房的医生都把他的房间打趣成蜜月房，说是少去为妙。特护小姐也特别识相，只要夏花出现，她即刻消失。

刚开始的几天，都是夏花在处理公务，代他回复邮件。后来，高景生终于忍不住亲自出手，但夏花总是站在一旁指手画脚："可以了，你回去歇着吧……""你该吃药了。""吃饭时间到，不准干活了。"……

很多年后，夏花和高景生一致认为，生活是对爱情最大的考验，所有无忧无虑的时光是上天给爱情最大的恩赐。他们一致认为，如果没有这段与世隔绝的日子，他们之间没那么快走到一起。这是两人之间最温存美好的回忆，没有烦躁，没有争吵，只有温馨的笑闹、拌嘴。

但再美好，都有出院的一天。

站在医院门口，高景生伸了伸腿脚，说："行李让酒店的司机送回去，我们出去逛逛吧。快憋死我了。"

夏花笑道："你也会闷啊，那正好，我来杭州这么久，拜你所赐都没逛过街，今天要逛个够本。"

高景生点了点头。幸亏他的出院时间在夏花的培训课程结束前，两人才有机会一起漫步杭州城。

天气虽冷，正午的阳光还是颇有几分暖意。

薄薄的阳光泻在夏花肩头，清新亮丽。

夏花的小女生本色在逛街的时候完全凸显出来，什么都过去看它一遍，试它一圈。

好在高景生是受过"专业训练"的,不至于不耐烦,偶尔还提点中肯的意见。一旦意见相左,夏花往往瘪瘪嘴,想了想便放弃了购物,既不要自己一眼看中的,也不要高景生推荐的,她说,这样公平。结果一路下来,她只买了一件羽绒衣,还非要自己埋单。

高景生递了卡给服务员,然后在夏花耳边说:"跟男朋友上街就自觉点。"

夏花也不拦着了,由他去结算。但转个身,她借口落了东西,又回商场里头给他买了件礼物出来。

高景生直摇头:真是个固执的姑娘。接了礼物一看,是多年前的一款ZIPPO,上有万宝路轮胎印,他问夏花:"你是在鼓励我抽烟?"

夏花笑笑道:"鼓励你给别人点烟。"

高景生把打火机递了过来:"狗腿子的事你亲自来就好。我不当。"

夏花把他的手指一根根弯了回去,包住打火机,说:"好啦。用来点蜡烛不行? 谁家缺得了打火机啊。"

高景生捏着打火机,翻了两下盖子,自言自语:"还真是个实用主义者。"

夏花走得快,高景生缓步跟在其后,两人不知不觉逛了好几条街。夏花终于累了,放慢脚步,站到一处橱窗边捶起了小腿。

高景生往她身边一站:"累了? 找个地方歇脚?"说着抬头四下张望,找地方。

地方没找着,他的大腿也动弹不得了。

一个小女孩捧着一大束玫瑰花,死死抱住了高景生的大腿:"叔叔叔叔,买朵花给女朋友吧,姐姐这么漂亮,你就买朵花给她吧。"

夏花皱了皱眉:"你先放开,不然我吃醋了会打人的。"

小女孩眼中惧色一闪,松了手。

高景生蹲下来,笑意满满,循循善诱:"你叫我叔叔,叫她姐姐? 叔叔怎么可以买花给姐姐呢?"

卖花的小女孩果然都是人精,眼珠子一转,立即找到了症结所在,噼里啪啦又叫了起来:"哥哥哥哥,买朵花给女朋友吧,姐姐这么漂亮,你就买朵花给姐姐吧……"

小女孩的卖花曲还没念完,夏花已经笑得合不拢嘴,指着高景生说:"你呀……你真是……为老不尊……"

高景生听到这,胡子都快吹出来了:"我为老不尊是吧? 行啊,长本事了,懂得编排我了。"

夏花一看这苗头,拖住高景生的胳膊撒娇:"好啦。别生气了。我就喜欢你老。最好我 28 的时候,你 82,再没人跟我抢了,最好不过!"

28 和 82。高景生被她逗乐了。

"哥哥哥哥,买朵花给姐姐吧……"卖花的小女孩又把鲜花递了上来。

高景生的手往口袋伸去。

夏花看高景生要掏钱包了,二话不说,抓住他的手拔腿便跑,跑了两条街,回头看不见卖花的小姑娘了,才触电似的松了手,说:"这些小姑娘出来卖花,背后都是有人控制的。你跟她买花,不是助长那些犯罪分子,诱拐更多小孩么?"

高景生抽出手帕,擦了擦夏花额头的汗,含笑说:"我只是在想,她们如果一朵花也没卖出去,回去可能没饭吃,甚至可能会挨打。"

夏花想了想:"你说的也有道理,可是……"

高景生拉起她的手,说:"好了,回头你给拯救拐卖儿童组织发个函。咱们先找地方歇会儿,喝杯东西。"说着便带着她往对面咖啡屋走去。

街上人来人往,摩肩接踵,都是买年货的,过年的气息是越来越浓了。

两人要了间包厢,一边喝饮料一边算着来杭州的日子。

夏花忍不住感叹:"这么快就一个多礼拜了。"

"是啊。"高景生啜了口奶茶,说,"好日子都过得快。"

夏花瞪了他一眼:"住院还算好日子? 真不长记性。"

高景生轻笑了一阵,说:"我今晚要回去了。你照顾好自己。"

夏花有点得意地说:"我还需要别人照顾吗? 这个告别辞说得真没诚意。"

高景生抓住她的手,摩挲着,问:"那你说,怎么才算有诚意?"

夏花使劲地想了想:"找两个帅哥来伺候我,就勉强算有诚意了。"

高景生也认真想了想,敲了敲桌子,说:"可行。"然后,便掏出手机来,给下榻酒店的总经理去了电话:"老李,你们那儿康乐部是不是有两个外国帅哥,提供异性按摩? ……是,我这里有个尊贵客户,想要体验一下……"

夏花吓得站了起来,伸手便要去抓他的手机。

高景生边讲电话边侧身躲着夏花,笑得得意洋洋的:"……好,好,就这么说定了,回头我给你具体时间表……好,再见。"

高景生收了线,夏花已是一脸黑线:"你自己去。我可不去。"嘟着一张嘴都可以挂油瓶了。

高景生捏了捏她小巧的鼻子:"逗你的。我怎么舍得? 是我们酒店一个客人要体验。我跟老李他们借人过去。"

夏花狠狠拍掉了高景生的手:"好哇,居然戏弄我……"

玩闹了一阵,天色渐暗,眼看分手在即,夏花其实还是有些依依不舍,忍不住问高景生:"什么事情这么赶,非得今天回去么?"

高景生摸了摸她的脸颊,说:"市场销售部群龙无首,再不回去任命新总监,山中无老虎,那帮小猴子要造反了。"

真不容易,姚晶晶终于媳妇熬成婆。夏花心里又是感叹又是落寞,末了说:"好吧,公事要紧。"见高景生一双神采四溢的眼睛正盯着她,突然觉得有点头皮发麻,想了想,又加了一句:"不准拈花惹草。"

高景生站了起来:"没有别的要补充吗?"

夏花摆摆手:"没了,走吧,走吧。"

高景生却绕过桌子走到了她的面前,眼中似有什么在烧。

夏花看得莫名的紧张,声音略有些抖:"你,你干吗呢?"

高景生没有回答,扳起她的脸,俯身吻了下去。

第十八章　新官,外来的和尚

高层都觉得,只有外来的和尚会念经。

人哪,还是要有点想法,有个奔头,活得才有滋味。

培训结束,夏花跟着大部队,一回城直接先回了酒店,撂下行李便去前台报到。

付恺芪和舒佳欣拉住夏花转了好几圈,很是羡慕地说:"夏花,你又瘦了,哎,身材越来越好了⋯⋯真让人嫉妒。"

听说其他几个新招聘下来便送去参加前台经理助理培训的,都胖了回来。就夏花不胖反瘦,本来身材比例就不错,如此一来更显骨感了。

她们自然不知道,夏花之前忙着照顾高景生,在杭州酒店、医院两地跑,又要培训又要办公,不瘦才奇怪了。

"好了,别闹了,回岗位上去。"突然传来姚晶晶的声音,夏花眼皮忽然跳了一下,笑嘻嘻进到前台里面去。

付恺芪、舒佳欣也都是一副耷拉着脑袋的乖模样。

待到姚晶晶离开,夏花低声问旁边那两位:"姚经理不是升了吗? 怎么还在这里逛?"

付恺芪压低声线,压不住雀跃:"升什么升啊。就她也想当总监,想得美。"说完接起客服电话,又立刻堆了一脸笑。

夏花挑了挑眉,一脸疑问。

舒佳欣拉过她,有些激动地说:"总部从国外调了个市场销售总监来。空降兵前天一到任,艳惊四座,你都不知道,帅得一塌糊涂!"

夏花刚想问这位新总监到底帅成什么样了一塌糊涂,舒佳欣用胳膊肘捅了捅她,朝大门努了努嘴说:"喏,快看,就是那个。"

夏花循着她示意的方向望去,果然见到了一个身材高大的帅哥,正和财务总监考夫曼聊着天,体格健硕,眉目俊朗,虽看到的只是侧面,但白皙的肤色衬着飞扬入鬓的剑眉,高挺的鹰钩鼻上托着一架无框眼镜,格外清朗俊逸。

"是不错。"夏花点着头,"有点眼熟呢。"

舒佳欣"扑哧"一声笑了:"看到帅哥你就眼熟了。"

夏花推了她一把:"是啊是啊,天底下的帅哥我都眼熟。"忍不住又瞄了一眼。

刚好帅哥转了个头,夏花看到了正脸。

她忍不住战栗了一把。

那可不就是那位"徐开,双人徐,花开富贵的开"? 戴了眼镜我就不认识你了吗? 那身材,那脸庞,那眉眼,跑不掉!

但,夏花还是有点不死心,跟舒佳欣再次确认:"新总监叫什么?"

"Karl。"

夏花瞪了她一眼:"中文名字!"

舒佳欣笑答:"徐开。双人徐,花开富贵的开。"

夏花笑得有点模糊。此刻她只想到,徐开的外套还在她家楼下的干洗房晾着呢,那天一大早把衣服拿过去干洗,就赶去杭州了,到现在也没还人家,不知道他会不会以为她卷了他的衣服跑路了? 那可真是个笑话了。

舒佳欣没注意到夏花神色的不自然,继续说着:"他来第一天就问到你了。"

"啊?"夏花心想不应该呀,她没跟他说过她名字,更没提过自己的职业,他怎么可能知道? 一脸疑问地看向舒佳欣。

"不用紧张，不用紧张。"舒佳欣连声安慰着夏花，"徐总监是看到了前台名单，说这个夏花的名字起得真好，不但应景，还可以跟他的名字连起来，花开富贵。哎，你这个名字起得真真是好。你说我爹妈当初咋就想不到给我取名叫舒花呢？"

夏花听她念了这么一通，心里觉得好笑，便打趣她道："别想了，幸亏没给你叫舒富贵，不然有你哭的。"

"你去了趟杭州，怎么变这么刻薄啊……"舒佳欣被舒富贵这个名字"▮"到了，咬牙切齿地说。

说笑间，徐开走了过来，一直走到夏花面前一站，神色自然："你就是夏花？待会有空到我办公室去一下。"

"额……"夏花似乎咬到了舌头，"有急事吗？不急的话，我可不可以快下班的时候上去？"

徐开想了一下，应该是在对自己的时间表，然后点头说"好"便走了。干脆利落。

夏花心里七上八下，不知道这位新总监想干吗，一旁的舒佳欣已经低声叫开了："夏花你要请客了！"

"请客？"夏花重复了一遍，"为什么？"

"新总监叫你过去，还能为什么事？肯定是让你升前台经理助理啦！"

夏花并不以为然，悄悄说："虽然前厅归市场销售部管，但姚经理还是很有分量的，我们的升迁荣辱，都得姚经理来批吧？"

舒佳欣薄薄的嘴唇微微一抿，飘出来一句："高层都觉得，只有外来的和尚会念经，等着瞧吧。"

夏花没有太在意。

不过还真让舒佳欣说中了。临近下班的时候，夏花心慌慌地走进市场销售部，徐开见到她，前事不提，先就恭喜了她一番，说："你的前台经理助理培训分数很好，评语也很不一般。恭喜你已经通过了培训考试！"

培训本来就没什么难度，加上有高景生打过招呼，老师在高景生开刀期间给她开了几次小灶,通过培训自然不在话下,夏花没有显得多高兴,只中规中矩地说了句:"谢谢。"

徐开接着说:"本来这事情应该由人力资源部通知你的。我只是刚巧知道了,就先跟你说一声。我叫你过来,不是为了这个事。"说着,扶了扶眼镜。

夏花心虚地看了眼徐开,主动交代:"额,上次真不好意思,我来不及把外套还给您就出差了。您的外套还在干洗店。晚上回到家我就去取。"

徐开微笑着摇了摇头:"没关系。我叫你来不是为了件外套。我是想问你一下,你的人事资料,母亲那栏怎么没有填?"

夏花神色显得不太自然:"我是单亲家庭,没有母亲。"

徐开追问:"你不知道你母亲叫什么吗?"

夏花咬了咬下唇,没有回答。

半刻之后,徐开轻悠悠问了句:"你父亲叫夏友正,那,你母亲是不是叫秋叶?"

一语出来,如晴天霹雳,惊得夏花瞪圆了眼睛:"你怎么知道?"

徐开很放松地笑了:"真的是你。太好了。"

"你认得我爸妈?"

徐开点了点头:"当然认得。"说着伸长手臂过来,摸了摸夏花的脑袋:"想不到现在才见到你啊,小妹。来,叫声哥听听。"

夏花一张脸几乎垮掉:"你……到底是谁?"

徐开没有直接回答,而是问她:"你还记得前段时间你接待过一个客人,叫秋不落的?"

夏花点了点头。

"她是我妈。"

秋叶,秋不落;花开,开花。原来如此。夏花不想再多听一个字,落荒而逃。

突如其来的局面实在难以应对,夏花一路逃回了家中,但一个人静下来,彷徨不已,坐立不安。

想到对门便住着徐开这个从天而降的哥，一颗心扑腾得眼睛泛酸。

越想越不安，最后，她翻出了电话簿，从夹层里找到邻居赵阿姨当初留下的便条——她家的地址，抄上电话。

去赵阿姨家之前，她折回了酒店，直奔保安室，跟副队长约翰说了说好话，调出了秋不落入住那天的录像，偷偷抓拍了几张到手机里。

是的，她无法盲目地相信突如其来出现的徐开，她选择了去找赵阿姨求证。毕竟只有熟悉的人说出的话才能让她真正心安。

赵阿姨开门见到夏花的时候，好不惊讶，但下一刻立即热情地揽着她进屋，泡茶、塞水果，甚至要进厨房给她下面吃。

夏花这时才想起来，自己是两手空空来的。突然觉得很不好意思，一边叫着赵阿姨别忙了，一边已不觉脸红起来。

赵阿姨看了看夏花，心下明白了几分，知她定然无事不登三宝殿，一同坐到沙发上关心了起来："最近还是那么忙吗？"

"嗯。"夏花点了点头，"那份工作就是那样的。没有不忙的时候。"

"忙好，忙好。"赵阿姨连连点头，"忙了有钱赚。女孩子念了书，出了社会，就要自己赚点钱傍身。有钱说话才有底气，别像赵阿姨似的，当家庭主妇太没意思了，一辈子弯着腰跟人要钱……"

夏花笑笑说："赵阿姨这样挺好的啊。这是传统的家庭分工。"

赵阿姨较了真，笑问："那阿姨问你，让你结婚以后当家庭主妇，你当不当？"

夏花想都不想，直接答道："阿姨，时代不一样了。"

赵阿姨一只手按到她的手上，说："就是啊，时代不一样了。现在每天都在变化，赵阿姨跟不上了。你还年轻，要多认识点新事物，多学习。"

夏花笑着点头。

如此，赵阿姨便显得十分开心了。

那一刻，夏花心里在想，其实有时候，跟人亲近也不是那么难。然后，她说："嗯，我会努力的。"

赵阿姨拍了拍她的掌背:"人哪,还是要有点想法,有个奔头,活得才有滋味,像你妈那样……还是挺好的。"

"赵阿姨……"夏花闻言,慢慢掏出了手机,将偷拍的照片放给她看,"你帮我看一下好吗? 她,你认识吗? ……"

赵阿姨接过手机,眯着眼看了许久,最后眼睛一亮,嘴巴张得大大的:"是她! ……"

夏花得到了答案,告别了赵阿姨,跌跌撞撞往富贵公馆的方向前行。

正值冷空气入城,寒冷异常,路上几乎没什么人。

夏花突然一边走一边笑。因为发现了自己的可笑。

然而,笑够了又开始哭。因为发现了自己的可悲。

一路失魂落魄。脑子里乱糟糟的,绕过了无数的想法。

原来是一场欢喜一场空。

笑完哭完,她擦擦泪,到的士扬召站,拦了辆车回富贵公馆。

进了楼,上了28层。她没有掏钥匙开门,而是直奔对门,按起了门铃。

等待开门的时间里,她的心是忐忑不安的。她在想着开门辞,想着如何跟徐开沟通下去。

她没有想到的是,开门的人,竟然是高景生。

夏花脸上全部表情,瞬间凝结:"怎么会是你?"

高景生皱了皱眉:"原来你和徐开这么熟了,熟到大半夜串门子?"

夏花没理会他泛酸的问话,径直往里走:"徐开,徐开,你出来!"

高景生一把扯住她的胳膊:"这里是我家,你找不到徐开的。他现在住的是酒店的行政套房。"

夏花一听,直奔电梯。

高景生两条眉毛都快拧到一处了,抓了钥匙便追了出去,开车截住夏花:"太晚了拦不到车的,你还要去酒店? 我送你过去。"

夏花钻进副驾,说:"那快点。"一点不客气。

高景生一边开车一边通过后视镜偷看夏花,看她一脸肃穆,怎么也猜不出剧情来，无奈忍不住开口："徐开哪里惹你了？你可以告诉我，我来解决。"

"先别问了。开快点。"夏花还真的把他当纯司机使唤了。

高景生心中略有不悦，但见夏花一脸火烧赤壁的景象，还是主动压了火，笑问："怎么，看上徐总监了？也是，人家英俊潇洒、年少有为，抛个媚眼什么的我可以理解，你尽管放手去做……"

"你别闹了好不好？我烦着呢。"夏花口气硬得像石头。

高景生眉头一皱，猛地踩了制动，轮胎刮过地面，擦出很长很刺耳一个尾音，拖了好几米，车身总算停住。

夏花的身子猛然前倾，之后，随着车子的停止，坐稳了下来。她在一瞬的惊吓之后，很快恢复了正常的神色，下一个反应便是抽开安全带，开车门走人。

可是车门被锁住了，打不开。

夏花看向高景生，冷冷说了句："开门。"

高景生虽然莫名其妙受了夏花的臭脸，心中很是不快，但刹了车，又觉得自己不应该也跟着发脾气。

他心里跟自己说，虚长她那么多岁，跟她计较这个未免太没风度，于是，继续耐着性子劝她："你的脾性一向很好，今天怎么回事？有什么事慢慢说，生气伤身。"

夏花突然"啊"地尖叫了起来，叫够了，嘟着嘴坐直了不说话。

高景生递了瓶矿泉水给她："先喝口水。"

夏花接过水，没有喝，而是转身看着高景生，软下声音说："对不起，我刚才心情不好。"

高景生抓住她的手腕，握了握说："没关系。那，现在能说了吗？"

夏花眼睑突然垂下，没头没脑地说："KK，我好累啊。"

高景生伸长手臂抱住她说："累就休息。不想说就什么也别说。"

夏花一双手攀住高景生的脖子，身子靠了过来，紧紧吻住了他。

她似乎把所有的怨气化在了这个吻里，唇齿相碰，毫无章法。

但她的唇舌是那样柔软,高景生一口吸住,欲罢不能。

两舌相绕,两人都忘了呼吸。直到几乎窒息了,两人才缓缓分开,大口喘气。

"他是我表哥。"夏花把头靠在高景生怀中,"我要找他问清楚,看看他们到底把我妈藏哪儿去了!"声音里带着恼火,弥漫在夜色里,久久不散。

第十九章　八卦,酒店的文化

谣言止于智者,没事净八卦,是想证明自己的智商低还是怎么的?

大企业里,各司其职,不用样样操心,其实对个体来说是一种关照。

夏花万万没有想到,事情会是这么一回事。当赵阿姨拿着她的手机,眯着老花眼瞧了许久之后,跳出来一句:"是她!"

她一颗心跳到了喉咙口。

然后,她听见赵阿姨这么说:"她是秋叶的姐姐——就是你姨妈。"

夏花有些瞠目:"您说什么? 姨妈?"她从小到大,从没听说过她有个姨妈。确切地说,她从小到大,都没有接触过母亲那一族的亲戚,怎么就有个姨妈从天而降了?

赵阿姨见她一脸困惑,便把自己所知道的全数倒了出来:"你没出生之前她来过你家几次,你妈妈生你的时候也是她来照顾的。她那时候就经常带一个外国人来看你妈妈,你出生之后没多久,有一天早上天才蒙蒙亮,我们两三个邻居正要一起去菜市场,在巷子口撞见了你妈妈,她提着行李,急急忙忙从你家走出来,到了巷子外面,那个外国人就站在马路边等她。他们坐上了一辆小车,就那样走了,再也没回来。"

原来奶奶还真没冤枉妈妈。夏花心里很是难过,离开赵阿姨家之后,所有的悲伤都化成了愤怒,那股愤怒直指秋不落和徐开。

结果是高景生撞到了枪口上。

夏花也知道自己失态了,平静下来便跟高景生道歉。

高景生知道了大概,便不再多问,驾车将她送到了酒店,告诉她徐开的房号,也不跟她上去,只说:"我在下面等你。"

夏花按电梯的手都几乎在抖,可是徐开见到她却丝毫不觉得意外:"我就知道你会来找我。下午我话还没讲完呢……"

"我知道,你想说你是我表哥嘛——这个不用废话了。"夏花摆摆手,"我就问你一句,我妈现在在哪儿?"

徐开顾左右而言他:"你专程跑过来的?渴了吧?想喝什么?我去拿。"说着便走到了冰箱前,拉开柜门,"橙汁好不好?要不苏打水?……还是喝可乐?"

夏花显得有些不耐烦:"你回答正题就行了,别忙了。"

徐开抽出瓶苏打水塞给夏花,拉着她坐到沙发上,自己也坐了上去,半天才开口:"不是我不肯告诉你,我答应了小姨不说的。"

夏花霍地站了起来:"不说你认我做什么?什么妹啊哥的,有意思吗?"

"小姑娘哪来那么大火气。"徐开笑眯眯地看着她,"乖,别生气了,先坐下来。我答应你,总有一天会给你一个满意的答复,好不好?"

"不好。"夏花不肯就座,"要么现在说,要么,拉倒,咱们谁也不认识谁!"

徐开皱了皱眉:"你非得这样吗?"

"没错!"夏花疾声厉色,"我最后问你一句,你说不说?"

徐开轻轻叹了口气:"我不能说。"

"好。那也别再说什么我是你妹了,矫情。"夏花丢下这句话,呼啦啦走到门前,拉开门,摔了便走。

徐开听到"砰"的一声巨响,门已合上。他对着紧闭的房门怔怔出神,半晌,自言自语道:"掰得那么清……还真像。"

夏花的反应并没有让他觉得意外。他真正觉得意外的,是一个小时后,高景生的来电。

高景生在电话里说："你跟夏花到底怎么了？没见她发过这么大火。"

徐开先是一愣，随后大笑了起来："别告诉我你俩是一对，我借你家住了那么多天，可是一点蛛丝马迹都没看到。——不对，你们一起到杭州去了，行啊你……"

从杭州回来，高景生和夏花心照不宣，在酒店里依旧扮演着总经理和前台、总经理和助理之间的正常互动关系，没跟任何人透露过，想不到一个电话便露了馅。

高景生是关心则乱，徐开却是脑瓜子好使，自己联想到的。此种形势，高低立判。

高景生无奈搬出夏花："她是你表妹，你可以不念亲情，但不要害她。"

"不要害她还是不要害你？"徐开倒是快人快语，"行了，我不是长舌妇，不会搬弄是非。再说，我不看夏花小妹的面子，还要看你总经理的脸色。"

高景生哼了一声："你多少能耐我知道，你来这里想干什么我也知道。总之我会全力支持你。你别给我兴风作浪。"

徐开嘟哝了一句："我又不是妖怪。"

"不用客气。你做的事，哪件不是奇形怪状的？"高景生说完便扔下句，"好了，今天就到这里，再见。"把电话给挂了。留下徐开一脸奇怪的笑。

这一夜，高景生在富贵公馆的住宅里辗转难眠。因为他送夏花回来的路上她一声不吭，对他住在对门一事没有任何反应，一到家就关门，对他视若无睹。他猜测夏花跟徐开八成是没谈拢，所以打了电话给徐开。可是另一方面，他也发现了自己在夏花心目中并没有任何重要性，甚至是可有可无的，心里难免有些失落。

当然，这个晚上，夏花在家里也是辗转难眠。她凌晨起身开了灯，执起电话，刚要拨号，想起在徐开的行政套房中那番对话，又挂了回去，心中无比纠结：她怎么跟父亲说她了解到的情况？——所有的情况，父亲恐怕早已知道，多年来夏家上下谨守默契，一直不向彼此提起秋叶以及秋家的一切，她若骤然提起，多半也只是得到一声叹息而已。想来想去，她长长叹了一口气，回床睡了个回笼觉。

第二天，很多人顶着黑眼圈去上班。夏花更加不能例外。

做前台那么久，第一次在上班时间犯困，夏花狠狠拧了自己两把，勉力维持着清醒状态接待客户。付恺芪等人对她的表现似乎略有微词，在她身后咬着舌头，不断拿眼尾瞄她，却又小心避着她。

夏花此刻哪有精神去管别人的情绪，只能是勉力为之，尽量做好手头的事情。

忙了没多久，接到了米栗的来电，诡异非常，声音小得跟蚊子叫："哎，你厉害啊，成风云人物了。"

夏花又打了个呵欠，有些莫名其妙："什么跟什么啊。说话大声点，听不见。"

米栗得了指令，一字一句，咬字清晰："你又不是不知道，八卦，就是酒店的文化！昨晚有人看见你半夜从徐开房里出来，一脸怒气，摔门摔得整栋北楼都在震。今天到处都在传说你要拜拜了。"——有人说她色诱徐开不成，恼羞成怒；有人说她升职一事被徐开压住，所以摊派。所以，有人说她马上要卷铺盖吃炒鱿鱼了，有人说她另攀了高枝，要跳槽了……众说纷纭。米栗干脆打电话求证。

"靠。"夏花语气很是不客气，"那都是些什么人啊，怎么都那么无聊。你呀，听好了，谣言止于智者，没事净八卦，是想证明自己的智商低还是怎么的？"就把挂键给摁了。

米栗还没反应过来，已听到"嘟"的一声，没信号了。她吃吃笑了起来："还真长本事了。"

天上掉下个徐开，把夏花的生活搅得一团乱，却又死活不肯回答她的疑问。夏花一场欢喜一场空，挣扎过后，心里跟自己说，专心工作吧，别的，都是过眼云烟！

回归了前台的琐碎生活，看着喁喁私语的同事，夏花有时候难免有点哭笑不得。她知道，所有人都等着看她的下场。

令大家失望的是,没两天,夏花提任前台经理助理的通告便跟着一场史无前例的大雨同时降临,贴在员工告示栏了。

告示贴出的那天早上,雨下得正大,外头的风鼓得呼呼作响,天气又湿又冷,付恺芪和舒佳欣等前台同事,踩着脚仰着脖子,几乎把眼睛都看掉了。经过一番私下的讨论,她们确认自己之前都看走了眼,夏花就是个扮猪食老虎的高手!

夏花顶着风雨,踩着泥泞来上班,她并不知别人在背后怎么想她,依旧实实在在地做事,不求功高震主,但求无愧于心。更何况,升职之后,她经常需要轮班兼任大堂值班经理的工作,犯不得丁点错,需要提起十二万分的精神做事。

这天,她轮到了夜班,从付恺芪手里接过钥匙和值班日志本,把白班的账本也翻了一遍,确认无误才放心开始夜班的记录工作。

新来的接待员申露看着夏花的一举一动:"夏花,你做事可真仔细啊。"

夏花笑笑:"你也可以。"埋头继续做事。

申露初入职便听说了夏花的丰功伟绩,用实力搞定了工作,用魅力搞定了上司,所以顺风顺水,来了半年多就升到前台经理助理了。她心中暗暗下定主意,要好好观察她怎么做的,好好学,将来势必要超过她才行。然而,决心没下多久,她便遇到了麻烦。

突然冒出来两个老外客人,各拿着一张门卡摔到前台,指着对方质问:"为什么他也住408号房?你们开什么玩笑?"

一个房间住进两个客人,实在史无前例,让人啼笑皆非。申露慌了手脚,不知如何是好,赶紧把事情推给了当晚的大堂值班经理,夏花。

夏花好声好气地安抚了两个客人一番,仔细了解了事情的经过。

年轻壮实的高个外国佬叫罗德·米勒(Rod Miller),来自北美,中午入住408,扔了行李便出外游玩去了,晚上回来,一入房便撞上了一个中东老头在自己房间里洗澡。

中东老头长得肥硕无比,一脸大胡子,名字也奇长无比,简称拉罕。人住、拆行李、洗澡，一切准备就绪，房门突然被打开，进来了一个陌生的欧美男子，对他而言，确实够震撼。

但在夏花听来，第一个是中午入住，第二个是傍晚入住，时间差那么长，本来拉罕一进门便可发现的事情，居然是神奇地撞了面了才知道有这场乌龙存在。她觉得中间有点问题，于是便问米勒："请问您离开房间的时候，行李有没有打开？放在房间什么地方？"

米勒说："没有打开。放在橱柜的上层，然后我就出门了。"

夏花点了点头，问拉罕："请问拉罕先生，您进门的时候有没有检查过橱柜？"

拉罕摇了摇头。

夏花稍稍放心，一边安抚，一边查了手工单，发现米勒是 408，而拉罕应该住 1408，是白班同事做错了钥匙给拉罕。她按下手工单不提，向客人道歉说电脑系统出了问题，真诚地请客人原谅，然后做了 1408 号房的钥匙给米勒，原因很简单，米勒没有动用过房间的器具，但拉罕已经洗过澡，用过卫生间，只能将两人的房号对换了。

拉罕仍然显得十分不高兴，要求夏花在房费上给出折扣。

米勒一听，也附和着，他要打折，要大大的折扣。

夏花听了，有些头疼。她皱着眉翻了翻手工单，脑子转得快追上弯道中的 F1 赛车了，终于想出对策，堆了一脸笑容跟客人解释："账目已录，所有数据都已经报了税，不能更改单据了。酒店能为两位做的，除了赔罪，只有以下两套方案可以选：一，提供免费的自助餐；二，提供下次入住的免费升级。希望二位通融。"

拉罕一双小眼睛冒出了精光，立刻要求两种赔偿方案都要实施下来。

夏花微微皱了皱眉，心中却是乐开了花。她的经验告诉她，中东的聪明人太多，定要留下讨价还价的空间才有稳妥解决的可能。她本来就是预备了两种赔偿方式同时支付的，故意说成二选一，果然不出她所料。夏花假装决定不了，打了个电话，"嗯嗯"几声之后，告诉拉罕："我们经理答应了您的要求,这次的错漏我们表示非常抱歉,为此我们会提高我们的服务质量,同时希望您下次可以继续入住我们酒店!"

两个客人都满意了。

夏花却没有就此完结这件事,而是本着一丝不漏的原则,亲自跟着两个客人上楼,带米勒到408取了行李,并现场检查了物品数量,确认无误后,告别拉罕,再送米勒去了1408。然后回前厅,电话通知客房服务部准备两个果盘赠送给408和1408的客人,在值班日志上写了事件和解决方案,到此,才把整个事件画上句号。

申露一路看下来,看夏花盈盈一笑间轻松解决了一个难题,心下很受震动,跑上去说了几句好话。夏花浅浅笑了一下,说:"过几天你也可以,说不定做得比我好。"

她此刻的心思并不在解决了问题的喜悦中。因为在送客人上去的时候,她发现客房的纱窗是开着的,有些雨滴透了进来。在408她不敢问,到了1408,发现还是一样的情况,她开始庆幸自己没问。这个问题她捡到了心里,一直熬到第二天,见到了姚晶晶,她才私下跟她提了出来:"姚经理,最近连续雨天,风又大,北楼客房还是一直开着纱窗,这样雨水会溅进来吧?是不是要跟客房部沟通反映一下,最近就不要通风了?"

姚晶晶定定看着她,静静听完,冷冷说了句:"知道是客房部的事情,操那么多心干吗?在大企业做事,要注意自己的角色,别人家给个台阶就蹦得老高。再说,你想得到的,客房部那么多人,难道没人想得到吗?你做好自己分内的事情就好!"

虽然姚晶晶语气硬邦邦的,听着挺让人难受,但是夏花心里劝慰自己,姚晶晶是刀子嘴豆腐心,说她也是为她好。再说了,她最近心情不好,语气重一些也很正常……想到这些,夏花很快释然了。

姚晶晶的教训虽然不好听,但她的经验之谈果真不是盖的。隔天夏花便发现,客房部下了新的指令,雨天期间,执房收拾之后不开窗,改开通风扇。夏花终于想明白,大企业里,各司其职,不用样样操心,其实对个体来说是一种关照。

夏花享受上了前台经理助理的待遇,收入提高了,底气更足了,做事卖力的同时多了几分自信,加上她比较好说话,有问必答,很快收服了几个新来的接待员。

渐渐地,她发现自己有了更多时间和精力,可以从容游走于夏花酒店和素问锦斋之间。

素问锦斋近期的紧急事务也就一条而已,招聘总经理。奇怪的是,一直没有落槌。

直到猎头公司的李小姐突然来电联络感情,夏花才发现,里头其实有点问题。

李小姐语气依旧热络,但带了一丝嗔气:"哎,夏小姐。知道你最近忙,都不敢打扰你。但是现在不打扰不行了,那个餐厅总经理招聘,不是那么顺利,大概是我们找的人都不对路吧,能不能请你帮我们再沟通一下,看素问锦斋那边对聘任条件有没有更详细的要求?"

夏花无言以对,好声好气地把李小姐的电话打发掉,自己坐着发愁。

翻看电子文档里面的应聘记录,大大小小的人才已经面试了二十几个,素问锦斋的总经理职位仍然虚席以待。

其中一半的职业经理人,在见过樊素问之后便打了退堂鼓,另外一半,都被樊素问贬得一无是处。

真的找不到人吗?夏花歪着脑袋想了半天,得出的结论是,樊素问的问题。

于是,她上门去找樊素问喝茶聊天,顺便问问进展。

之前,她虽然对这份兼差也是竭尽全力的,但并没有此刻这种博心搏命的态度。此刻,她是真心的把樊素问的事情当成了自己的事,希望她无后顾之忧才好。

樊素问对找不到合适人员却并不在意,反而问起了夏花的一些近况,无非是"前段不见人,听说是培训去了?""升职了啊? 恭喜,恭喜!"之类后面不知道怎么的,就问到了米栗。

夏花公式化地微笑:"米栗? 很好啊,大秘的工作很适合她。"

"那个位置是得天独厚。"樊素问点了点头,"她没少费心机。"

夏花由衷地为好友开脱:"我是觉得,她这个人挺直肠子的,虽然有点小聪明,但真的没什么心机。"

樊素问哼笑了一声:"咱们都这么熟了,我也不瞒你。我和 KK 会离婚,都是这个小妮子惹的祸端。"

"啊?"夏花一惊,张了嘴,一股凉气钻进口腔,把五脏六腑都冻住了一般,一句话也说不出来。

樊素问拉过夏花的手拍了拍:"你们差不多大吧? 你别小看她。你们俩不在一个水平线。她啊,精着嘞。"

夏花静坐,不敢搭话。

樊素问笑了笑,终于抛出了原本的目的:"夏花,我请你帮个忙好不好?"

夏花点头也不是,摇头也不是,一颗心"怦怦"跳了起来,定定地看着樊素问。

樊素问接着说:"帮我看紧 KK 和米栗,别让他们又走到一起了。"

"你说他们——在一起过?"夏花有些失控。

"吓到了?"樊素问摸了摸夏花的头,"毕竟是刚毕业的小姑娘,没见过活生生的小三案例吧? 跟你说,我和 KK 会离婚,就是因为米栗跟 KK 好上了。"

夏花听到这里,心里有点犯嘀咕:可能吗? 但见樊素问一脸言之凿凿的样子,又不像骗人。她很是疑惑。

夏花忘记自己是怎么离开素问锦斋的了。她脑子里满是樊素问、米栗、高景生。

突然觉得特别乱。心里把自己骂了个狗血淋头:抽什么风,居然搅进了这么个局子里。

回想刚刚的私聊,樊素问对米栗的种种蔑视,那种提到对方名字咬牙切齿的状态让夏花不寒而栗。不知怎的,她忽然想到,如果让烦娘娘知道她和高景生在一起,不知道会不会把她的皮给扒了？念头一起,浑身止不住地颤抖。

鸵鸟心理不断袭来,夏花很是头痛,想想,还是跟高景生商量商量？于是,她还真挑了个两人吃饭吃得正当融洽的时候说了:"那个……KK,问你件事好不好?"

自确认交往以来,夏花还真没跟他要求过什么,突然说要找他商量事情,值得探究,高景生饶有趣味地看着她:"说。"

夏花眨巴眨巴眼睛,试探高景生:"如果我们分手了,你还是总经理,我还是前台经理助理,你会不会不待见我,给我小鞋穿?"

"会。"高景生想也不想,答道。

夏花急了:"我说你这人,还大男人呢,怎么这么小心眼呢?"

高景生笑道:"你就是想和我分手是吧? 说,什么理由?"

夏花吞了吞口水,赔着笑:"我仔细想过了,咱们不合适。"

"哪儿不合适?"

"那啥……和有妇之夫在一起,我不是成了小三了……"

"我离婚很多年了。"

"你不还有个前妻在那儿摆着吗?"

高景生有点哭笑不得:"你都说了,那是前妻!"

夏花睁大一双无辜的眼睛,看样子是杠上了:"是啊,前妻! 前妻也是妻!"

高景生怒了:"你跟我绕口令是吧?"

夏花见他也瞪圆了眼睛,垂下眼,嘟哝着:"总之我不管,我不跟有妇之夫在一起……"话没说完,嘴巴便被堵上了。

吃完饭,高景生说了句:"走吧,我们回家。"

夏花好一路纠结,一张脸像极打了结的渔网。

高景生觉得异常,问她到底怎么回事。

夏花咬着牙不肯说。在高景生的循循善诱之下，觉得自己再憋下去要得内伤了，终于冲口而出："你是不是跟米栗好过？"

高景生脸上的微笑瞬时收拢，有些无奈地问："你从哪儿听来的？——是素问吧？"

夏花没有回答，只追着问："你说不说？"

高景生沉默了片刻，齿缝游出一丝笑："读太多书真是很不好，想象力太丰富了。什么都能想出来。"

那一刻，夏花看着他干净的眼神，完全信了他："那到底怎么回事？"

高景生低头想了想，下定决心了才说："这事实在不好说。总之，有一次我帮人打掩护，搂了米栗一下肩膀，被素问撞见了。从此不得安生。怎么解释都没用。"

"帮谁打掩护？"夏花脱口而出，随即对上了高景生略略皱起的眉间，立刻自己退散，"算了，别人的事我还是不要知道的好。"

高景生怔了一下，旋即微笑。他果然没有再说下去。

两人一齐回到富贵公馆。这是他们第二次一起回来，依旧各回各家。夏花拿钥匙开家门的时候，高景生站旁边一动不动。夏花很是奇怪："你不过去开你家的门，站这干吗？"

"你不好奇吗？"高景生问。

夏花错愕："好奇什么？"

"好奇我怎么住在这里。"

夏花睁大眼睛说："你不是说那是你的房子吗？徐开是借住的，正式任职了就搬酒店了。就这样啊，我知道了。"

高景生一愣："是啊。就这样。"当初跟你推荐富贵公馆，也是因为我自己觉得这里的物业管理水平不错，你会住到我隔壁是因为中介公司的刘总自加揣测，自作主张。如此而已。

第二十章　单纯,无知者无畏

感情一旦需要花大量精力去维持,很容易受伤害。

不想当将军的士兵不是好士兵,那么只想当好士兵的就一定是没出息的吗?

春节将至,节日氛围越来越浓,许多外地的员工也开始时不时提到家里的情况。但是谁都知道,遇到节假日,酒店不但没得休假,还会更加忙。

节前的一日,杜克瑞突然来电叫夏花下班时候等他一下,陪他出去一趟。说得神神秘秘,夏花的好奇心被调到了最高点。

下班的时候,夏花出了员工通道,便听到一声汽车喇叭,回头一看,杜克瑞正把头探出车窗,朝着她挤眉弄眼。

那是辆沃尔沃越野车,牌都未上。夏花乐呵呵上了车:"老杜,你又去礼宾部兼职泊车了?"

杜克瑞嘿嘿笑着:"知我者,夏花也。"

夏花在车里左看看右看看,系上安全带,说:"这车真不错。对了,你这阵子忙什么呢,神龙见首不见尾。我都好久没看到你了。"

杜克瑞换了挡,开进行车道:"我进修去了。一回来就听说你升职了,所以来给你庆祝庆祝,说吧,想要什么礼物?"

夏花一愣:"还有礼物呢? 老杜,您老太客气了。"

"不客气,不客气。"杜克瑞摆摆手,"好歹你也在我手下做过一阵子助理调酒师,作为师父,徒弟升职,是要表示表示。"

夏花安然坐稳:"那好,你尽情发挥吧。"

杜克瑞笑了起来:"几天不见,幽默见长。不错嘛。"

两人去了商场,夏花下手十分留情,只挑了个泰迪熊钥匙扣。杜克瑞见她视线绕着最大那只熊公仔转悠,二话不说便买了下来。

夏花看到过那标签,心疼不已:"唉,买这东西不能吃不能穿的,太贵啦。"

杜克瑞抱着熊往她怀里塞:"人生第一次升职,怎么可以不庆祝呢?收好了。"

夏花抱着硕大的泰迪熊出商场,毛绒的质量很好,软软滑滑的,夏花一路乐得合不拢嘴。

杜克瑞忍不住说她:"一个公仔就乐成这样,真没出息。"

"那怎么样才算有出息?"夏花侧着脑袋问他。

杜克瑞想了想:"像米栗那样的算是有出息的。"

夏花有些奇怪:"你不觉得姚晶晶那样的更有出息吗?"

杜克瑞笑道:"姚晶晶奋斗十年才爬到前台经理的位置,离她的理想恐怕还有很远的距离。米栗工作不足三年就爬到自己设定的职业顶峰。你说谁比较有出息?"

夏花听他说的一对比,还真的像那么一回事。不想当将军的士兵不是好士兵,那么只想当好士兵的就一定是没出息的吗?

两人一路说说笑笑,直到高景生的电话打断了他们的对话:"你去哪儿了?怎么还没回家?"

夏花神色有些不自然,不自觉地扫了扫杜克瑞,低声说:"跟同事逛街去了。晚点回去。"

高景生接着问:"别逛太晚。天气冷,别等公交了,打的回来。或者我去接你?"

"不用了。"夏花赶紧拒绝,"我自己回去。"

"好。"高景生听她口气疏离，想必同事在场，便不赘言，说，"那你自己小心。"

"好的，拜拜。"夏花心里松了口气，迅速按键挂掉。

杜克瑞嘴角微微一抿："男朋友？"

夏花不敢看他，只"嗯"了一声表示回答。

"这么忙还有空交男朋友，让男朋友追在身后转悠。看来还是你最有出息。"杜克瑞调侃道。

夏花嗔笑："说什么呢你。我最没出息了，怕没人要，一有人追就紧巴巴答应了。"

杜克瑞笑道："你这么可爱，怎么会没人要呢？你旁边这个不是人？去，回去把你男朋友踹了，跟我！我保证让你吃香的喝辣的。"还是那副痞子相。

夏花一抬手："得了，你什么人我还不知道吗？少拿姐姐寻开心。"

杜克瑞嘿嘿笑了几声，正经了一回："说真的，你男朋友什么人我就不问了，有机会你介绍我们认识。你自己要带眼识人，别让人骗了就好。"

"我有什么好让人骗的。"夏花微笑，"不过，老杜，我也说真的，你干吗总是对我那么好啊。你不是跟我说，无事献殷勤，非奸即盗？"说着指了指后排的毛绒熊。

杜克瑞抬眼，从后视镜看了眼后面安静的熊公仔，又看了眼笑得甜甜的夏花，说："从前，我是看你太笨了，很可怜。而且，我最讨厌男人欺负女人。所以，就照顾照顾你。后来嘛，既然熟悉了，是朋友，我当然要对你好一些。对每个朋友我不都是这样的吗？这叫凝聚力，懂不懂？"

夏花歪着脑袋想了半天："没有人欺负我啊。"

杜克瑞有些无语："你啊，还真是无知者无畏。看人都看不准，别人骗你你会知道吗？很多人骗过你，只是你不知道。就说在酒吧的时候吧，客人说什么你都信。裴少那种花花公子站你面前你都当人家是好人。"

夏花脸微微发红，呵呵笑着，没有作答。

杜克瑞补充了一句："女人骗男人，那叫仙人跳；男人骗女人，那叫下作。

做男人就要真实一点,斗心计的,不是什么好男人。"

夏花没想到这样一番话竟出自杜克瑞的嘴,有些惊奇地看着他:"想不到你这么有见地啊。"

杜克瑞伸手推了下她的脑袋:"我不是说了,你不会看人。"

夏花故意白了他一下:"说你胖你还喘上了。你就得意吧你。"

杜克瑞将夏花送到了富贵公馆大门外。夏花下车的时候,他突然叫住了她,说:"你男朋友是我们酒店的吧?"

夏花愣住了,不知道要怎么回答。此刻她应该急智上来,果断说句"你猜错了"。但她始终没有撒谎的天分,一愣便露出马脚了。

杜克瑞一咧嘴,低头有些自嘲地笑了笑:"我知道了。"

"谢谢你送我回来。"夏花落了车,款款道谢。

杜克瑞下车把熊卸下,塞她怀中。

"我回去了。再见。"夏花快语告别,转身便要离去。

杜克瑞突然抓住她的手臂,说:"男欢女爱是很平常的事,但是如果双方在某些方面太悬殊,至少有一方会过得很辛苦。感情一旦需要花大量精力去维持,很容易受伤害。你好好照顾自己。"

夏花看他说得认真,低低道了声谢,挣脱他的手,匆匆离开。

高景生在楼上看了个真切,心里一阵一阵的不高兴,不断翻涌。他耐着性子,算着时间,电梯"嘀"的一声响的时候,他刚好开了门,看到抱着体格比她还大的毛绒玩具熊,满脸笑意的夏花。

夏花一见高景生,笑得更加开心:"KK你在啊。太好了,帮我抱一下熊熊。我找钥匙开门。"说着大步上前,把毛绒熊塞给高景生,自己低头翻着包。

高景生抱着熊跟在夏花身后进了屋,把毛绒熊丢到沙发上,忍不住皱了皱眉,心里极不痛快:究竟是什么时候开始,他们两人之间的形势起了变化,自己开始被这小妮子牵着鼻子走了?

夏花见他入了门没有要走的意思,便问:"有事么?"

高景生说:"没事就不能来看看我女朋友?"

夏花笑了笑,卸下背包,往手心呵了几口气,走到沙发后面,一边启动暖气机,一边问:"今晚没应酬吗? 这么早过来。"

高景生坐到沙发上,背对着夏花:"年关了,天天应酬也烦得很,偶尔也要偷下懒。"

"哦。"夏花应了一声,走了过来,双手从背后伸到高景生肩上,搂住他的脖子说,"你不是一直住酒店么? 最近怎么频繁往这里跑?"

"之前这里一直荒着没收拾,懒得过来。托徐开的福找人收拾了屋子,就过来住了。"高景生仰起头,一只手伸上去摸着夏花的脸颊,"况且,有你在这边,过来见见你,不好吗?"

"好,当然好。"夏花抓住他的手,绕过沙发背,坐到他身边,头往他肩上一靠,"时间过得真快。快过年了啊。"说着伸手过去,抓着玩具熊身上的绒毛玩。

"这么大只玩具熊,谁送的?"

"杜克瑞啊。"夏花随口答了,不以为然。

高景生咬了咬牙:"你跟他走得挺近的嘛。"

"说起来他还是我师父呢。"夏花答完,忽然嗅出点什么味道,抬起头看着他,"吃醋啦?"

高景生点了点头。

夏花咯咯笑了起来,侧头仔细地瞧着高景生:"有没有人跟你说过,你生气的时候最帅?"

高景生有些哭笑不得:"你这是在编排我还是安慰我?"

"都有点。"夏花答得大大方方的,接着拍了拍高景生的肩膀,"很晚了。你该回去了。"说着便站了起来。

高景生一把抓住她的手臂,将她拉回沙发上,终于开口说:"你不觉得,我们之间有点问题,有待解决?"

夏花侧头看着高景生,心里有些扑腾,但眨了眨眼睛,装着一脸无辜的样子:"什么问题呀?"

"你说你人不大,看上去也怪单纯的,怎么那么难捉摸呢?"

夏花脸上一抽一抽:"我还需要捉摸吗?"

高景生伸手摸了摸她的脸,把她颊边的头发捋到耳后,说:"希望是我多想了。有时候觉得我们在一起,就是平淡的生活而已,有时候又觉得你离得很远,觉得,走不到你的世界里。"

夏花脸一别,嘿嘿笑了起来:"肯定是你想太多了。哎,这么晚了,快点回去睡觉啦。你明天还要上班的吧?"说着连推带拉,把高景生推出了门外。

高景生回到自己屋里,心下有些彷徨。他不知道要拿夏花怎么办才好。确定关系以来,她不似其他年轻女孩子吵闹,但静得过分了,也让他担心。不论如何,无欲无求总归是可怕的。更何况是她这样年轻的女孩。

如果不是刚好拿着望远镜在观星,他也不会看到杜克瑞送她回来。没有看到杜克瑞送她回来,也不会看到杜克瑞拉她手的样子。虽然她甩开了。但他还是冒火。

没想到她还一口承认,玩具熊是杜克瑞送的。

送的。这让高景生一下子感到前所未有的挫败。原本的一点怒意消失殆尽。

活到这个年纪,他深刻地明白,许多事情的成功并不是因为机缘或运气,而仅仅是因为一份坚持,一份信守精诚所至金石为开的意志。

当然,坚持和努力的同时,需要站在恰当的位置,才能发挥出足够的成效。一瓶可乐在超市卖三元,在酒店却是三十元。位置决定价值。

他得好好想想,接下去要怎么跟夏花继续相处。

夏花送走高景生,自己洗了澡也准备见周公去了。这时候却来了一通电话,让她听完如鲠在喉。

电话是她那位浪子父亲打来的,语气是掩不住的兴奋:"夏花,我就知道,你妈妈会喜欢爱琴海的环境,这里有人见过她!我快找到她了!等找到了她,我们一家就可以团聚了!夏花,你高兴不高兴?"

夏花无话可说。

寻找母亲这件事,一直以来都是父亲在剃头担子一头热。为此他选择了船员的工作,为的是可以去各大洲游历,每到一地他都上岸去,到华人圈子里去寻找母亲的踪迹。寻了二十年了,一直没有放弃过。为此,奶奶一提起来就要开骂。

夏花想到徐开就在自己身边,秋不落虽在欧洲,也不是联系不到的。但她想到那对母子的态度,实在没办法开口说出自己遇到的这些事。

最关键的是,她根本不看好父母这段感情。

她自然也想见母亲一面。但只是想问她,为什么要丢下她?既然决定生下她便丢下,为什么要生她?从小到大,她遭过多少的白眼,多少的指指点点,秋叶她知道吗?她能了解一个孩子从小被邻居小孩丢泥巴骂野孩子,连玩伴都没有地孤独长大,是个什么滋味吗?

如果让她见到母亲,她一定要问问她:"你凭什么把我生出来,又那么不负责任把我丢下不理?"

对于母亲,她有太多的不解和郁结,所以对于父亲,她一样不解。甚至于,她根本不想听父亲在那臆想一家团圆。

当夏友正说出过年不回来了,要去找秋叶的时候,夏花一声嗤笑从鼻子里哼了出来:"爸,你有没有想过,妈妈连我都不要了,又怎么会舍不得你?你耗费大半生时间找她,有意思吗?"她终于把她对这段感情的不看好,表达了出来。

夏友正沉默了。

夏花叹了一声,主动挂了电话。

虽然夏友正对夏花关心不够,但夏花并非无人关心。至少,夏友正所在的船公司还是很有人情味的,逢年过节都会记着员工家属。老葛又被派了任务,要给夏花送年货。

有东西收没什么不好,问题是快到除夕了,酒店为了年夜饭和除夕营销节目,忙得一塌糊涂,夏花连续加班,连一点点空闲都拨不出来。最后,老葛还是披星戴月地送了年货过来。

夏花觉得很不好意思，仔仔细细给老葛泡了杯茶。

老葛坐沙发上扫视了一番，点着头说："你上班那么忙，收拾得挺干净的。真不容易。"

夏花呵呵笑了两声："自己在住的地方，自己不收拾，难道还等田螺姑娘吗?"

老葛哈哈大笑起来："我家那姑娘，跟你就完全没得比，从小到大没拖过地没做过家事，30岁了也没见她收拾过一次屋子，吃了饭，碗筷能收到洗碗槽就不错了。她要有你一半，我就满足了。真担心以后婆家人怎么受得了她。"

夏花想起米栗说过的话："有钱请人就行了，干吗什么都要自己做?"于是笑道："葛姐姐赚钱请保姆收拾就行了，现在的社会讲究分工，不是什么事都得自己做的。"

老葛是老派人，这些话听到他耳朵里，只当夏花在客套罢了。

正唠着家常，门铃响了，夏花愣了一下，硬着头皮开了门。

果然，是高景生，提了袋夜宵说："莫京酒店新请的一位大厨手艺不错，你也试试。"说完话才发现夏花表情极不自然。往厅内一看，竟然是个不识的老者。

高景生微笑地点了点头："您好。"心里琢磨了很多遍：到底谁呢? 总不是传说中的夏友正吧?

老葛两眼直勾勾盯着高景生，嘴上却是笑着问夏花："夏花，这位是谁，不给伯伯介绍一下?"

夏花讪讪笑着，领着高景生走到老葛面前："我……男朋友，高景生。"然后对着高景生说："这是我爸爸公司的同事，葛伯伯。"

老葛听到介绍，皱了皱眉。

高景生倒是挺乐呵的样子。

两人握了握手。老葛狐疑的眼神一直没有散去，直逼高景生问道："不知道高先生在哪里高就？"

高景生谦和地说："您是长辈，叫我名字吧。谈不上高就，在酒店做管理。"

老葛瞄了眼夏花："你们一个单位的？高先生就是你上次说的，单位领导？"

夏花莫名有些害怕，不作声地点了点头。

老葛说："大家都坐。"夏花使了个眼色，两人一左一右坐下候审。

于是，老葛反客为主开始审问高景生。生辰八字、父母高堂、事业发展。无一不涉猎。

夏花是在这个时候才知道，高景生的父母亲都是搞科技的，不在国内，从小对高景生便是放养教育。多年前，他也是个独自长大的孩子，然后还在异国他乡独立奋斗……她心里想，原来大家都差不多嘛，顿时心理平衡了不少。不知不觉，微笑爬上了脸庞。

聊了几句，高景生提议一起吃夜宵。老葛看了看手表说："不了，太晚了。这样，我们一起回去吧。"愣是押着高景生跟夏花告辞。

高景生和夏花你看我我看你，谁也不肯说出他就住对门这事。于是，高景生只能乖乖跟着老葛下电梯。

夏花看着电梯门缓缓合上，转了身终于忍不住笑了出来。

她知道，高景生这次真遇到对手了。

不过她自然不会知道，高景生是怎么解决这位老人家的。

高景生和老葛一起下了电梯，老葛便开门见山地提出了疑问："夏花是个小女孩，高先生如果只是因为一时新鲜，就请离她远一点。小女孩不懂事，出点什么意外就不好了。"

高景生微笑道："夏花是个很懂事的女孩子，她做什么事都很有分寸。这个您大可放心。至于我，如果是为了一时新鲜，怎么会找夏花当女朋友？在商业社会打滚，时间那么宝贵，这么没效率的事我都做的话，就太失败了。"

老葛听到这里，饶有趣味地盯高景生看了几秒，而后笑了起来："好。这样就好。你知道,夏花她爸爸常年在外,我们这一帮老伙计都不放心,偶尔会过来看看这个大侄女。夏花是非常懂事,但性子也倔,这一点像极了她爸爸。友正是个痴情汉子,夏花她妈妈离开这么多年,他一直没放弃过寻找她。作为长辈,我当然不希望夏花在感情上受什么伤害。"

高景生点着头:"谢谢您的关心。夏花有您这样的长辈关照着,是她的福气。您放心吧,我会好好照顾她的。不会乱来。"

老葛这才放了下心:"好!高先生——景生是吧?有时间一起喝茶。"

"好,谢谢葛伯伯。"高景生点头。

说话间,两人不觉已出了电梯门,走到了大门口。老葛望着停车场:"你有开车过来吧?没有的话,我送你一程?"

"那个……"高景生有些犯难,清了清嗓子,"其实,我就住在楼上……"

老葛狐疑的眼神立即回到了脸上。

高景生赶紧解释:"我是说,我的房子也在上面。跟夏花是邻居。"

老葛手臂微微抬起又垂下,看了看高景生,说:"你们年轻人的日子自己知道该怎么过,我们这些老人家是不应该多插嘴。好好照顾夏花。别让她爸爸担心。"

高景生殷勤地点头。

高景生回到楼上的时候,夏花家的门还没关,见到他分明有些意外:"咦,这么快就回来了?"

高景生眉毛一挑:"怎么,你觉得我应该明天天亮再回来?"

夏花吃吃笑着:"没有。我就是觉得,你至少要开车出去兜几个圈才回来。"

高景生笑道:"那么麻烦做什么,实话实说,什么都解决了。"

夏花有些不予置信的表情:"葛伯伯那么容易就放你上来?"心想,不太可能呀。

高景生说:"葛伯伯是个好长辈,又不是虎狼,不会吃了我。说实话多好,下次邀他到隔壁去坐,省得这里紧巴巴的,转个身就撞到人了。"

夏花脸一拉:"嫌弃我这里空间太小? 那你别来啊,滚吧滚吧。"说着故意把高景生往外推。

高景生顺势将她拉到怀中,箍住她的双手说:"空间小一点好啊,抬头不见低头见。"

那一刻,高景生很明确地知道,虽然夏花有些迟钝,有点没心没肺,可他还是满足的。

我们在一起,过的就是些平凡生活而已。柴米油盐,小打小闹。没什么不好。

第二十一章　节假,服务业难有闲暇

不管她走得多慢,前台就在那里,不离不弃……
虽然前路漫漫,但她似乎慢慢敞开了心扉。真好。

夏花的忙碌状态也一直得不到缓解,因为节日迫近,大家都放假了,客人来店消费的更多了。餐饮部忙得好几个员工都送进了医院,酒店客房也是爆满,现有的执房人手不够,拉吉急得什么似的高价聘请了几个外援过来。

这种时候,前台如果轮到后半夜的班,那算是一种幸福。因为后半夜,鬼都要休息了,何况是人。这个时间段上班,很是清闲。只需把时间打发掉就可以了。

夏花轮到后半夜的时候,觉得米栗说得太对了。节日期间还是做鬼比较舒服,大白天的要跟无数人挤,腿都站弯了也没得休息。偶尔上个夜班,反倒是休息了。

不过,这个夜班有点烦人。因为来了个不速之客。

夏花认得那个女客人,因为她的出镜频率实在是高,从杂志到电视,从博客到微博,到处都是她的声音,是个名嘴。家里又富又官的也不知道几代了,总之是家学渊源深厚。不过她出名并非全因为家学的关系,而是跟她自身作风有紧密联系。名人后代多了,低调的一把一把,不是每个都像她这么威风八面。

这位极品客人叫虹保。昵称保保——她喜欢人家叫她昵称。她喜欢装嫩,喜欢穿小吊带,喜欢做所有夏花年轻时候疯狂过的事情,尽管她已四十有五的高龄。

据说,最近她在众多版面与各大美女明星博上位,还出言不逊,说时代的审美观应该改革。其实张狂的也大有人在,可是又丑又张狂的实在不多。虹保长得实在对不住观众,但什么都敢说,言语间便出尽风头。偏偏她的名气跟她的张狂都在与日俱增,让人跌破眼镜的同时还要接着看她的滚动新闻。

有这个活生生的例子摆着,才有那么多网络红人出尽雷招要博出名,才有什么"红推会"惊现人间。当一个社会整体处在不淡定的状态,无非就是看谁比谁更不在乎底线,谁比谁更豁得出去。

跟前夫床上那点事也被她拿出来晾了不知道多少回,直到她前夫几乎要以"侵犯个人隐私权"提起诉讼了,她才消停了下来。她前夫在微博上骂她的那句"丑人多作怪"至今被网友引为经典。

不过事情能闹得全民娱乐,也是多亏了她出身好,嫁的老公也不赖,是个名导。那位名导姓程,当然,也不是什么好鸟,在夏花酒店入住过几次,出了名的午夜失踪郎。干什么去了大家心知肚明,心照不宣。

虹保这次出现在夏花面前,不为别的,只因她睡不着,又"安眠药过敏",于是找夏花聊夜场。

夏花打着十二万分的精神接驾,带着职业的永恒的微笑。旁边的申露亦是如此。

虹保十分满意,越讲越长远,口沫横飞。

刚开始还只是讲些名人的小毛病,后来便歪楼了,开始问夏花:"有男朋友没有?"

夏花微笑着点了下头。

"是吗?"虹保抓住她手臂,"他帅不帅?那里够不够大?表现怎么样?"

夏花"▮"了,一句话答不出来。这个虹保,怎么这么脱线呢?

谁知,虹保却不依不饶地抓着她往下讲:"妹妹,我跟你说哦。这个不用不好意思，要试好了再决定这个男人能不能长期留用。男人啊，耐不耐用得首先看他床上表现怎么样，那些瘆的早泄的，肯定是要害你一辈子的，要早点认清楚。正常的也是分三六九等的，有的小得跟竹签似的，够顶什么用？有的……"没完没了，也不理夏花脸上已经风云变色。

看了眼申露，正低头假意整理文件，眼底是掩不住的笑意。

崩溃边缘，米栗电话进来，夏花借口要开会，赶紧溜了，直接接电话接到楼上去了。

米栗听到她仓皇的声音，有些奇怪："怎么跟做贼似的？"

夏花哭笑不得地说："还不是那个保保，半夜不睡觉，跑来拉人吹水。"

米栗"扑哧"一声笑开了："能被她逮到，你运气真好。怎么样，有没有说到她前夫以前跟她在床上的那点丰功伟绩？"

夏花脸上一抽一抽："别说了。"

米栗笑得停不下来："好……好，不说。哈哈……"笑够了，评价道，"一部分滞销女人的问题在于，明明是市场价值不高，却还以为自己奇货可居……这个虹保，显然是其中的典范。"

夏花觉得她扯太远，懒得搭话，问道："你呢？怎么回事，半夜不睡觉，打电话来做什么？"

米栗的声音很是欢快："我刚下飞机啊。下午找不着你没跟你告别。我带桑杰去外婆家。"

"谁的外婆家？"夏花愣了一下。

"当然是我外婆。"米栗说，"过了年了，去给外婆拜个年。"

夏花心里突然冒出个想法：可别把老人家吓得过不了年……嘴上只能留德："你确定，你外婆那么……开明？"

"当然啦。"米栗依旧笑着，"我从来不打没把握的仗！我外婆最疼我，她这关过了，再去跟我爸妈说话，比较好过关。"

原来是为这一着。夏花笑了笑，"那，祝你马到成功。"

"废话。"米栗嗔了一句，"挂了。年后见。"

挂了电话,夏花感叹着做大秘原来有这个好处啊,总经理还上着班,她已经先放了假——有二秘顶着呢。真是天时地利人和。

回到前厅,远远便看见虹保还斗志昂扬着,正扯着申露谈论隐私。申露进退两难,一张脸快被风化了。夏花脚步慢了下来。可是不管她走得多慢,前台就在那里,不离不弃……一路鼓足勇气,她上前插了话进去:"申露,你今天的账单整理了没有? 上头要呢。"申露送来感激的眼神,忙不迭地点头:"我马上整理!"

虹保对着夏花笑得意味深长。

夏花心里一阵发毛,但还是豁出去了,开始化被动为主动,扯着虹保说着最近天气可真冻啊,皮肤干得不得了,害她一天做几次保湿……漫天漫地地扯,晚睡影响皮肤啦,年龄越大皮肤越糟啦,接着瞄了虹保一眼,问她:"哎呀,您的皮肤也有点干呢!"虹保本是高学历的名嘴,怎么可能被一个小姑娘给绕了话,只是再丑的女人,总是觉得自己颇有几分姿色,何况虹保这种又丑又折腾的,当下担心起自己的皮肤状态来了。看夏花上着夜班,皮肤还怪好,一时也忘记了年龄的差距,问她都做什么保养,夏花随便介绍了几样保湿产品,接着便开始推销楼上的水疗 SPA,一门心思想把她支走。谁知虹保听了嘿嘿直笑:"你不知道么,我这次来,就是来做这个的,你们从杭州请来的那个帅哥手势好得,真没话说……"

夏花终于知道,原来高景生从杭州调那个按摩师过来,便是为了应付这位名人。

这个晚上,因为有虹保的参与,变得格外漫长。好在,当话题转到皮肤保养上面之后,她终于为自身考虑,提早退场,回房保养皮肤去了。

第二天,夏花才从付恺芪口中得知,虹保是出了名的唠嗑女神,如果当夜无男色,必然到前台找前台小姐们吹水,直到她在前台有所猎获为止。

夏花的平稳过渡很明显也是得益于她把话题转向了水疗 SPA,让虹保想起按摩师的好。领悟到这些的时候,夏花浑身止不住的战栗。但愿以后别再惹上她才好。

除夕晚，整个城市灯火通明，城郊的烟火映红了半边天，绚丽无比。但前台的姑娘们根本无暇去观看。这一晚，酒店宾客满堂，热闹非凡，一线员工全体加班。

下班的时候已经是初一的中午。

夏花回到家，瘫在沙发上睡了几个小时，补足了气力，才开始下厨房和面。

这是个特殊的日子，她跟自己说，要好好为高景生做一餐饺子，好好庆祝一下。

用心做，以纪念他们在一起的第一个重大节日。

奶奶过世之后，她再也没有做过饺子，因为父亲回来的次数屈指可数。一年一次，过了年便又匆匆离去。今年，干脆年也不回来过了。因为做得不多，已经有点生疏，揉面揉得很辛苦，擀面杖用得也不那么利落了。但她骨子里就是有那么一股劲，做什么事都会全力以赴。所以，任何困难在她面前，都成了纸老虎。

有着那样一股劲，她很快熟了手。当高景生提着大包小包进屋的时候，她已经擀好了面皮，开始包饺子了。

高景生很觉神奇："你还会做饺子啊？"

夏花笑脸一扬："学一学就会了。学做饭又不是学打仗，多简单。"说话间，左手握着面皮，盛好了馅，右手食指拇指一张一合捏过去半圈，一个刺猬饺便出来了。往盘中一摆，煞是好看。

桌上还有一盘完工的梅花饺，形状十分精致。

高景生边看边点头："你这方面挺有天分的嘛。看来有朝一日改行当厨师也不是不可能。"

夏花得意地说："何止这方面。只要我肯下工夫，没有做不成的。不过学厨艺是留给家人朋友的福利，我自私，没想过服务大众。"

"好，那就留作夏花私房菜吧。看来我真的有口福啊。"说着指了指她手中的饺子，"动作慢点，我瞧瞧怎么弄的？"

"怎么,你也想偷师?"夏花抬眼睨他。

"收不收徒弟?"高景生笑问。

夏花嘟嘴想了半天:"好吧,勉为其难。"

两人把工具都搬到了厅里,一边看着春晚的重播,一边捏着饺子。

刚开始,高景生捏出来的不是大了便是小了。夏花喝住了几次,慢慢他也摸出了规律,渐入佳境,竟然捏上了瘾,把夏花揉好的一个备份面团也拿出来擀皮。

夏花皱了皱眉:"就我们两个,吃不了那么多。"

高景生大手一挥:"你是怕我越做越好,成心不让我出师吧?"

难得轻松,夏花笑道:"随你。"擦擦手进了厨房,一边烧水,一边主动整多了一盘馅出来。

两人前前后后包了几百个饺子。

夏花乐呵呵端到厨房去,准备下锅。这个时候,高景生靠了过来,说:"大过年的,两个人吃饭太安静了,叫个人来一起吃,热闹点,好不好?"

夏花愣了一下,知道他要做和事佬,不说好也不说不好,继续站在厨房等着水开。

"大过年的,你不会不给我面子的,是吧?"高景生追着问。

夏花依旧不予理睬,看到水开了,默默下了两碟饺子。

高景生笑道:"你同意了。"便退了出去,到厅里打了个电话。

夏花嘴角浮起一丝笑,往锅里下加了一盘饺子。然后把高景生打包回来的菜肴一一塞进微波炉,预热,喊着高景生,一盘一盘端出去。

锅里的饺子们欢快地滚动起来。

门铃也欢快地响起。

高景生开了门,徐开正拎着两瓶红酒站在门前。

高景生往厨房指了指,让出路给徐开。

徐开进屋放下红酒,按高景生所指的方向去了厨房。

夏花正要将饺子盛碟,听到脚步声,头也没回便说:"嗯,刚好,KK,帮我递几个干净碟子过来。"

徐开视线一搜,找到位置,从橱柜上拿下几个碟子递了过去。

夏花接过盘子,注意到那只手不是高景生的,抬头一看,对上徐开笑嘻嘻的样子。她什么表示也没有,转头便开始装饺子。装好盘,递过来说了句:"端出去吧。"

"遵命。"徐开特别狗腿地喊了一声,端了盘乐呵呵步出厨房。

三人一齐补了个团圆饭。

高景生在夏花耳朵边说:"别怪我自作主张。吃团圆饭,至少也要有个亲人在场才好。"说着给徐开使了个眼色。

徐开给夏花盛了碗罗宋汤,说:"别生气了。哥哥发誓,以后一定对你好。"

夏花舀了一勺汤喝下,仍带点赌气的音调说:"什么哥哥。是表哥!"

"好,表哥,表哥。"徐开见她接受了,知道雨过天晴,看到台阶赶紧下。

酒足饭饱,三人转场高景生的房子,看了场家庭影院。

宣传得沸沸扬扬的《非诚勿扰2》不再纠结爱情和婚姻,而是对人生和生死产生了困惑。夏花想起米栗跟她介绍片子时候说的话:"这个片子说白了就是两个老男人在感叹人生,讨论生命的意义。"夏花当时"扑哧"一笑,说:"他们身价丰厚,功成名就了才有资本来质疑生命的意义。我等屁民终身只为衣食住行奔波便够累了,哪有时间考虑这么高深的问题?"

带着这样的心理,夏花看电影并不上心,中途还跑去切水果。

事实上,这三个人也只是借此打发下时间,联络下感情而已。

在厨房切水果的时候,徐开又一次绕到她身边,殷勤地打着下手,然后,有些愧疚地看着她说:"夏花,我知道,你一定非常非常想知道小姨的下落。可是,我不能告诉你。不是我不肯,而是我答应过小姨,要等你结婚了,或者过了25岁,生活和感情都稳定了,才能说。"

夏花本就是个独善其身的人,又怎么会对徐开有过多要求?既然徐开已把话说开,她又怎么会死咬不放?当下,她暗暗下决心,从此再也不问了。

电影播到追悼会,终于有点煽情的味道,门铃突然响了起来。高景生竖起耳朵一听,脸上有些不自然的表情一扫而过。

夏花没有注意,也没有多想,直接奔上前去,开了门。

这个时间,这个地点,面前这个访客,让夏花一下子有些惊愕,呆立门前,竟不知如何反应是好。

面前的樊素问抱着捧紫色郁金香,人比花娇。看到夏花,眉头一拧:"怎么会是你?你怎么会在这里?"

徐开闻声上前,笑嘻嘻说:"女朋友在男朋友家,多正常的事情啊。"

樊素问打量了两人一番,快步往里走,看到沙发上坐着的高景生,有些紧张地笑:"景生,你怎么好端端地给人家当电灯泡呢?多没意思,我们去外面过节吧?"

高景生正要答话,徐开抢在了前面:"素问你口下留情!夏花是我妹,我们很正常,不会乱伦。"

樊素问咬了咬牙,盯着高景生:"怎么回事?你不打算给我个解释?"

高景生温温一笑:"我需要给你什么解释?如你所见,夏花是我女朋友。有问题吗?"

樊素问转头狠狠瞪了夏花一眼,瞪得夏花一颗小心肝直发颤。

夏花也不知道樊素问会有什么问题,但想起她把素问锦斋的一系列总经理候选名单都拍死了,想到高景生曾经评价过的那句:"书读多了,真是什么招都能想得出来。"心里免不了一阵害怕。

只听樊素问声线陡然升高:"高景生,我知道你寂寞,可是你也不要自掉身价,饥不择食!"

声声刺耳。夏花一口气上来,堵在喉咙口,什么声也发不出来。

高景生亦是被惹恼了,终于打破一贯的沉静,哗地站了起来,正色道:"枉你念那么多书,就用来无理取闹的吗?刚刚的话我们都当没听到,以后注意点身份,不要口不择言!"

樊素问眼眶一红,眼泪说掉便掉。

高景生脸黑了，再无任何表示。

夏花这下看傻了。进退不得。

徐开拍了拍夏花的肩膀，上前对樊素问说："好了素问，闹了那么多年，你闹出什么了？放手就放彻底点。"

樊素问一甩手："你懂什么？我在他身上耗了那么多年，他凭什么说甩就甩？想得美！"

"你这什么狗屁逻辑？"徐开也恼了，"照你的说法，我在你身上耗了那么多年，你是不是也要赔偿我的损失？"

樊素问愣了一下，低声说："那不一样……"

"感情都一样，就是要你情我愿。你别闹了。走。"说着便推着她往外走。

樊素问不肯走，一直咬唇看着高景生。

偏偏高景生不作任何表态。

就那么半推半劝，徐开最后还是把樊素问给拉走了。

进电梯的时候，樊素问眼泪啪嗒啪嗒掉了好几串。徐开叹了口气，递了手帕上去。

夏花俨然成了观众。很混乱，但还是渐渐理出了头绪，徐开以前追过烦娘娘，但烦娘娘喜欢高景生。延伸到她这里，刚刚便是一出狗血的四角恋爱对决。

想到刚刚樊素问的表现，夏花终于有点理解米栗的嗤之以鼻。她回过神，也狠狠瞪了高景生一眼："真不知道你以前做了多少好事才有今天！"

高景生见她没有扭头走人，放心不少，笑笑说："那时候年轻不懂事。"

夏花看了眼门外，脸一抬："你想说我哥现在还不懂事吗？"

"不，我想说他现在还年轻。"

夏花又好气又好笑，甩头不肯理他。

高景生借势揽住她说："好了，虽然有点扫兴，但是别生气了。不是正好把那个电灯泡给送走了吗？剩我们二人世界了，多好。"

夏花嘟了嘟嘴："你自己都说了。真扫兴。"

高景生手指点了点她的唇："别嘟嘴了，自己去照照镜子，丑死了。"

夏花上前一步，抓起沙发上的靠垫，打了过去。

高景生避了两下，见她怒火难抑，索性不躲不闪了，站得直直的由着她打。

打了一阵，靠垫的棉絮漏出来了。飞絮钻到夏花鼻腔，她打了声喷嚏，扔了靠垫，坐到沙发上，哭了起来。

高景生无奈，坐到她身边，好声劝抚："别哭了，乖，别哭了……"

夏花一边抹着眼泪一边说："我恨死我自己了。你说，我到底哪根筋不对啊，还是我脑子有问题？我干吗要看上你啊？给我自己找这么大一麻烦……一大堆的麻烦，在酒店怕人知道，出了酒店还有那么大一个牛皮糖前妻来闹……老是担惊受怕的……我烦死了……高景生……你要把我的损失赔给我……"伸手又开始打他。

高景生猛地靠过去，抱住她，把她紧紧地箍进怀里，说："好，我赔你。全都赔给你。说吧，要怎么赔。"

夏花自然说不出来。紧闭着嘴巴，眼泪掉一下，身上抽一下。

"要不，割地赔款怎么样？"高景生提议，说着不知从哪里摸出来一把钥匙，上面挂着一只可爱的水晶小熊，在夏花面前晃了晃。水晶折射出的灯光，映着夏花的泪光，朦胧中是种慑人的魅力。

夏花愣了愣："这是什么？"

高景生笑了笑："当然是这套房子的钥匙。收下吧。其他的事，慢慢会解决的。放心。"

夏花抬起手臂，用手背擦去脸上的泪，想了又想，慢腾腾接了下来："暂时保管，以观后效。"

高景生心里莫名地有些安稳，低头吻了吻她的脸颊："看你哭得多丑。"

夏花撇了撇嘴，把钥匙塞回去他怀中："那么丑就算了，钥匙你拿回去……"

高景生抓过她的手，将钥匙紧紧握在她手心，说："没办法了。我就喜欢你这副丑样子。怎么办……"慢慢将她压在沙发背上,密密麻麻吻了下去。

她的皮肤很好,加上晚上喝过点红酒的关系,嫩白的肤色中微微透着红,淡淡的酒香沁入体中,他嗅到她身上幽幽的一股体香,撩人心魄。他埋头其间,沉醉不已。

他的吻热烈而缠绵,在她唇上脸上脖子上,一路缠绕。麻麻的触觉传遍全身,夏花忍不住回应,忍不住伸手环抱住他。

高景生心中一漾,一手扶着她头,继续攻城略地,一手慢慢探到了她的毛衣下,伸了进去。

夏花惊了一下,抓住他的手臂,下一刻却在他的深吻中松了手。

她身上是件宽大的开襟毛衣,纽扣一颗一颗解开,里面的 T 恤也被推高……年轻的身体温软生香。

空气里缭满了欲望的气息,沉沦的气息。

高景生欲罢不能,终于将手侵向了她的裤头。

牛仔裤的扣子"嘣"地一下开了,拉链声"滋滋"响起。

伴着声响,夏花眼前突然浮现了樊素问怒气冲冲的美人眼。

那双美目似乎无时无刻不在看着她。

她心里咯噔一下,猛地清醒了过来,急忙一把推开高景生,把衣服统统扯回了原位。脸红心跳,话语结巴:"我,我先回,回去了。"说着站了起来,冲到门前,回头甩了句,"不准过去找我。"才开门离去。

门"砰"一声关上了。高景生笑了笑,靠在沙发上,空气里,她的气息仍在缭绕,那样迷人。

这是他们之间的第一个情人节。她不动声色地为他包第一顿饺子,他小心翼翼地为她和亲人说和,并送出了他家的钥匙。

虽然前路漫漫,但她似乎慢慢敞开了心扉。真好。

第二十二章　宽容,成功者的心胸

每个人都有自己的价值标准和选择。企业和员工之间,都要互相尊重,这才是长久之计。

生活再残酷,也没到逼人非做不道德的事不可的地步啊!

正月里酒店生意都是通宵达旦的好,高景生和夏花各自轮休了一天半,便回酒店上班了。

高景生是因为身份特殊,春节这样的重要时期,酒店不能群龙无首。夏花却是被召唤回来的。

他们都万万想不到,过年上班第一件事,竟然遇上了前厅部变故。

就在高景生和夏花都放假的那两天,前厅部的前台经理助理付恺芪和舒佳欣都出了事。先是因忙生乱,前台因为夏花等人的轮休人手不足,付恺芪因为工作经验比较丰富,不得不独当一面。四下无人的情况下,金银频繁进出,她生了不该有的心思,做账的时候给几个现金结账的客人都加了离店折扣,多出的部分落了她自己的口袋。

付恺芪的中饱私囊被舒佳欣给揭发了。姚晶晶和徐开得报之后,迅速通知人事部,签了解聘意见。这头手续还在办,那头舒佳欣又出事了。

没了付恺芪,舒佳欣开始独挑前台的担子,带着两个新人,兢兢业业地做事。没想到,祸从天降。

来自北美的客人罗德·米勒酒后起了色心,摸了舒佳欣一把。舒佳欣义愤之下推了米勒一下,结果被米勒一巴掌打了过去,下巴脱臼。都是独生子女,她活了二十几年何曾受过这样的屈辱,当即提出辞职,并要求酒店赔偿她的精神损失,找了律师要告酒店不作为,态度强硬。

考夫曼放了长假,人事部群龙无首,自然也就无人肯做出头鸟揽下这个烂摊子。姚晶晶和徐开不得不以部门领导之尊奔走调停,搞得疲惫不堪,直到高景生回来,两人十分默契地把这个烫手山芋给呈了上去。

高景生知道徐开向来是个公子哥性子,最爱偷懒,从欧洲调他过来,本就是自己全力促成的,一开始就预备了要忍他,倒也无话可说。但对姚晶晶,他心里不是没有意见的。徐开只是懒,姚晶晶却是处心积虑地占小便宜。只是眼下他也没空跟他们计较,了解了情况,亲自去探访了舒佳欣,一次性解决了问题。

夏花对高景生的能力向来深信不疑,这次更是好奇,他是用什么办法让舒佳欣大事化小小事化了的?为了这个疑问,她第一次在家里开口谈公事:"舒佳欣怎么会轻易听你的话?你用了什么招?"

高景生两手一摊:"什么招都没用,只是将心比心。她受了委屈,负了伤,酒店当然要安抚。她的伤归入工伤,酒店赔偿她全部的医疗费用,另外给了五千块的精神损失。她如果愿意回酒店工作,酒店欢迎,她如果坚持离开,我个人再给她写一封推荐信。"

"就这样啊。"夏花有些失望,"可惜她还是选择了离开。"

高景生安慰她说:"每个人都有自己的价值标准和选择。企业和员工之间,都要互相尊重,这才是长久之计。"

夏花虽然有些舍不得舒佳欣,但也没办法了,她必须尊重舒佳欣的选择。两人私下吃了个散伙饭,就此别过。

随着回来上班的人渐渐多起来,大家渐渐忘记了不愉快的事情,见面都是互相恭喜,恭贺新禧,恭喜发财。一团喜气中,杜克瑞悄悄问夏花:"新年有什么新目标啊?"

夏花歪着脑袋想了半天,说:"努力工作,天天向上。"

杜克瑞说她可真没创意,转而叹了一声:"像你这样脚踏实地的老黄牛,不多了。"

夏花笑道:"知道就好,等你当了总经理,记得提携提携在下。"

杜克瑞说:"那好。咱们说定了,等我当上总经理,你来帮我管客户部。"装得蛮认真的。

聊天的空当中,有个斯斯文文的男青年夹着一个面相温柔素净的小女友进到酒店来,直奔前台开房。

男青年走到杜克瑞身边的时候才看到夏花的脸,愣了愣。

夏花脸色微微一变,笑容骤然冷下——喜庆的正月,前男友带新女友来开房,她还要悲摧地帮忙办手续、做钥匙。

看着纪淮易那张又熟悉又陌生的脸,夏花心里挺不是滋味。再看他的穿着打扮,法式衬衫,西装袖口是名品限量版,看样子混得很不错。夏花暗地里有点咬牙切齿。

杜克瑞倒是没察觉出什么,见到客人来了,主动撤退,笑嘻嘻跟夏花说:"你先忙,咱们的事情回头再聊,拜拜。"边说边走,还附赠了个飞吻。

夏花朝杜克瑞的背影笑了笑,回头对上纪淮易,又冷了下来:"两位有什么需要帮忙的?"

纪淮易有些心虚地瞄了瞄夏花:"一间商务大床房。网上预定过了。"

"两位请出示身份证,谢谢。"夏花照本宣科,公事公办。

纪淮易和小女友的身份证一递上,夏花一边办入住手续,一边瞄了眼女方的资料:林菱,本市的在校大学生。

看来夏花跟纪淮易的分手,并不在于两人两地工作的关系。夏花想到这一层,心里一把火腾腾烧了起来。但此时此地,她非常清楚自己的身份,首先是夏花酒店的前台小姐,其次才是她自己。

所以,她咬着牙做好了钥匙,双手呈上,送走了眼前这对让她生厌的男女。

如此的狭路相逢，真是意料之外。

看着他们依偎着走向北楼时那对和谐的背影，夏花心想，如果换个地方，她是否会跟他撕破脸面？

自然是没有答案的。

因为此刻纪淮易也是断然不敢说出与她认识之类的话来，换个地方，可能更加避之唯恐不及。

心里难受，到了休息的时间，她打电话跟米栗诉苦。

米栗在电话那头听得呵欠连连。

夏花问她："你昨晚没睡？怎么那么困的样子？"

米栗长吁短叹着："可不是嘛……以为搞定了我外婆，就可以搞定我爸妈。谁知道我爸妈这次连我外婆的面子都不给……我和桑杰都快愁死了。"

"这样啊。"夏花也为她感到为难，"那你怎么办？你的年假快用完了吧？接下去怎么处理？"

"不知道啊。"米栗又叹了一声，"逼到没办法，就跟我爸妈说我怀孕了。他们应该就没招了……"

夏花觉得额头的冷汗正涔涔往外冒，下意识地提醒了句："你别太过火了。这么经典的事情你都想玩玩看么？"

米栗笑了笑："开玩笑啦。放心吧，我外婆多说几句，我爸妈态度自然会软下来的……对了，你今天这事才叫经典好不好！话说回来，你有没有想过怎么报复纪淮易？……要我说嘛，有 N 种办法，比如，今晚不断地给他们客房服务？……"

夏花直摇头："我才没那闲工夫呢。已经在他身上浪费了三年了，再浪费一分钟都不值！"

米栗切了一声："你自己想得那么通彻，还找我说什么？"

夏花说："那不是需要个树洞么。"

米栗尖叫："你当我是垃圾桶啊！"

……

夏花不知道，并不是每个女人都像她这样，可以轻易想开。所以这天晚上，发生了另外一件事情，让她对纪淮易又重新认识了一回。

因为付恺芪和舒佳欣的离职，前厅部前台经理助理组一下子少了两名干将，高景生向考夫曼发了销假要求，人事部紧急部署招聘工作，但在春节公众假期未完之前，找到顶替人选谈何容易。夏花不得不一人挑起重担，每天的三班倒她要做足两班，半夜一两点开始上班，直到白班结束，夜间在倒班宿舍睡一觉，半夜醒来继续上班。

白班的时候接待到纪淮易，已经够泄气了，到了半夜，居然又生了事端。

有个身体胖、浓妆艳抹的中年女人晚间便到了酒店，说她老公带着小三在楼上开房，她要上去捉奸。

酒店有责任保护客人隐私，哪有放人上去的道理，申露虽是新人，也知道把人挡在大厅里，好茶伺候着，说什么也不让上楼。

中年女人便在酒店大厅沙发上一直坐着，坐到了后半夜。

申露交班的时候特意跟夏花耳语了一番，让她注意点沙发上那个中年女人，别让她给跑上楼去。

夏花自然明白，放她上去，别说她老公到时候可能恼羞成怒，其他住客也会受到影响，到时候集体过来投诉酒店，酒店拆了都不够赔的。

但是，大正月的，各种团拜会同学会老乡会特别多，后半夜了，前厅依然人来人往，川流不息。夏花忙着招呼客人，只能偶尔瞄一眼那女人还在不在。

那女人只是坐着，打了几个电话。够镇定的。

直到天快亮的时候，好戏上演了。

两名民警来到酒店，出示证件说接到报案，楼上有人卖淫，要求上楼查房。

这种情况下，夏花挡了人就成妨碍公务了，只能全力配合。

结果，民警要求查的房号，登记姓名居然是：纪淮易。

夏花一边想着，这纪淮易得罪谁了被人这么个整法，一边配合地指了路。

五分钟后，两民警拎着衣衫不整的一男一女从北楼仆仆而来。一路上，众人纷纷侧目。人群中的纪淮易被反手押着，斗败公鸡似的，至于白天那个女大学生林菱则披头散发，哭惨了。

这时，大厅里那个中年女人追了上去，狠狠甩了纪淮易和林菱一人一巴掌。接着破口大骂纪淮易狼心狗肺，说若没有她养着帮着，他纪淮易能有今天？居然还敢养小三……

许多人在掩嘴偷笑。

夏花目送着民警押走纪淮易，目送着中年女人尾随其后一路骂骂咧咧。她心里有一种说不出的感觉。

她万万没想到，前男友居然混到这一步，突然觉得自己真是万幸，幸亏分得早，要不然，指不定今天被浸猪笼的就是她了。一边庆幸一边惋惜。想到当初在学校，他也是个积极向上的孩子，怎么出了社会不到一年，他就成了现在的模样？生活再残酷，也没到逼人非做不道德的事不可的地步啊！

相比之下，虽然生活一直将夏花逼得很紧，但她从来没想过为了生活就把自己搞得面目全非。刚刚离去的纪淮易，让她突然发现，自己其实很幸福。

接下去的两天，她除了忙还是忙，一直待在酒店没有回过家。直到公众假期快结束的时候，她接到一封信。

信封是手写的，笔迹潦草，似乎有点眼熟，但一时又想不起来。也是，无纸化学习、无纸化办公，还有几个人坚持拿笔写字呢？

眼前的私人信件让她很疑惑，这个年头，除了银行账单，谁还会写信呢？

匆匆拆开，先看了落款，哑然失笑——竟然是纪淮易写来的。

他应该有她的手机号码才对，却不知为何选择了这样一种方式来跟她沟通。她带着这个疑问读了下来。

信很短，但字字用力，夏花托着纸背的手指明显感到了凹凸不平。

夏花：

本想给你打个电话，但按了无数次号码，最后都不敢按下通话键。只好用这种最没有效率的方式来跟你说说话，希望可以好好跟你告个别。

首先，我要跟你道个歉。我提出跟你分手，是因为张女士提出跟我结婚。

我当时被她的事业版图冲昏了头脑，只想着可以一毕业就荣升企业老板，省却数十年的奋斗，何乐而不为。当时如果有对你造成伤害，我表示深深的歉意。我不奢求你的原谅，只是希望你可以释怀。

我要走了，办完离婚手续，我这一年就当做了一场奇怪的梦。今后，我会脚踏实地从低做起，从头奋斗。有句话，从前你在我耳边说了那么多次，我一直嗤之以鼻，但我现在终于相信了：只要坚持不懈地努力下去，一定可以获得成功的人生。

原来，人有这样一份信仰，是如此美好的事情，它将陪着我走过人生最艰难的岁月。谢谢你，教会了我做人应该务实，应该清醒地了解自己的位置和可行的人生路。

从前一直责备你活得过分清醒，觉得感情什么的，对你来说都是浮云而已，所以跟你在一起，感觉特别累。最近才发现，其实清醒也没什么不好，至少活得务实。以前是我错了，再次跟你道歉。

祝，好。

纪淮易

夏花看完信，陷入了沉思。纪淮易的道歉固然让她释怀，然而，这封信更直接地让她意识到了自己身上的问题：原来她过去一直活得过分清醒……此时仔细回想，原来从前纪淮易说过很多次的，人生中有许多东西都是因为朦胧才显得美丽的，但她太清醒，太计较了，活得太真实也就不浪漫了。她和纪淮易常常连看个电影都有分歧，纪淮易买来电影票，通常讨不了她的好，因为她总是量入为出，会忍不住心疼电影票的钱，然后说句"还不如过两天到网上看免费的呢"，把纪淮易的满腔热情打得烟消云散。

虽然纪淮易跟她道歉，但她很明白，一个巴掌拍不响，她和纪淮易之间的问题，不是纪淮易一个人的问题。她仔细地回想过去的种种，开始有了忏悔之心。她知道，她的清醒已经让她错过了太多。今后，可不能再犯同样的错了。

夏花是知错必改的人，当她觉得自己身上有任何问题的时候，她会毫不犹豫地去修正。她仔细地清理了一遍自己和高景生之间的问题,认定了烦娘娘是个大问题,也觉得自己之前的态度没给高景生足够的指示。于是,她跟高景生摊了牌,说她要退出素问锦斋的公事,以后再也不跟樊素问扯上关系。

高景生马上答应了:"你不参与也好……不过,想跟她撇得一干二净,不容易。"也不知道说的是她,还是他自己。

夏花不敢逼他太紧,再有什么意见,也只能暂时吞回去。何况,元宵节又到了,里里外外又是一通忙碌。

首先是通货膨胀,物价飞涨,酒店成本上升,所以餐饮要涨价,房价也要涨价。所有对外的资料全部更换了新的宣传单,新的目录,新的报价单。徐开新官上任三把火,赶上这样的时期,不得不打足十二万分精神应对。市场销售部在说服海外客户续约方面吃尽了苦头,毕竟老外那边又没你通货膨胀得厉害,自然不买账。市场推广和国内销售的任务一下子重了许多,新一年的部门会议开过,徐开考虑了通胀比例,给前厅部定了提高15％销售额的季度目标,谁知姚晶晶拍案反对。她固然是从个人业绩任务方面考虑了,却也带动了前厅部的反抗情绪,毕竟每个人都要考虑个人收入和业务压力问题。

就这样,姚晶晶跟徐开卯上了,非暴力不合作,上书说自己太忙,无法同时兼顾前台经理和客户关系经理的工作,要求酒店增加客户关系经理人员,减轻她的负担。

徐开真的做起事来,也不是让人拿捏得了的,立刻在上司意见栏里签了同意,也不指派客户关系经理了,直接举任夏花为客户关系专员。高景生私下跟夏花说,徐开这个做法是可圈可点,既解决了客户关系经理空缺的问题,又没有给姚晶晶太直接的难堪,更没有破格提升夏花的破绽。

夏花笑道:"我只是觉得,反正是要做事的,能做得到,就多做点,不亏的。"多做事,既长本事,也是符合长远利益的。

就这样,夏花开始负责接待酒店的 VIP 客户、签约客户和团队客户等。她接到的第一个案子,便是一个知名珠宝店的剪彩嘉宾。一个三线小明星入住而已,本来安排得好好的,先入住,隔天早上才剪彩,结果因为主办方通知文件出错,几十家媒体的记者都提前到了,把大堂围得水泄不通。夏花刚开始接洽这类案子,还没反应过来要怎么处理,幸亏徐开闻声亲自赶来作了示范。他迅速通知了主办方,告知突发状况,并帮忙想出解决方案,让主办方包下了一个会议厅给各家媒体的记者做采访,并为这些记者准备了一份小礼物,邀请他们第二天再来。

事情只用一个电话,十几分钟便解决了。大厅秩序得以稳定,酒店还多做了一桩生意。夏花也终于知道,徐开并不是姚晶晶描述的那种绣花枕头烂稻草。

小明星在会议厅扭扭捏捏欲说还休地讲着她和某公子的那点事儿,夏花在门外看了许久,总觉得她很眼熟,看到最后终于认出来,这个不正是安公子的女朋友?正是当初在餐饮部,害她吃过亏的那位,几日不见,瓜子脸变成了锥子脸,明星气质一下子上来了。听着里面的记者一口一个柳小姐,夏花想了很久,才想起来这位新晋小明星的全名叫柳数,刚演完一部胡编乱造的穿越偶像剧,就是所谓的正当红。

记者们被逼采访,实在想不出更多的话题,于是一直绕着她和该偶像剧男主是否有暧昧关系展开问话。

柳数熟练地打着太极,不断地强调彼此是好朋友,非常好的朋友。可是说到具体的一些小事,又是彼此熟悉得没有隐私一般,让人不得不觉得他们之间有点啥。

夏花听得无趣,自言自语:"不是安公子吗?难道分了?"

突然一个人头靠到了她肩上,在她耳边说了句:"不用怀疑,是分了。她的今天就是靠的安公子。能拍那部偶像剧,也是安公子给的分手费啊。"

夏花回过头,看到多日不见的米栗,惊喜地叫了声:"你回来啦!"抱了一下,接着刚刚的话题,"这你又知道?"

米栗头一扬:"有什么我不知道的?"

夏花笑了笑。她对这些八卦不是很感兴趣,倒是对米栗,她颇有点研究的兴头:"你们家三考核通过了吗?"

"唉……"米栗长长叹了一声,"刚开始,我爸妈连我外婆的账都不肯买,好在桑杰还算会做人啊。总算……我爸妈勉强不反对了。"

夏花拍了拍她的肩膀:"这样不是很好?很顺利嘛!"

米栗擦了擦额头:"好累啊。还有他们家那关没过呢!"

"啊?"夏花一直没想到这一层,"你不是说印度那边吧?"

米栗点了点头:"是啊。他们家也不太同意。不过不管了,走一步看一步吧。"

两人站着闲聊了一阵,扯到了夏花现在的工作,夏花说还好,不是很忙,因为素问锦斋的事情她卸下来不用做了。

米栗颇有感触地说:"也只有你能忍得了她。"

夏花笑道:"其实工作上,她很好相处的。"

米栗脸上的肉颤了颤:"算了吧。反正我是吃不消她。"说着好像想起什么,"对了,烦娘娘最近好像消停了,好像没听说有来找我麻烦啊?"

"嗯。"夏花点了点头,若有所思地说,"是啊,她最近改来找我麻烦了。"

"你?"米栗哈哈笑了起来,"她怎么疑心病又犯了……"

夏花静静看着米栗,犹豫了一下,低声说:"这次她倒是没犯病。"

米栗笑了一半突然惊住,半刻才回神过来:"你和KK,真的……"

夏花讪讪笑了笑:"是啊。很奇怪吗?"

米栗认真地想了想,笑道:"也不是很奇怪。这太像你的作风了,专门向高难度挑战。"

"啊?"夏花对她的话觉得不可置信,"我有那么神经吗?"

米栗说:"不是神经,是很有勇气。说真的,挑个年纪大的,你可要想清楚,你要跟他的老婆或者前妻竞争,要跟他外面的花花草草竞争,还要跟他的工作竞争。很累的。"

夏花看米栗表情严肃,笑道:"你这是经验之谈吗?"

米栗嘿嘿笑了起来:"这是肺腑之言!"

第二十三章　日子,悠悠众生相

天下间所有的劳燕分飞,根本症结都在于不信任。

持续的忙碌是对性情好坏最直接的检验方法。

跟米栗聊天的时候,夏花还没有防范意识,没隔多久,樊素问便又找上她了,约她喝咖啡。

夏花接到电话之后头痛了半天。但她骨子里有种迎难而上的本能,每逢大事,总有股劲在支撑着她。最后,她整理了一下衣衫,昂首挺胸去赴约。

敌强我弱,我强敌弱。两军作战,出场气势是关键。遇到樊素问那样的美女,夏花拼不过人气,只好靠气势来支撑场面了。她故意迟到,到场之后大咧咧往樊素问对面一坐:"樊小姐有什么指教?"

樊素问倒也没出言让夏花离开高景生,反而和和气气地问她,高景生对她好不好。显然回去修炼过了。

夏花一时搞不清她想干吗,不自然地笑了笑:"当然好。"

樊素问嫣然一笑:"他对每一任女朋友都是这样。体贴入微。从前对米栗是这样,现在对你自然也一样。"

夏花想起高景生同她解释过的状况,怎么想也觉得高景生不像骗她的,但懒得帮樊素问翻旧账,但笑不语。

樊素问却接着念叨:"他身边诱惑那么多,有时候把持不住也是正常的,不过你不用担心，景生这人我最了解他，他还是很负责任的，就算将来跟你分手，他也肯定会给你一个交代的。以前，他同米栗好，卫民还帮他打掩护，但我又不傻，米栗年轻漂亮的，怎么可能看上卫民？我直接问景生，他当众就承认了，米栗是他女朋友。——卫民跟他老婆，就是前妻，都可以作证！后来，他觉得对不起我，就自己跟米栗断了。我们这么多年感情，哪是一个米栗破坏得了的……"

夏花对这份感情本来还有点战战兢兢，但被樊素问这样唠唠叨叨地隔靴搔痒，逆反心理腾腾烧起，索性跟她卯上了："我说你到底是真天真还是假天真？离婚证都扯了那么多年了，还大事小事找前夫帮忙，你不干脆说你到现在还没断奶？"

樊素问是斯文人，她的印象里夏花也一直是个乖巧文静的女孩子，一直觉得她是年轻女孩被金钱名利冲昏头脑了，所以行差踏错。没想到想跟她好好说几句话，她竟然这样蛮不讲理。樊素问有种秀才遇到兵的委屈感，坐在沙发座上，半天说不出话来。

"没别的事，那我走了。"夏花实在懒得再听她念叨，直接走人了。

当天晚上，高景生在富贵公馆笑得合不拢嘴，他说："你知道吗，素问今天打电话给我，说我找了只母老虎来克她。"

夏花一边洗碗一边硬声硬气地说："老虎不发威，把我当病猫，想得美。"

高景生乐呵呵地说："如果早点认识你就好了。"

夏花停了手："为什么？"

"既然你治得了素问，早点认识你，早点把你套牢了，我估计可以早一点摆脱烦恼。"

"你当我是什么？"夏花怒目相视，伸了手过来。

洗洁精泡沫抹了高景生一脸。

后来，樊素问打过几次电话给高景生，每次都是夏花接的，夏花对她可没有高景生客气，应付两句便把电话挂了。有一次，樊素问非得说是公事，叫夏花不要恃宠而骄。夏花哼了一声，说："樊小姐，您好歹也是高学历人士，连个小餐厅都搞不定,说出去不是丢人吗?我这也是为您着想,您自己解决吧。"挂完电话,其实她也不放心,便跟高景生提了提。高景生笑道:"没事。以后她的事情让她自己折腾。有人会帮她善后的。"

夏花很好奇。

高景生说,素问锦斋的事情他推给徐开去帮忙了,他想抽更多的时间陪陪夏花。

夏花心里很美,脸上却不动声色。

不太忙的时候,他们会回富贵公馆,在夏花家做饭,一起吃过晚饭再外出散散步,看个电影,或者干脆到高景生家放家庭影院……过着很平淡的情侣生活。

但这种平淡,两人都很满足。

有时候他们会天南地北地闲聊。

夏花慢慢知道了许多高景生以前的事情,他求学时候的趣事,他和洋人上司斗法的经历,慢慢的,她也知道了一些秘密,比如他和米栗、卫民、樊素问之间的事情。

当初,活泼漂亮的米栗在华人留学生圈中小有名气,常有男生搭讪骚扰,一次被个臭名昭著的二世祖拦截的时候,卫民救了她,结果她的审美观出了偏差,爱上已有家室的卫民……后来,卫民的妻子发现了蛛丝马迹,这位正宫娘娘是出了名的泼辣,卫民怕她伤害到米栗,请高景生帮忙挡挡,结果没挡到卫太太,却挡到了樊素问。

虽然之后卫民向樊素问多番解释,但樊素问连自己的哥哥也不相信,她书读多了,哲学学太好,所以只相信自己眼睛看到的东西。所以后来,高景生和樊素问的婚姻破裂,应该是千里之堤溃于蚁穴。

夏花听完之后想了想,说:"其实最根本的原因是她不相信你。"天下间所有的劳燕分飞,根本症结都在于不信任。

高景生愣了愣:"那你呢,你相信我吗?"

夏花很仔细地想,最后说了句:"没到那份上,我不敢给你作保。"

高景生嘴角扬起："说话越来越有水准了。"

又一日，两人正在高景生家的白色沙发上抢遥控器，卫民突然造访。

看见穿着家居服的夏花，卫民的脸色有些暗："没想到素问说的是真的。"

夏花看卫民那脸色，心里也是秋冬季节的情形，但经验告诉她，有必要迎难而上，于是她跑厨房认真泡了杯咖啡，给卫民端上："咖啡可以吗?"一副女主人的样子。

卫民被堵得难受，抓着高景生语重心长地苦劝："你知道，素问一直等着你……"

高景生直接打断了他的话："同样的话我不想说两次。对她我真的仁至义尽了，她是你妹妹，你的话她多少还是听一点的，你要有空就多劝劝她。我真的没空再应酬她了。"

卫民叹了口气，喃喃道："当年徐开追她追得多凶啊，可她就喜欢你。"

高景生显得有些不耐烦："别再提当年了，我承认当年是我脑子进水还不行吗? 你自己也刚刚离婚，你这个婚离了多久了? 你也知道，两个人如果不能沟通，是没办法一起生活的。"

卫民至此词穷。

夏花的后顾之忧似乎很轻易地清理干净了，她开开心心地投入客户关系专员的工作中去。二、三月是小淡季，春节已经过去，离展会又还有点距离，酒店入住率比假期要跌好几个百分点。这个时候，旅游团往往是救济良方。

不过，接旅游团实在是个头疼的活，入住时候要点算清楚人头和寄存行李，要跟领队签好足够的押金，客人离店的时候要检查清楚有无遗漏行李或者损坏酒店财物，万一有客人打坏了酒店的东西，还要立即跟领队协商赔偿——否则，客人一离店，就成无头公案了。

当夏花接到领队蔡亦婷的团队时，米栗特地从办公室打了电话过来："你可千万要小心，这个蔡亦婷，出了名的铁嘴鸡，手续要清楚。"

这个叫蔡亦婷的领队，在业界很出名，是个金牌导游，她的导游词语不惊人死不休，有不少粉丝。据说，某地新立了个 9.5 米的孔子像，她带团过去，解说的时候,团友问她为啥立像,她居然一本正经地说:咱中国人缺啥补啥,缺德的人多了呗。这句话居然还被引为经典。

夏花接这个团,赔上了十二万分的小心,但到了退房的时候,还是出了问题。客房部十万火急地通知前台,1854房间丢了两个高档衣架。

夏花酒店的每个标房都配置有两个特制植绒衣架,让客人挂大衣用的。衣架上刻有夏花酒店的标牌,选材好,做工精细,成本不菲。团队客户本来就是打了最低折扣的,接待团队客户对酒店来说只是维持运营成本,并没有多少赢利,一个房间丢两个高档衣架,绝对是亏本买卖。夏花赶紧核对了一下房间号,发现这个房间的登记人是领队蔡亦婷。她压不住有些哭笑不得,这个蔡亦婷怎么说也算不上穷人,偏偏就这么贪小便宜,实在让人看不起,但她是客人,夏花只能好言相劝:"蔡小姐,不好意思,您的房间不见了两个高档衣架,能不能麻烦您协助我们找找看?"

蔡亦婷脸色一暗:"什么高档衣架?笑话!我都没见过!"

夏花也不看她,直接给客房部又去了一个电话:"莫大姐吗?1854的客人说她没见过什么高档衣架,麻烦你们客房部再清点一下,看前天客人入住前,你们的清点记录。"

一分钟之后,莫大姐的来电确认了两天前有确认过该房配置齐整。

这时,夏花死死看着蔡亦婷,柔着声说:"蔡小姐,您看这样好不好?您的行李箱打开给我们看一下好不好?可能是裹衣服里面了您没发现,我让我们的行李生帮您找,好不好?"夏花说这话的时候,声调是柔和的,但是声音并不低,周围好几个团友都听见了。于是,有些人便撺掇着:"领队,你就打开让他们找找嘛,真是,两个衣架折腾这么久……"

蔡亦婷脸色有些发白,尖着嗓子说:"房间如果有衣架怎么可能找不到?肯定是你们工作人员的问题,我就不信东西会平白无故不见了,我上去找!……"说着,拖着她的行李箱上了楼。

五分钟后,蔡亦婷又拉着行李回到了前台,骂骂咧咧地说:"明明就在沙发后面,客房部东西乱放还怪到客人头上了?"

夏花笑得不卑不亢："蔡小姐,真是太麻烦您了。谢谢!"

蔡亦婷这个旅游团还算是小团,出的事情也算小事一桩。后面来了个大团队,把夏花整得几天几夜吃不好睡不着。

大团队是个剧组,导演是有几分名气的,就是前头提到的那位虹保女士的前夫;女一号则是刚刚蹿出头角的新人柳数,女二号女三号都是新近选秀上来的年轻小姑娘,青春无敌。大队人马浩浩荡荡来拍摄几个重要镜头,演员加工作人员,包下了整整三层客房。

谁知道,凌晨的时候,出事了。影视公司的一位工作人员坐飞机赶来找导演不知道什么事,却联系不上导演,说是导演手机关机,便把烫手山芋丢给了夏花。

夏花给导演的房间打电话,没人接,可对方坚持导演在酒店里。

没办法,夏花只好拿了钥匙陪那个工作人员去导演房间。

房间打开之后,鬼影都没看见一个。夏花摊摊手："导演大概没回来睡吧?"

谁知那个工作人员嗤笑了一声,扭头便往外走,一间一间地敲门。

大半夜的敲人家房门,真是犯天怒的事情,夏花不敢跟紧,怕被投诉。她想,肯定是十万火急的大事情,否则对方不会这样做。跟在那人身后,以备不时之需。于是,在工作人员敲了几个门问不出导演行踪之后,夏花带着他去了保安部,调监控看导演是否出了酒店。

保安队长约翰直接调了晚上十点的监控,因为这个时间点,正常人该睡了,夜猫子该出门了。果然,他们很快看到导演出了房门,进了电梯,下了楼。然后,进了女二号的房间……

工作人员哼笑一声,直奔楼上女二号的房间。

女二号穿着性感睡衣揉着惺忪睡眼开了门。

但是导演并不在她房里。

被女二号一顿咒骂之后,夏花带着工作人员回到保安室,又调了十几分钟的监控,终于发现,凌晨一点的时候,导演出了女二号的房间,进了女一号的房间……

后来,夏花才知道,这位导演是出了名的"半夜失踪狼",想找到他,一般得把全剧组的房间都敲开才行……

慢慢地,夏花对团队的接待工作也摸出了一些窍门,漫天撒网、重点捕捞,工作得心应手,逐渐成为前厅部除姚晶晶以外的一把老手。

不过,持续的忙碌是对性情好坏最直接的检验方法。夏花在工作上更上一层楼的同时,身体素质每况愈下。忙得厉害了,三餐不济,有时候开始犯胃痛,一次晚回家,胃痛得脸色发青,看到高景生没来由发了一顿火,非得说是被高景生给传染了,把高景生说得一愣一愣的。

胃痛起来实在要命,直冒酸水,喝几口温开水,跟刮肠子似的,饭也吃不下去,夏花躺到沙发上再也起不来,只问高景生要胃药。

高景生看着夏花,仿佛看到了从前的自己,又好气又好笑,亲自下厨给她煮粥,南瓜粥,端到面前一口一口喂。

夏花吃过粥,才把药给吃了。精神好了,开始反省自己,说自己脾气好像越来越暴躁了,这可不行。

高景生靠在沙发上,轻飘飘说了句:"知道就好。"

第二十四章　萍聚，你方唱罢我登场

人们都是健忘的，时间一天天过去，总有新的新闻绯闻丑闻浮出水面，旧的风波跟美人一样，都是敌不过时间的，总有销声匿迹的一天。

一男一女来用餐，你怎么判断他们之间的关系？

酒店那些 VIP 客人，也没有一个是省心的。不久之后，夏花酒店又出了件大事。

城中四公子之一的安公子，酒后在房间不知道发什么疯，又蹦又跳，搞得隔壁房间纷纷投诉。

夏花是领教过这位安公子的，巴不得离他远点才好，但有客人投诉，她又必须马上处理，于是硬着头皮上楼去。

才到走廊，就听见隐隐约约的砰砰声，还有十分嘈杂的音乐声，大概是电视机的音响放到了最高。

夏花皱着眉头去敲门。足足敲了五分钟，里面估计玩疯了，没人开门。

夏花赶紧给姚晶晶打电话，姚晶晶很不客气地说："这么小的事情也要我去帮你吗？客户关系经理怎么当的？"

没辙，夏花把电话直接拨给了徐开。徐开听闻之后，急急赶了过来，直接拿钥匙开了房。

徐开和夏花打开房门，只看到安公子为首的几个人晃头晃脑，痴痴傻傻，屋里弥漫了极浓的酒精味。

窗户被敲破了，上面的玻璃残渣还挂着不少血丝，纱窗也扯开了，冷风直往里灌。有个男人正爬在上面傻笑。

徐开大惊，生怕出人命，奔上前把窗台上的男人抓了下来。

他们都不知道，就在他们打开房门的前一秒，酒店外面，众人听见了"扑通"一声巨大的声响，一个女人赤身躺在了血泊中，脑浆迸裂，血肉模糊，惨不忍睹。

酒店出了人命是极犯忌讳的一件事，加上是刑事案件，又涉及安公子和他的几个狐朋狗友，于是很麻烦。报警之后，警车来了两大列，将一干人等漏夜押走。

这是夏花第一次上警局录口供，幸亏有徐开一路陪同，否则她真会吓出毛病来。

迷迷瞪瞪中，她只记得徐开说的："看到什么说什么，就可以了。"录完口供回到酒店，整个前厅部议论纷纷，都在讨论死者的身份和跳楼的真相，他杀还是自杀？

很快，从保安部那边传出了内幕消息，死者是酒店常客，阿宝。

接着，夏花也从高景生口中得知，当天安公子聚众嗑药，说是要试一种新的药丸，威力十足，结果把一群人灌得七荤八素，拉到警局之后还是极度混沌的状态，清醒之后，没有一个能把事情说清楚的。

鉴证科取证之后，初步判断，阿宝是吃了药以后自己爬出窗户失足掉下去的。

阿宝的身份见不了人，死相又太不好看，连家人都不愿意出面领尸体。后来，杜克瑞在征得高景生同意后，以酒店员工募捐的说辞，出钱帮阿宝办了身后事。

夏花以为杜克瑞这次会很受伤，会哭得很惨。但没想到，这一次，杜克瑞表现得很平静。从头到尾都是不相干的姿态，连出钱给阿宝办身后事，也刻意回避了私人身份，仿佛只是一个萍水相逢的人辞世，然后他给予同情随了一份礼金。

至于安公子等人，后来还是继续过着醉生梦死的生活，因为夏花在事隔一段时间之后，仍有看到报纸上刊载安公子和一些大小明星的绯闻。她之所以没看到安公子本人，是因为高景生下令，对安公子一行人进行封杀，拉入了酒店客户的黑名单中。

夏花对高景生又崇拜了一把。

高景生却只淡淡地说："换了谁都会这么做。这些社会蠹虫早该清理了。是我能力有限，不能拿他们怎么样。如果我是执法者，我非得关他几年让他清醒清醒。"

夏花听得咯咯直笑："倒不如说你是蜘蛛侠蝙蝠侠咸蛋超人……不是更好？天下太平，整个世界都祥和了！"

高景生被她逗乐了，自己回头想想，这把年纪了，还免不了偶尔愤世嫉俗一下，不知道是好还是不好。

阿宝出事之后，酒店的声誉受到一定影响，客房入住率有了小小的波动。好在，人们都是健忘的，时间一天天过去，总有新的新闻绯闻丑闻浮出水面，旧的风波跟美人一样，都是敌不过时间的，总有销声匿迹的一天。

夏花和高景生，在酒店和富贵公馆两点一线过着平淡的日子。上班，他是总经理，她是前厅部客户关系专员，下了班，他们是邻居，那种天天串门的邻居。他们之间的恋人关系，已经被好几个人知道，所幸都是自己人，都很自觉地守口如瓶。在酒店内部，两人照样可以保持着距离，即使上下班，夏花也是宁愿坐地铁、打的，也不肯蹭高景生的车坐。

高景生买了辆甲壳虫给夏花代步，谁料夏花连驾照都没有，加上她低调惯了，总觉得她搭车就好了，没必要买车，太奢侈。

高景生揽住她说："一点也不奢侈。住得那么远，我不舍得你天天在路上浪费那么多时间，自己开车上下班方便点。你就当我自私，想让你多点时间陪我，好吗？"

夏花终于点头答应去报名考驾照。至于那辆甲壳虫，不得不暂时放在车库沾尘,而且一放就是半年多。在那半年里,又发生了无数的大事。

本来,酒店招募了一批新人之后,人事上终于稳定了下来。没想到,二秘因要出国突然请辞,把一个炙手可热的位子空了出来。

在二秘向人事部申请辞职之前,先跟高景生打过招呼,于是高景生私下先问了夏花:"你有没有兴趣?"

夏花乍听到这个消息,愣了一下,说她需要好好考虑考虑。

回想这一路过来,她想要的是一步一步走上去的人生。当初米栗升职做大秘,那么多人羡慕嫉妒恨,她却只有羡慕,羡慕的还是米栗得偿心愿,不是羡慕那份工作。如果做了二秘,她的上升空间只剩大秘一职,且不说将来只剩下姐妹同室操戈的局面等着她,她的人生也基本被定了型,再难突破。如果继续留在前台,她还有机会升客户关系经理,升前台经理,升销售部经理甚至市场销售总监、副总、总经理……前程无可限量。清楚了自己心底里这些想法之后,她知道,自己骨子里果然还是不安分的。她回复高景生:不。

高景生似乎也没有感到意外,只说:"你高兴就好。"让米栗先做交接,把二秘的人选丢给人事部去物色。

事实上,惋惜过后,夏花也没有过多的时间为别人悲秋,因为连续多位重要客人入住,她不得不把全副身心扑进工作中。

首先是大明星岳而来了。相比柳数来的时候那种阵仗,她的出现一点风波都没有,是自己一个人来的,戴个硕大的蛤蟆镜到前台说了句:"我是岳而。"申露直接愣在当场,不知道要怎么反应。夏花一看马上凑上前去,点醒申露:"你先办下手续,我带岳小姐上楼 in room check in。"

岳而身上有点大明星的傲娇气,对人总是爱理不理的,而且习惯了什么都要别人帮她动手,又挑剔,点了杯西瓜汁,从合成饮料换成鲜榨果汁还比较正常,后面居然嫌西瓜汁不甜,又重新调了两回她才满意。当然,她喝到的满意的西瓜汁,是加了糖精的。伺候她已经够呛,卓女士又来了,点名叫夏花给她做私人管家(Butler)。

高景生在给夏花传达指令的时候,特别关照一句:"安排好卓女士的行程,别让她和岳而撞上。"

夏花困惑了许久,直到高景生不情不愿地告诉她,岳而跟欧洲一位爵士先生在传绯闻,卓女士身份矜贵,不能让个女明星扯进绯闻事件里。

夏花上网去查了查岳而近期的新闻,前前后后对照起来,终于弄明白,岳而的绯闻对象似乎便是卓女士的夫家。豪门大户,正房自重身份,夏花很理解,所以打醒精神小心伺候。

卓女士这次来的阵仗比较大,带着四五个老外,身份已经亮明了是大股东股权执行人,住的规格也高了,直接入住总统套房。

私人管家这个职位在国内是稀缺的,毕竟要私人管家的客人不多,很少有酒店会浪费人才资源在这种偏门项目上面。但是,欧美的酒店是必须配备私人管家的,高景生也曾做过这个职位。

夏花第一次当私人管家,前一天抓着高景生给她恶补了一通,第二天接机便直接进入角色,上岗作业。她拿到卓女士助手甄妮给的行程表,不禁咋舌。密密麻麻,24 小时里面超过 16 小时都有事做。但这还只是书面的,没有切肤之痛,直到她把整个行程走下来,才深切地感受到,豪门生活不好过。像卓女士那样的日子,如果让她来过,她估计会发疯。

给卓女士当私人管家的那几天,她一直住在卓女士统套里的小房间,手机 24 小时开机,随传随到。每天早上 4 点 45 分准时到前厅接待莫京酒店派来的专员,端一盘调理好的糊状的营养粉上去给卓女士吃。随后,卓女士会清水漱牙,睡个回笼觉。6 点半,夏花再把卓女士抓出被窝,伺候她稍微梳理一下,为她准备好运动服换上,去健身房运动一个小时。在她健身结束前,夏花要为她放好洗澡水,准备好干净的毛巾,准备好她的早餐,桌上要铺好报纸,三份报纸都要摊开在国际、国内财经版……8 点之前,卓女士必须洗漱完毕并化好妆出门,夏花当然要在她出门前和礼宾部确认好她的车,甚至确认好司机。她出门之后,夏花总算可以歇会儿了,但是要保持手机畅通,因为卓女士回来之前,甄妮会给夏花电话,告知回酒店的时间,午餐或者晚餐的准备内容,还有一些临时交办的小事,然后,夏花一边准备,一边瞅着时间,踩着点出去迎接……如米栗所形容的那样:"当私人管家,除了客人的工作和叫小姐牛郎,你要全部管完,就对了。"

卓女士对夏花的表现非常满意,通过酒店人事部给了夏花一笔很丰厚的报酬,还给了她一张私人名片,名片上只有一个名字,和她的私人手机号码、电子邮箱地址。

夏花在总统套房经历过几次卓女士接待来访人员,都是些有头有脸的大人物,她也不过是让甄妮留名片给他们,叫他们跟甄妮联系。她自己的手机是很安静的,一天下来难得响一下。她能给夏花这张私人名片,对夏花来说,是一份极难得的情谊。她甚至忍不住问卓女士:"能让您肯定我的工作,我非常感谢,您把我当朋友,我更是受宠若惊。但是,我不知道为什么,所以很困惑。"

卓女士笑起来幽雅如兰,言语很是动听:"你让我想起我大学刚毕业的时候,也是满身活力。不过我没你那么刻苦和坚持。所以,挺羡慕你的。"

她想到人们常说那句,前世的五百次回眸,才换来今生的一个擦身而过。茫茫人海,能够聚到一处,几率真的很低。人和人之间能够相遇,本就不容易,还能够相处愉快,就更加难得了。夏花觉得人的缘分真的是件神奇的事,从那以后,她更加珍惜自己与每个客人的相处机会,因为她知道这一切值得珍惜。

事实上,人生的分分合合就是那么奇妙,有一个安静的晚上,夏花守着前台无所事事,申露甚至已经在打瞌睡,杜克瑞突然出现,跟她聊了一会儿。夏花觉得有点奇怪:"这个时间不是酒吧正忙的时候吗? 怎么这么有空?"

杜克瑞笑了笑:"酒吧的事有别人在做,我最近能偷懒就偷懒。"

夏花笑道:"怎么,拼命三郎也有倦怠的时候? 不想干啦?"

杜克瑞不自然地笑着:"是不想干了……我过几个月就会离开。"

"啊?"夏花没想到杜克瑞要走,但想到他是做管理的料,只当一个小小的调酒师确实有点屈才,想必是有个更好的去处,于是也不问了,只说,"那祝你前程似锦!"

反而是杜克瑞自己发了问："你不问我去哪儿？"

夏花轻松一笑："有什么好问的，你要说自己会说，就算不说，到时候也会知道的。"

杜克瑞笑着说："也是。"果真没有再提这个话题，只说，"不管到哪里，我都会记得你的。"

夏花连连拱手："谢谢，谢谢！承蒙抬举！"

两人一起过了在夏花酒店的第一个也是最后一个愚人节。他们在愚人节的前夜值班，下班之后没有离开，一直守到凌晨，然后两人跑去监控室找捉弄对象。

那是夏花第一次发现，杜克瑞人缘那么好，保安队长约翰看到他，居然大手一摆，放着控制台随便他倒腾。杜克瑞仔细看了数十个屏幕，最后把监控台转到了客房部办公室，对准正在值班打瞌睡的屈机，然后跷着二郎腿，一边给夏花使着眼色，一边打了个电话过去给屈机："我说屈机，你可真是好艳福啊！"

屈机睡眼惺忪，擦了擦眼睛，一脸茫然："你说什么啊？"

"少装蒜了。我在控制室看得一清二楚呢！"杜克瑞笑道，"你身边那个，是新来的实习生吗？真够漂亮的。你一直睡，她一直看着你，含情脉脉的，看得我们都起鸡皮疙瘩了。哎，你说实话啊，到底什么时候把到这么漂亮的小师妹的？过两招啊！……"

屈机脸上露出惧色，扭着脑袋前后左右看了一遍，在电话里的声音都快哭出来了："你别乱说话，我身边一个人都没有。"

"别逗我了，我现在还在控制室呢，看得一清二楚！她就在你左手边，穿着白裙子，哇，真是漂亮啊，那乌黑亮丽的长发……都可以去拍广告了……诶，她站到你背后了，哎呀，她还给你吹气啊……"

透过屏幕，只见屈机吓得哇哇大叫，狼狈不堪地冲出了办公室，一路上，带倒了好几张椅子。

控制室里一群人笑得前俯后仰。

笑声中,夏花亦知道,分别已不是太遥远。她暗自告诉自己,要更加珍惜以后的每一天。

又一个夜班。夏花和申露闲极无聊,东拉西扯地攀谈起来,不知谁起的头聊到了餐饮部,申露眼睛一亮,说:"夏花,我问你个问题啊……平常人是一个月一个饭局,忙人是一星期一个饭局,红人是一天一个饭局,那什么人一天几个饭局呢?"

夏花笑了笑:"老梗了。服务员。"

申露没意思地瘪嘴:"原来你知道。那我再问你……"

"还是我问你吧。"夏花说,"一男一女来用餐,你怎么判断他们之间的关系?"

"这个……"申露想了想,"问呗。"

夏花笑道:"人家来用餐的,彼此什么关系,关你服务员什么事啊?"

申露哦了一声,说:"那判断他们之间的关系,有什么用?"

夏花摊手:"没什么用,就是锻炼一下你的眼力。"

"说说?"申露提起了兴致。

夏花说:"一般来说,除了送餐时听到的只言片语,只有在埋单时才能判断出他们之间的关系。"

申露想了想:"我明白了,看谁出的钱埋单!"

"真聪明。"夏花夸道,"如果一男一女吃晚饭,两个人抢着买单,多半是久别重逢的朋友或者同学;如果是女方买单,绝大多数是业务关系;如果是男方直接埋单,两个人大概认识不久;如果男方看都不看账单就埋单,还给小费,那这个男的一定在追这个女的;如果男方看了账单才埋单,两人大概已经发展到订婚的阶段;如果女方看了账单再由男方埋单,这两人差不多快结婚了;如果是女方看了账单然后埋单,那这一男一女八成是夫妻;如果一男一女都看了账单,然后还要求打折,这两人估计孩子都有了;如果两人客客气气地AA埋单,那么这两人要么是同事,要么是在相亲,如果是相亲的话,九成九不会有结果……"

申露"哇"了一声,露出羡慕的神情:"夏花你太厉害了!"

夏花笑道:"不是我厉害,是前辈们厉害。这些都是餐厅的前辈们总结出来的。"

两人讲起餐厅的趣事,原来申露也在那里端过两周盘子,于是又亲近了几分。

聊得正开心,申露突然闭口不说话了,往里退了两步,埋头去整理文件。

夏花正奇怪,想问申露怎么突然这么积极,便听见一阵公鸭嗓在耳畔呱呱响起:"夏花,又见到你了,真好!"

夏花头皮发麻,抬头看去,果然,虹保又来了。

虹保这次出现,直接给夏花带来了视觉上的冲击。天气稍一暖和,她也学人家穿得清凉,低胸小吊带,露脐,下面是低腰短裤,腰上好几圈肉都满了出来,每走一步,看得夏花心下一惊一惊,直想冲上前去帮她接住掉下来的肉。

她的有色言论,也日渐一日地露骨。夏花在前台什么男人没见过,但她见过的男人,嘴巴都没有虹保厉害,脸皮都没有虹保厚实。——她可是什么都可以说,什么都能说。

就在夏花几乎要崩溃的时候,远远看到了一个熟悉的身影,她定睛一看,原来是杜克瑞,路过的状态,远远跟她挥着手打招呼。

夏花心里"滋滋"地冒出许多声音,忽然想起愚人节那天,她答应了屈机要帮他报仇,灵机一动,笑眯眯地朝杜克瑞招了招手。

杜克瑞不明所以地走到前台,然后,被夏花郑重介绍给了虹保。

如夏花所料,虹保一见杜克瑞,两眼放光,像饿了多少天的母狼,几乎要冲上去,杜克瑞一再往后退才勉强把持着自己。但她怎么可能放过杜克瑞这样的秀色,一口一个小帅哥,见杜克瑞懒于回答她,居然一路跟去了酒吧。

夏花和申露在前台憋着笑,直到两人的背影都不见了,才放声大笑。

终于,前台一切恢复正常。夏花和申露重得清净。

有事可忙的时候,前台是魔术师的盒子,需要向各个部门无限延伸,什么都要能办到;无事可做的时候,前台就只是那方寸大小的咨询台,坐标而已。

夜渐深,前厅出入的人渐渐少了,申露又开始打盹了。前台安静得像宇宙。夏花无力地坐着,想象着虹保转战酒吧的样子,百无聊赖地画起了圈圈。

大概凌晨三点左右,裴少醉醺醺地出现在前台,一巴掌拍在申露面前的桌面上,把申露震醒了。

申露倒抽了一口气,吸进裴少带来的浓厚酒气,无意识地低头捂了捂鼻子。

就这一个动作,裴少闹腾了起来,说她服务态度不好,整个前厅都是他的声音,字字都是控诉。

申露一个劲地道歉,夏花在旁边好话说尽,裴少并不领情,夏花不愿将此事上呈给姚晶晶或者徐开,她心里明白,这样一来申露的日子会很难过,于是,她尽全力周旋,极力安抚:"裴少,要不您说,怎么样您才能消气?"

裴少仔细看了看夏花,突然嘿嘿笑了起来:"你陪我喝一杯,这事我就当铅笔字抹了!"

夏花没来由地想起了阿宝,脊背突然凉飕飕地冷风直灌。但身在其位,不得不谋其职,堆一脸笑,说:"不就喝一杯嘛,我请你喝一杯,没问题!"接着,她打电话给了杜克瑞,说:"老杜啊,给你介绍门生意,我欠了裴少一个人情,要请他喝一杯,但是我现在值班,走不开,你找个美女来请裴少好不?"

三分钟后,杜克瑞带着一个身材火爆的啤酒女郎,拖着虹保那个大尾巴,从酒吧赶了过来。

女郎和杜克瑞一唱一和,把裴少揳走了。

申露两眼含泪地跟夏花说了很多声谢谢。夏花微微一笑说:"以后小心一点就好了。"这件小事,没有记入值班日志。

申露有些沮丧地说:"没想到做前台这么惊险,一个不小心就成了炮灰。"

夏花说:"你这算轻的了。"接着讲了一起之前的案例,酒店前台曾有个长着双媚眼的姑娘,这位前台小姐某日记账的时候有客人来入住,她斜斜看了客人一眼,见同事在接待了,自己继续做自己的事。谁知,那是一位很有身份的客人，被前台小姐一个斜眼招呼，傲娇气便冲了上来，非说她翻白眼侮辱他。闹得不可开交。

后来，那个前台小姐火气上来，对客人说："你去告我吧去告我吧，让总经理把我炒了，我谢谢你！"

谁也没想到，峰回路转，那位客人因此说前台小姐很有个性，非要请她吃饭。前台小姐说，请客就算了，以后别说她翻白眼就行了。

申露说，这位前台小姐很幸运，遇到一个性情中人。不过，她更幸运，遇到了夏花。然后说："辛苦你了，夏花，真的谢谢你。"

夏花微笑着摇了摇头。她心知肚明，这个晚上，她不是最辛苦的。最辛苦的人是杜克瑞，要应付虹保，又要应付裴少。都不是省油的灯。

裴少这一趟又喝了一个多小时，连同虹保都是醉得不省人事地离开酒吧的。杜克瑞叫了屈机帮忙，才把这两摊烂泥给抬上了北楼客房。

谁都预料不到，第二天的事情比前一晚更加刺激，甚至可以说，轰动全城。

第二天临近中午，1023，也就是裴少的房间，以一场龙凤斗炸开了门。裴少一身睡袍直奔楼下，虹保浴巾裹身紧随其后，一前一后奔到了南楼大堂。

裴少手脚没虹保利索，被虹保拦在了大堂咨询台，两人不得不在酒店大厅摊开了牌。

虹保当众嚷嚷了起来，要告裴少强暴。

满大厅的人啊，除了工作人员，都是有头有脸的，最糟糕的是，越围人越多，豪门丑闻公演，百年难得一见，谁不好奇呢。

人群中不断有灯光闪烁，很显然是有人在拍照。夏花仔细看了看，好几个都拿着专业相机，有的甚至有些眼熟——曾经来酒店采访过明星的，看来都是些狗仔记者。

裴少满脸通红，几乎要吐血的样子。估计，他这一辈子从未遭遇过此等的难堪。裴少是有身份要面子的人，睡过了虹保这样的红人，还被多家记者拍到了现场照，想解决问题可真是有点难度。

虹保也是红霞满面,态度激扬,但明显没有尴尬的成分在内。

前台怕事情闹大,赶紧上报,徐开出面将两人劝回了客房商议解决办法。

这一切发生的时候,夏花都不在场,所以她也不知道事情最后是怎么解决的,但这并不是她最关心的。事后种种迹象表明,事情远远没有那么简单。夏花了解越多,心里越是澄澄亮,感慨万千。

且不论裴少和虹保怎么睡到了一起,现场那么多记者怎么来的,监控室又为何偏偏在事后汇报时交不出任何录像证据——事后的酒店高层会议,约翰很遗憾地提交了一份报告,声称当夜的监控设备失灵了一阵子,好巧不巧,就是凌晨那几个小时。约翰是出了名的直肠子,他说的话,谁敢不信?

事情发展得像个悬疑片,有些诡异,但最后也只能草草掩过,随着其他新鲜事的出炉,慢慢淡了下去。

夏花心里的疑问在杜克瑞离职的时候豁然开朗。

那一天,天空格外晴朗,和部门的人吃完散伙饭,杜克瑞开着刚上牌的沃尔沃越野车,带着夏花到了坟场。

照片上的阿宝还是十几岁的样子,笑得那么天真无邪。

夏花环顾四周,这才发现,阿宝邻居都是城中小有名气的人物。她问杜克瑞:"这位置好像不错,周围都是名人啊。"

杜克瑞笑了笑:"她活得太不容易,所以让她死后有个好去处。如果有下辈子,希望她过得好一些。"

夏花问:"你相信风水?"

杜克瑞摇了摇头:"我不信。但是阿宝信。"

夏花突然想到最近网上一直讨论的关于"生不得,死不得"的话题,想到墓地的价格甚于活人居住的空间,她突然意识到,杜克瑞对阿宝,还真是竭尽全力了。

阿宝过世之后,发生了那么多事,杜克瑞密密麻麻地布局,应该是倾尽了所有吧?夏花想到这,拍了拍杜克瑞的肩膀:"过去的事就算了。离开酒店之后,你要为自己活了。好好为自己打算一下。接下去要做什么?想好没有?"

杜克瑞轻声笑道:"不用为我担心。倒是你,自己多保重。"

离开坟场之后,夏花和杜克瑞的同事生涯就此画上了句号。

那天晚上,夏花心下很是落寞,大半夜的,拉着高景生一起坐到阳台观星。

星光稀薄,月色朦胧,天气微凉,她紧紧偎在他怀中,汲取着他身上的温暖。什么话也不说,只那么静静靠着。

她的体香幽幽传来,高景生被惹得有些躁动,低头攫住她的双唇,身子也压了下去。

"扑通"一下,两人跌到地板上,凉飕飕的地气直沁筋骨。夏花脑子猛地清醒过来,一手挡住高景生的胸口:"别……这是阳台,有人会看见……"

高景生笑了笑,起身,打横抱起她,直奔里屋。

这个深夜里,夏花在高景生引领下,访问了另外一个世界。

在高景生大汗淋漓、抽身睡去前,夏花在他肩头狠狠咬了一口,在他的嗷嗷声中间:"你会不会像杜克瑞爱阿宝一样那么爱我?"

高景生一边揉着肩膀,一边回答:"首先,我认为杜克瑞并不爱阿宝。他这么做只是因为一份执著,要给他自己一个交代。其次,我相信你再怎么都不会堕落的。"说得井井有条。

夏花嘟着嘴,不太高兴的样子。

高景生笑着点了点她的嘴唇:"我只是觉得,行动比言语实际一些。但如果你真想听,我可以说给你听,我爱你。"

夏花翻身压住他,在他唇上啄了几口。

又战了几个回合。

这夜之后,两人之间的关系变得更加奇怪,高景生费力给自家厨房添置了器具,把冰箱塞得满满的,想把夏花引进他家,夏花却坚持说用惯了自家的勺子,非要在她家开伙。于是,高景生不得不每天到夏花家堂食,然后瞅着气氛良好的机会,把夏花当做外卖带回家……

这种"堂食+外卖"的相处模式,他们持续了很长很长的一段日子。

至于回到酒店,两人仍继续维持着之前的默契。

夏花的工作状态一直很好,如今各种业务得心应手,对自己也算一个交代。一时半会,她还没想要更多的东西,直到屈机的离职。

屈机离职也很突然。说是和手下的那群行李员不和,一时冲动便辞职了。

夏花觉得有些可惜,屈机是个能手,对酒店来说,让他离去,绝对是人才流失。但她毕竟不是人事,无权干涉。

尽管如此,在见到拉吉,闲聊的时候,她忍不住为屈机说了些好话。

拉吉未予评断,只跟夏花讲述了事情的经过。

据说,屈机升职没几个月,一直领导无方,最近一次部门聚会,更是口出不逊,要求手下全部听他的,不得有异议,甚至说什么:"不喝到挂就不是男人!"逼得一群小伙子集体上访,要求废掉他这个领班职位。

夏花听得略略皱眉:如今的社会,哪还有棍棒底下出孝子的可能?这年轻气盛的小伙子啊,根本不懂得什么叫现代酒店管理!

但她也清楚,这点事情,还不至于令他丢掉工作。她心里明晃晃地知道,那只是根导火线。

要保住屈机的职位已是不可能,夏花想到当初自己也曾受过屈机的指导,想为他做点什么,在拉吉的暗示下,她才知道,如果自己在经理职位以上,可以为他写一份推荐信,让他可以转奔一个好前程。但她如今还只是个客户关系专员,未到经理级别,根本无能为力。

后面,夏花去求徐开帮屈机写了一份推荐书,还了屈机一份人情。她自己,则递呈了一份升职客户关系经理的申请。

只是,那份申请很快被打回了。当夏花看到直属上司意见栏上,姚晶晶用漂亮的圆体字写出的"Not Qualify",很是伤心了一把。

好在,她不是一个会一蹶不振的人,想到拉吉透露给她知道的:"只要还在自由市场闯荡,升职这东西,就肯定是实力说话。只要技术够硬,多试几次,一定会得偿所愿的。"伤心过后,收拾心情,继续前行。

第二十五章　执著,至死方休的勇者无惧

人心隔肚皮,是黑是红只有在生命或利益悬于一线的时候才会现出原形。

与其花费所剩无多的生命大费周章去寻找一个极大可能不好的答案,不如抓住眼前的幸福。

四月底的一天,米栗缠着夏花请客。夏花很觉奇怪,掏了腰包,一边吃一边问:"今天到底什么好事?"

米栗嘿嘿笑了许久,说:"庆祝两件事,第一,今天是四月最后完整一周的星期三,秘书节,我的节日啊,你不给我祝贺祝贺? 第二,我爸同意我和桑杰的事了,他会陪我们去印度,到桑杰老家去谈婚礼的细节。"

"啊? 你要结婚了?!"夏花没想到这一天来得这么快,闺蜜马上就要成为人妇了,直接愣住了。

米栗一味地笑,幸福不言而喻。

虽然夏花对米栗的婚事仍持怀疑态度,但她没有棒打鸳鸯的习惯,也只能祝福,嘱她一路上小心照顾好自己。

米栗以私人理由提出请假,照理说目前行政办公室只有她一名秘书,酒店不可能放人,但高景生念着人情,点了头,米栗请了无薪事假,高高兴兴地向印度出发。

米栗走前一日,财务总监秘书不得不暂时调到行政办公室,简单地交接,然后给米栗代了数天的班。

夏花掰着手指头等着米栗的消息,不断想象着米栗穿纱丽的样子。结果,没有等来穿纱丽的米栗,只等来了一张黑脸。

米栗提前销假回到了岗位,见到夏花的第一句话便是,婚事吹了。

夏花以为米栗在开玩笑,推了她一把。米栗却瘪了瘪嘴,喑哑地说了句:"是真的。"

夏花愕然。

米栗断断续续讲了她和父亲的印度之旅。

她说,桑杰家在当地算比较高种族的家庭,家庭成员众多,十分讲究传统礼仪,于是问题来了,米栗和米爸爸哪里懂什么印度礼仪,一路闹了不少笑话。

这也就算了,有桑杰一路打掩护,勉强也算混过了关。

真正的问题出在婚礼谈判桌上。

印度新娘是要携嫁妆进夫家的,否则在夫家将一点地位都没有,甚至有可能被打包退回娘家。

在桑杰家族中的三伯四舅七嘴八舌的轰炸下,米栗终于了解到,从前在报纸上看到的,某印度新娘因为没有带上谈好的一辆自行车作嫁妆,被夫家活活打死,绝非危言耸听。

在婚礼谈判过程中,米栗心情越来越沉重。

所以当米爸爸说出要给米栗在工作地买车买房买店面,让他们小两口有个安身立命的地方,有份自己的事业,米栗咬咬牙,翻译成了:"我们中国人嫁女儿,要收聘金的,我爸说了,聘金我们就不要了,但如果桑杰还留在中国工作,他得供个房子。"

桑杰的父亲拍案而起,说桑杰真是瞎了眼了,怎么会找个中国女人,太亏本了!他们印度女人多么上得厅堂下得厨房唯命是从,娶米栗,不如娶家里介绍的那个农村姑娘……

整个过程,桑杰一言不发,乖乖耷拉着脑袋,唯父命是从的样子,和甩飞饼时意气风发的桑杰真的是判若两人。

人心隔肚皮,是黑是红只有在生命或利益悬于一线的时候才会现出原形。

米栗心中大怒,她一直不知道,桑杰一边跟她处朋友,一边还让家里安排相亲。她当时就想一巴掌把桑杰拍死算了,但敌众我寡,她不敢当面翻脸,只能忍着口气,用方言提醒父亲什么也别说,先回酒店。

回到那个破落不堪的酒店,米栗给拉吉打了个电话求助。

最后,拉吉一个在当地颇有影响力的亲戚出了面,帮助米栗脱离了桑杰家族的"保护",米栗和米爸爸一场心惊肉跳之后,才得以离开印度,回到中国。

在回国的飞机上,米爸爸一路都在摇头:活到这把年纪,以为自己什么都见识过了,却原来还能踏上这等历险之旅。

米栗是恼怒与愧疚齐发,憋着一口气回国。一回来,也不敢在家多待,急急忙忙便回来上班了。

夏花听得惊奇,说:"幸亏你脑瓜子转得快,知道找拉吉帮忙,不然要是在印度被人给卖掉可怎么办呀!"

米栗头一抬:"那是,我是谁呀,哪那么容易吃亏。"

在夏花眼中,米栗是极为不易的。她心里觉得,如果换成她自己,临场估计只剩下哭了,米栗却能斗智斗勇全身而退,实在不简单,但设身处地想到米栗可是刚刚失恋,当下脱口而出:"你这么容易就想开了吗?"

米栗腮帮子一抖一抖地:"就当做场噩梦好了。别让我再在中国见到桑杰;见一次我打他一次!"

夏花无言以对,心里也很疑惑,这难道就是所谓的爱有多深,恨就有多深?喃喃说了句:"你还真是敢作敢当的大女子。我想,我永远及不上你。"

米栗睁大眼睛看着夏花:"怎么会?你比我有韧性多了。要是换作我,KK跟我这样不明不白地过日子,我才不愿意……"说到这里,她自觉失言,停口不说了。

夏花努力笑了笑,脸色不太好看。万千思绪,在瞬间潮起潮落。

米栗岔开话题道:"哎,陪我去找找拉吉吧,怎么也得跟人家道声谢啊。"

夏花收了神,勉力笑道:"好啊。"

两人找到拉吉,一起吃了顿饭,米栗一句"大恩不言谢",三人痛痛快快喝掉了四瓶红酒。

席中,夏花想起拉吉曾对米栗和桑杰的交往表示过忧虑,忍不住问他:"你是不是早预料了有此结果,所以早有准备米栗会找你帮忙,不然怎么反应那么迅速呢?当天一个电话就什么都解决了?"

拉吉显得十分无辜:"同事一场,米栗如果在我的故乡出了事,我以后在夏花酒店还怎么混?当然是一接到电话就叫人解决啊!我们印度人办事很靠谱的!"

米栗撇撇嘴:"靠谱,真靠谱。那么能算计,娶个老婆都要赚笔嫁妆!"

拉吉嘿嘿笑了笑:"这……不是每一家都这样的,只是你比较倒霉……"

米栗哼了一声:"如果不是你出手相助,我以后肯定跟印度人划清界限。"

夏花笑道:"拉吉,你看你都成民族英雄了,还不赶紧敬米栗一杯。"

转眼到了六月,二秘走后,虽然人事部连着推荐了好几个人选,但高景生一直未给拍板,于是二秘的职位一路悬着,无人顶替。米栗身兼两人的工作量,忙得有点脱形,夏花得空便偷偷上去帮她的忙,即便如此,前厅部的事情她照样处理得井井有条,俨然女超人一个。而她自己,早已习惯了这种低调而忙碌的生活,乐在其中。

这个六月唯一的一件趣事,是裴少的婚宴。

婚宴本身自然是千篇一律,没什么好讲的,问题的关键在于新娘。谁也想不到,裴少的新娘居然是虹保。

不知道虹保用了什么招,居然让裴少点头跟她登记结婚,还大摆婚宴。这场婚宴涉及城中两大名人,规模自然小不了,筵开百席,名人荟萃,引来众多娱记,堵得夏花酒店水泄不通。于是前厅部几乎全员出动,加班加点,为裴少的婚宴维持秩序。

婚宴上，夏花看到裴少全程挂着一张扑克脸，知道这个婚他是结得极不情愿的，虽然想不出他为何会同意，但很明显，内有蹊跷。她躲在一边跟米栗说："你能猜出为什么吗？"

米栗想了想，说："一般来说，花心男人到年龄了想要结婚了，多是迫于家里的压力，而不代表他们不花心了，婚后多半是家中彩旗不倒，外面红旗飘飘，两头不误事。这个裴少嘛，也是迫于压力，但明显不是迫于家里的压力。唉，浪子回头金不换是故事书里才有的浪漫啊！"

夏花意会，与米栗对视而笑。

婚宴过后，收尾工作又忙了几个小时，直到半夜，夏花才得以到倒班宿舍休息一下。睡下之前，她特意给杜克瑞打电话汇报了裴少的结局。

一切似乎都在杜克瑞的预料之中，他笑了一声，缓缓说道："估计他后半辈子会过得生不如死。因为虹保在国内外众多媒体面前发过话，这辈子不会离第二次婚。"

夏花想想也是，虹保的第一次婚是因她自己出轨离的，现在她已快到更年期，抓到裴少这样有头有脸有卖相的二春，会放手才怪。

杜克瑞的报仇方式，还真是奇特。

夏花不无感触地说："看来以后我要小心点，千万不要得罪你才好。否则怎么死的都不知道。"

杜克瑞哈哈笑着说："我怎么舍得让你死呢？"

第二天，前厅部开了一个大会。徐开点名批评了姚晶晶，说是她在大家最忙的时候擅离岗位。

姚晶晶当场站出来反驳，说所有班次早已排好，她并没有义务要出现在当晚的值班里。徐开气结："所有人都自动加班了，你作为前厅部的领导，不需要以身作则？"

姚晶晶半步不退："领导也是人。您进进出出的，不也没跟我们打招呼？"意思很明显，徐开纯粹是在没事找事。

徐开堵着一口气,几乎吐血。但直到最后,他也没能压住姚晶晶。那场会议最终是不欢而散。虽然徐开在事后恨恨地说了句"好男不跟女斗",但有眼睛的都看得出来,他和姚晶晶的梁子算是结下了。

到这一步,夏花终于有些明白,为什么姚晶晶用了十年才爬到前台经理的位置。

事实上,徐开和姚晶晶这场对峙的直接受益人,就是夏花。因为事发没多久,徐开直接给人事部签了条,提任夏花为客户关系经理,将夏花推上了姚晶晶的肋骨位置。

之前想升职没成,现在已经没那么热切了,天上突然掉了馅饼,夏花懵懵懂懂地接了委任状,在同事的请客吃饭呼声中被推着走,吃饭、喝酒、埋单。两场狂欢下来,她才意识到,自己已经是夏经理了。

跟同事的庆祝摆在前头,高景生自觉地往后安排行程,足足等了两天,才跟夏花抽出时间在家里做饭庆祝。

高景生一边取笑她瞎猫碰到死老鼠,一边还是认认真真地准备了烛光晚餐,整了一桌子大闸蟹。

夏花一边说着:"明天拉肚子找你算账!"一边高高兴兴地剥着蟹壳。

她的技巧不甚灵活,高景生看得眼睛疲劳,忍不住插手去剥了给她吃。夏花得了便宜还卖乖:"剥得不干净,还有碎壳呢,想噎死我啊?"

高景生夺回小碗:"那你别吃了。"

两人争夺笑闹了一阵。一餐晚饭吃得温馨至极。

吃罢晚餐,高景生习惯性地开了电视看新闻。夏花本没这习惯,但跟他在一起时间长了,也习惯了这个行为,乖乖坐沙发上一起收看。

这天的头条颇为震撼。电视上说,有一中国籍货轮被索马里海盗劫持,对方开出高额赎金,各方救援呼声紧急响起……

新闻最后播报了该货轮所属的公司,夏花一听,脸色刷地白了下来,一手紧紧抓住高景生,说:"是我爸爸待的那家船公司……"

高景生听着也觉不妙,于是叫夏花赶紧打电话问问。

夏花飞快翻出老葛的电话,拨了过去。

"嘟"的一声,电话立即接通了,只听老葛在电话里焦急万分地说:"我正要拨过去呢,你爸爸那艘船出事了……"

夏花听到这里,有些头晕目眩,脚下也站得不是那么稳当了。

高景生眼明手快地扶住她,说:"已经这样了,你要稳住。"

夏花点了点头,但还是担心得整夜合不上眼。

虽然父亲与她聚少离多,但毕竟是她父亲,她唯一的至亲。突然发生这样的大事,叫她怎么可能不担心?

第二天,夏花更加焦虑,守着电视机,开着相关网页,愁得两条眉头拧在一起。

高景生看着也心烦,于是问她:"要不你请几天假?"

那一刻,夏花确实没什么心情上班,于是请了假,在家等消息。

夏花在家休息了一天,发现这样的状态远比出去上班更加糟糕,她一个人待在家里,死死守着电视和电脑,稍有风吹草动,全身汗毛会立刻竖起。这种极度紧张的状态像绷紧的弦,随时会断,她知道,这样子再维持下去,她会胡思乱想到崩溃,于是销了假,回到酒店去上班。一边忙,一边抽空关注着索马里的消息。

铺天盖地的报道围绕着被困人员身份、谈判进程、营救措施等滚动联播。夏花每日关注着这些消息,一条神经一直紧绷着。直到英勇的人民子弟兵出面,空军直飞索马里海域,营救同胞的报道播出,夏花对父亲的担心才稍稍有所放松。她想,应该会没事吧?

隔天便接到老葛的电话,说被营救出来的货轮船员将由专机接送回国。夏花心下稍安。但没安心多久,正在上班的她接到高景生的一个电话:"快点去看新闻。"

夏花跑到一间客房里开了电视机,但新闻联播已经结束,于是她匆匆打开电脑,搜索相关的新闻。

夏花登录门户网站查到最新的追踪报道,这才发现,原来劫船事件的伤亡名单出来了。

握着鼠标的手不知不觉抖了起来。

当"夏友正"三个字出现在亡故船员名单里面,夏花只觉眼前一黑一黑,像灯管坏了似的,到最后完全没了知觉,全身一瘫,跌到地板上,怎么也爬不起来了。

米栗闻讯赶来,将夏花送回了家。

随后,高景生和徐开都赶来了富贵公馆。

高景生将米栗打发回去上班,自己留下陪夏花:"都已经这样了,想开一点。"

夏花此刻哪里听得进任何一句话,只觉得天塌了。眼泪扑簌,却一点哭声也没有。

这些年来,父亲对她而言,多数情况下只是一个固定名词,但无论如何,此刻她十分明白,父亲于她毕竟是个念想,让她逢年过节有所期望的念想。如今父亲就这样离她远去,她身边便没有亲人了。

徐开似乎洞穿了她的想法,安慰她道:"还有哥哥在,你不是一个人,不要害怕。"

夏花突然想到什么,一把抓住了徐开的衣领:"你为什么不早点告诉我,我妈的下落?如果你早点说,我让我爸早点回来,就不会出事了!"

徐开愣在了当场,一脸的无奈和为难,堵得一句话也说不出来。

高景生拍了拍她的背,轻声说了句:"夏花,不要这样。"

夏花松开了手,转头看了看高景生,又看了看徐开,苦笑了一声,喃喃说:"早知道,我应该告诉爸爸,我能联系上姨妈,这样他就会早点回来了。"

高景生摇了摇头,说:"就算徐开什么都告诉你,就算你当时告诉你父亲,但他多半还是会跟着那艘船走回程,事情还是会发生。"

"可是……"夏花还想说什么,开了口,尾音却化作了空气。

一旁的徐开表情凝重,脸色微微发白,没头没脑地问了句:"你知道你的名字是怎么来的吗?"

夏花有些惊愕地抬起头，看着徐开。

徐开顿了顿，讲了一个简单而温馨的故事。

那一年，秋叶挺着五个月大的肚子，见到从欧洲回国探亲的姐姐秋不落。姐妹两个选择了截然不同的人生，一个专注家庭，一个专注事业，几番沟通下来，甚是唏嘘。

那时候的秋叶常常显得忧心忡忡，秋不落看着不忍心，总是把话题引导到开心的地方去。当时秋不落已进入扬氏工作，那时候 Summer Flower 是扬氏旗下的品牌，在欧洲是酒店业龙头，但没有进军东南亚，自然也就没有中文名字，秋不落跟秋叶说起的时候，将之直译为"夏花"一词，联想到泰戈尔的诗，感叹了句："跟你的名字怪搭的。"秋叶听毕，灵机一动说，如果生女孩就叫她夏花好了。

就这样，夏花的名字定了下来。

夏花静静听完这个跟自己紧密相关的故事，嘴角微微提起："原来是这样啊。我跟夏花酒店还真有缘呢……可是，这跟我妈人去了哪，有关系么？"

徐开似有些紧张，十指交叉，摩挲了一阵，嗫嚅说了句："小姨身体一直就不好，有先天性的毛病，医生都说了她不适宜结婚生子的，但她实在太爱姨丈了，坚持要给他生个孩子……小姨的病情一直瞒着姨丈，怕姨丈知道了伤心，生下你不久，就让我妈来接她，去欧洲治病。到欧洲没几天，她一再病发，支撑了没多久，就走了，临终还嘱咐我妈，不能让姨丈知道她已经不在人世，要等到你成家了才能告诉你，所以我妈这些年都避着不敢跟你们联系……"

夏花的脑袋"嗡"的一声，一下子像炸空了一般。

高景生旁听到这里，皱了皱眉，端了杯水给夏花，看她还知道喝水，才稍稍宽下心来。

但这之后，夏花在床上躺了整整一天一夜，再也没有开口说过一句话。

高景生十分明白她的感受，之前她一直觉得自己是个弃儿，所以可以理直气壮地埋怨父母；可如今她一夜之间变成了孤儿，所有的愤怒被抽走了支撑点，便站不住地虚脱了。

高景生和徐开都担心她,于是住到了隔壁高景生家,轮流到夏花家里当厅长,陪着她。

徐开几次想开导夏花,高景生都拉住了他,说:"她自己会想开的。"徐开觉得这样不闻不问,只是陪在左右而已,未必起得到什么作用。最后他发现,自己果然低估了这个表妹。夏花的自愈能力确实很强。

两天之后,夏花开始主动联系船公司的老葛等人,询问父亲遗体运达的时间,安排后事。

直到这个时候,高景生终于开口,叫她不要操心,他会帮忙处理夏友正的后事。

夏花没有拒绝,继而趴在高景生的肩头,啜泣许久。

不知道时间过了多久,高景生伸手抚摸着夏花的头发,下定决心地说:"我们结婚好吗?"

夏花一时没反应过来,问了一句:"你说什么?"抬头眼睛一眨不眨地看着高景生。

高景生微微一笑:"我们结婚,好吗?"

夏花愣了一秒,嘴角扯出一丝笑容,双眸空荡荡的看不到底:"这个时候结婚? 不……我不想把你当成我的救命稻草。这样对你不公平。"

高景生说:"你看我年纪这么大了,你忍心让我继续鳏寡孤独吗?"

夏花还是固执地摇头:"最近发生这么多事,我知道你是可怜我。可是,我真的没事的。你放心。"

夏花从来没有想过自己有这么一天。船公司的大笔抚恤金,加上夏友正的高额人身保险赔偿,加起来是一笔天文数字。她一下子成了个不折不扣的富婆。

可是那些钱化作数字钻进她的账户的时候,她很清醒地明白,自己是宁愿回到为生活奔命、为房租操心的日子,也不愿意拿着这笔用父亲生命换来的钱开销。

对她来说,这些钱她怎么花都不会安心,所以她用了一大笔钱给父亲买最好的墓地,并在船公司一众叔伯的协助下,办了一场风风光光的后事。

期间,秋不落闻讯,扔下手头的工作,匆匆飞来,赶上了她一直愧对的妹夫的丧礼。夏花和她这个女强人姨妈,撇下全部往事,从零开始认识对方,总算,找到了一丝温暖。

追悼会上,老葛给夏花送来了一个边角皆是锈迹斑斑的铁皮箱子,说:"老夏就是为了护这个箱子,被海盗开了两枪,流血过多……才没了的。"

夏花接过铁皮箱,心中充满了疑问。她不明白,是什么东西那么重要,让父亲连命都不要地保护它?

打开箱子之后,夏花终于明白,存于自己记忆中的父亲,原来并不完整。

铁皮箱里有一本厚厚的日记,断断续续记录了夏友正这些年五湖四海漂泊寻人的心情。最新的那一篇是在事故发生前两日,里面写了一段夏花追寻已久的答案:

夜航船,眼前是深沉的黑,苍茫的海。突然觉得很迷茫。这么多年,找了你这么多年,无数次地追问自己,到底是对是错,一直想不出答案,直到今日,和女儿通着电话,发现彼此之间已没有几句话可讲了,心里突然有种空落落的感觉。

这么多年来,我一直很害怕面对女儿,她小的时候我害怕她跟我哭闹要妈妈,她大了之后我更加害怕她问我任何关于妈妈的问题。我只能借着行动告诉她,她不是没有妈妈的孩子,爸爸已经在找了,总有一天我们会一家团聚的。

找了这么多年,始终没有你的消息,女儿却在不知不觉间长大成人了,越来越独立,离我越来越远。

她奶奶过世的时候,她还是个孩子,显得手足无措。可是眨眼间,她已经可以自己担起搬家的大事,生活中有我没我不再重要。我害怕了。害怕失去这个女儿。所以我决定了,这趟船回去,我要放弃寻找你了。我要落地生活,和我们的女儿共享天伦。

与其花费所剩无多的生命大费周章去寻找一个极大可能不好的答案,不如抓住眼前的幸福。

但愿还来得及修补我们的父女关系。

……

眼泪一滴一滴落到笔记本上，模糊了字眼。

夏花终于明白了父亲并非对她没有感情，而是一直以来想做一件对她好的事情。她终于放下了多年的心结，也终于明白了那句：子欲养而亲不待。

终究，还是来不及了。

笔记本里记录了夏友正这些年的心路历程，夏花决心好好收藏。除此之外，铁皮箱里还有一本相册，里面都是母亲年轻时的照片。

夏花终于看清了母亲的模样。眉目顾盼，裙袂飘飘，气质卓然，果然是个大美人。

眼泪像断了线的珠子，停不下来。

高景生见状，上前在她额头吻了一记，说："你还有我。"

夏花抬起头，定定地看着高景生说："如果哪天，你也想离开我，记得提前知会我。"

"我不会。"高景生说着紧紧拥住了她，"我不会离开你。"

夏花偎依在他怀中，享受这短暂的心安。

转眼到了出殡的日子，夏花请了丧假，和秋不落一起主持丧礼，高景生、徐开也都全程陪同。

在父亲的墓前，夏花把那个铁皮箱里的东西，属于母亲的东西，通通烧给了父亲。

秋不落问她为什么不自己留着，夏花说："爸爸是个执著的人。我理解他。属于妈妈的东西，还是给他保管最好。"一边烧着东西，一边喃喃自语，"爸爸，妈妈，你们终于在一起了。"高景生在一旁帮她递着东西，擦着汗，听到这句话，愣了愣，说："知道这么想，真好。"

秋不落看着妹妹的照片消失在火焰中，心中腾腾烧起许多回忆。看到夏花坚强地站在一边，她也终于明白了这个命运多舛的三口之家，每一个都为了家人博尽了所有。竟是那么值得羡慕。

在秋不落带着众人坐大巴离去的时候，夏花却坚持要多留一会儿，甚至于高景生想留下陪她，她都没有答应。

大家都放心不下，最后是说好了送走众人，徐开再回头来接夏花，总算达成共识，让夏花独自留下，与父亲说几句体己话。

众人离去，墓园一下子安静了下来，四周的虫叫声清晰入耳。

夏花呆呆看着墓碑上的父亲，看他笑得那么祥和自在，心中一阵一阵的悲凄。

她和父亲聊了许久。越说，越发现自己漏了太多事情没有告诉父亲。

直到口干舌燥，一抬头竟有些眼晕，她才俯身摸了摸墓碑上的照片，说："爸爸，我先走了，改天再来看你。"

转了好几个回形路线，终于绕出墓区，到了墓园门口。

徐开来电说路上堵车，要等会到，夏花收悉，坐到墓园门口凉亭里等待，不经意地望向了大门口，看尽人来人往，闻透菊花香。

来这里的人多数是面无表情的，夏花此时也一样是精神恍惚的。但当她对上一张熟悉的脸，接收到那个和气的笑容，脊背突然一阵发凉。

竟然在这里遇到了威廉掸。

夏花很是意外，但见威廉掸的表情，却是自然得很。夏花心下有些莫名的担心，走近打了招呼，探问道："您来了很久了吧？"

威廉掸直截了当地点了下头，说："刚刚见到高总，看到你们都在……不太方便，就没有跟你们打招呼。"

他大概看到的是她靠在高景生怀里的样子吧。夏花心想，他可不要借此做文章才好。她心领神会，挤了挤笑容，心里则隐隐泛起一股担心，而且一直停不下来。

但随即，威廉掸又说："不过，我年纪大了，记性不好，看过什么马上就忘了。"

夏花心里念着但愿如此，嘴上却说："哪里，您正是年轻力壮的好时候呢。"

日子一天天过,不知不觉便到了月度的员工大会。会议跟往常一样,回顾、总结、提出下月目标。

在各部门经理反馈意见,轮到姚晶晶的时候,她简明扼要地总结了前台几个要注意的事项,并提出了妥善的解决方法。就在大家以为她要坐回位子上的时候,她突然清了清喉咙,说:"有个事情我们前厅部需要检讨一下。"

众人屏息洗耳。

"我们前台的一位女同事,和公司某位高层人员过从甚密……应该说,是有着非同一般的关系。"说着从文件夹里抽出一个信封,亮了亮,"我这里有他们的照片。当然,人家男未婚女未嫁要处朋友,我作为上级也好,下属也罢,是没有话语权的。我在这里提出这个问题,只是有个疑问,两口子在一个单位工作,还是上下级关系,这……不太合适吧?"说到这里,她将头转向夏花,死死看着她:"夏花,你自己说呢?"

夏花一颗心提到嗓子眼,一下子堵住了,几乎连怎么呼吸都要忘记了,哪里还回答得出一个字来,直愣愣傻住了。

众人的目光纷纷投射到夏花身上,如万箭齐发。

下一刻,夏花的脸倏地红到了耳朵。

偌大一个会议室,鸦雀无声。

然后,高景生的声音从前方缓缓响起:"夏花和我,确实是男女朋友关系。至于我们两人在一起工作恰当不恰当,这个问题,我自会给酒店一个交代。不劳姚经理费心。"

嘘声四起。

第二十六章　抉择，有技巧的拔河

制度是死的，人是活的，凭什么活人要让死制度逼得走投无路？

其实每个人都有很单纯的一面，只看你有没有那个缘分接触到，或者有没有那份心去挖掘。

一直忙忙碌碌，从来没有真正静下心来仔细看看办公室外面的风景。原来夏花酒店的视角那么好，隔着江，远远望去便是大片大片鳞次栉比的高楼，在烟雾中若隐若现。在视线将要模糊的那片地界，可以看到江边傲然挺立的电视塔，以及与电视塔对门而立的金融大厦，那些标志性的建筑彼此呼应，各自妖娆。

这是一个那么好的角度，看久了，不知不觉便有种傲视群雄的幻觉。

高景生在窗前站了很久，突然觉得有些茫然。一直以来，没有什么问题是他解决不了的。可是这次，他完全没招。

让夏花离开岗位？她那么认真，那么努力，好不容易做到今天这个位置，难得还受到一致的好评，她的前面正是前途一片大好，这个时候要她离开这里从头开始，且不论她愿不愿意，他自己怎么开得了这个口？况且，她家中生变，如今这份工作已成为她的全部，这种情况下，他又怎么忍心？

难道要他离开？——他可是用了十几年才爬到今天这个位子，就这样轻易撒手？回首这一路走来，他付出了多少艰辛，只有自己清楚，就这样放弃，他怎么可能甘心。

已经戒烟很多年了，但这个晚上，他在办公室里抽掉了四包南京。

这个晚上，他有些后悔，后悔自己这次的冲动。他不应该站出来承认自己和夏花的情侣关系。因为事情并非没有挽回的机会。

低头看到桌面上，姚晶晶留下的照片，他更加烦躁不安。

照片上的夏花靠在一个男人肩上，清泪纵横，男人爱怜地揽着她，为她擦着眼泪，画面很是温馨。

只是那画面中的男人并不是高景生，而是徐开。照片应该是在坟场分别之后被抓拍到的。

就在夏花家里出事没怎么去上班的这一阵子，姚晶晶和徐开不知道从哪里生出来一堆矛盾，整日争执，日渐白热化。平日互相挑刺，竟然挑到了员工大会上。

只是没想到，城门失火殃及池鱼，最后遭殃的竟然是高景生。

高景生不无懊恼地想，如果会议中他没有主动站出来，姚晶晶的矛头一路对准徐开和夏花，两人承认表兄妹关系并没有什么大问题，大不了他作个保，或者给他们当中一个调个部门……风波很快就会过去。

谁叫他自己坐不住呢？现在可好了，真的无路可走了。

他知道一个人干着急没用，更懂得一人计短两人计长的道理，于是第二天，他动身去找徐开。谁知，他还没开口，徐开便急不可耐地宣布："你来得正好，我决定辞职，入股素问锦斋。"

高景生原来的全部话语，立即都吞了回去。

他完全陷入了纠结。

当然，另外一位当事人，状况也没好到哪里去。

夏花并不明白自己为什么要这么做，但她就是做了，浪费时间浪费精力浪费口水。会议一结束，她一个人跑到温泉别墅，冲进总经理室，劈头盖脸责问威廉掸："这样落井下石对你有什么好处？"

威廉掸一脸的莫名其妙："你说什么？"

夏花气结:"明人不说暗话,是你指使姚晶晶在月度大会上说出我和高景生的关系,想把高景生拉下马,对吧?你不觉得自己这招太损了吗?"

威廉掸淡淡地笑:"小姑娘,你先别发火,这样,你坐着,喝杯水,慢慢讲,讲清楚。"

夏花哼了一声:"少惺惺作态。"

威廉掸维持着成功人士该有的风范,慢条斯理地说:"我不是一个喜欢解释的人,但我可以负责任地告诉你,我没有指使姚晶晶做任何事。事实上,我调离夏花酒店系统之后,跟她一直都没有联系过。"

夏花看着威廉掸一向和气的脸庞,死死盯着他的眼睛,看不出任何破绽。思前想后,如果不是威廉掸的演技太好,就是实实在在地说了真话了。

她突然感觉无比的乏力,仿佛被抽空的气球,蔫了。怎么和威廉掸告的别,怎么离开的温泉别墅,事后她都想不起来了。

回到富贵公馆的时候,霓虹初起,夏花站在窗前望风景,清新的空气扑面而来。眼前五彩缤纷的灯光交相辉映,整个城市最美好的景色仿佛是在为她一个人而怒放,一切都显得那么美好。她踮着脚尖往远处去寻找老宅筒子楼的所在,遍寻不得,心中不得不生出感慨来:若非搬到这里,她生存的视野岂会如此高阔清亮?

再回想比预算多付的那笔房租,对比眼前的景观,真是笔划算的买卖。

想得到什么,总是要先付出的。她这么想。

眼前灯火明灭间,她脑中一个念头猛地闪过:命运将她摆在如今这个进退两难的局面里,难道是想让她选择另一种幸福?

于是,夏花找到高景生,主动开了口:"你真的确定,后半生要和我在一起?"

高景生微笑着点头:"当然。"

夏花看着高景生,咬了咬唇,说:"那我们结婚吧。"

高景生愣了一下,手一垂,一脸犹豫:"可是……"终究,还是说不出口。

夏花轻轻叹了口气:"哪来那么多顾忌。"

这个话题就此搁浅。

接下去的两天,高景生请了假,没有去酒店,也没有回富贵公馆。就连紧步到来的七夕情人节,他也没有露面。

这个七夕情人节的中午,夏花存着一丝希望,偷偷溜上行政办公室找高景生,结果只见到了紧闭的门窗。米栗朝她摊了摊手:"别问我,我也不知道他在哪儿。"埋头继续干活。

夏花无声地叹了口气,走上前看米栗忙什么,说:"那你忙不? 需要我帮忙么?"

米栗嘿嘿笑了两声,未予答复。

夏花走到她电脑前,终于发现,原来她闲到在玩连连看。

夏花拍了拍她的肩膀:"一大早就听说有人给你送花,怎么不去约会,在这里玩游戏?"

米栗摁着鼠标,点着一对一对相同的图标,她咧着嘴笑:"这么好的日子,拆散一对是一对!"

夏花被她逗乐了,一时忘记烦恼,疑问上来:"连连看不是凑对的游戏吗?"

米栗手不停地动,看着一对对图标连到一处,抱在一起炸得粉身碎骨,说:"你没看凑成对的最后都炸散了吗?"

一句玩笑话,却跟魔咒似的,揪住了夏花。夏花这下可笑不出来了,戚戚然离开行政办公室,直到下班回家,都是一副游魂的状态。

直到晚上,她坐不住了,打电话给高景生,一遍一遍,结果都只听到服务台小姐温柔而冰冷的声音:"对不起,您拨打的用户已关机……"

辗转难眠,她想,大约是她的求婚让他为难了吧?

这个七夕,她最后是一个人度过。

在持续找不到高景生的状况下,夏花终于耐不住,下定决心做点事,她跟自己说:先发制人。

她一路进取到现在，一直提醒着自己，遇到任何困难都不能有畏难情绪，不能后退一步，如今这样的状况，她更不愿意坐以待毙。

　　绞尽脑汁，甚至用了好几个小时去酝酿情绪、打草稿，最后，夏花终于写下了一封洋洋洒洒的英文长信。

　　那封字字铿锵的信件，是发给卓女士的。

　　卓女士您好，冒昧来函……

　　我想说，这是一个不公平的制度。

　　……

　　事业和爱情，我们都不想放弃，因为我们相信我们可以兼顾。

　　可是如果看完此信，您只是觉得我僭越了，那好吧，我会主动辞职。

　　夏花。

　　信发过去 24 小时，没有任何回应。夏花想想也是，卓女士是什么人，怎么可能有空处理她这点小事。于是她开始动脑筋想退路。想了又想，夏花打电话给猎头李小姐，倾谈之下，透露自己有点想跳槽了。对方果然殷勤地介绍起行业里几家正在招人的大酒店。

　　聊得差不多的时候，有电话插播，一看是国际长途，夏花赶紧接了起来。听到卓女士自报家门，她还是有点意外，竟然结巴了起来："卓，卓女士……您有什么，什么指示么？"

　　卓女士的声音一贯地和气："你知道吗，我刚刚也接到了 KK 的信。你们两个说了一样的话。制度是死的，人是活的，凭什么活人要让死制度逼得走投无路？你们不是商量好的吧？"

　　夏花声音有点发抖："当然没有商量过。我都不知道他现在人在哪儿……"

　　"你很幸运，在这个时间这个地点遇到 KK。他长大了，不是以前那个毛头小子了。以前他只知道往前冲，所以不肯停下来看素问一眼，素问又是那样的性子，彼此都没有百分百信任对方，久而久之裂痕越来越大。现在，KK 知道进退了……他已经向总部交了辞呈，要卸任总经理。"

夏花的眼泪啪啪啪不断往下掉。挂了电话，直接拨给高景生："你在哪儿？"

"在家。"

听到这两个字，夏花丢下电话，直奔对门。

两人相拥许久。

夏花说："怎么办，我舍不得你离开。我们跟卓女士说说，让我离开好不好？"

"傻瓜。"高景生摸了摸她的头，"你以为事情真的那么简单吗？就算你走了，墨功国际和鼎天集团也不会放过我。"

夏花睁圆双眼："你是说……"

高景生点了点头，说："我会去欧洲述职。交代清楚我就回来，好好准备咱们的婚礼。"

"婚礼？"夏花脑子一阵混沌，"我们什么时候订的日子？"

"你跟我求的婚，你忘记了？"高景生笑道。

夏花嘟了嘟嘴："你当时没答应，已经过时失效了！你现在是留校察看的阶段，别想着一步到位……"话未说完，嘴巴已经被高景生堵住了。

他特有的那份阳刚气息化在吻中，噬咬着她的意志。他略显含糊的声音在她耳边呢喃："以前活得太清醒，只是因为爱得模糊不清。我知道我错了。现在才改，应该来得及吧？"

夏花的眼泪悄悄滑出眼眶。她用力吸了吸鼻子，说："我到现在还是很清醒。我很清醒地知道，你为我付出了什么。"整个人紧紧靠在他怀中，不舍分离。

高景生去了欧洲一周，夏花极力保持云淡风轻的表情，但当她站在前台，收受到各方射来的目光，她知道，自己终究又成了焦点。

夏花再度成为酒店红人。不为别的，就因为总经理不爱江山爱美人，被传作一时笑话。

是的，不是佳话，是笑话。谁叫夏花没有美到倾国倾城的程度。

当然,这也不是众人最关心的话题。大家最想知道的,是谁将取代高景生成为夏花中国总店的第二任总经理。

作为元老级人物,卫民的继任呼声很高。但就在他众望所归的时候,一纸通知漂洋过海而来,考夫曼当上了夏花中国总店的总经理。人力资源部再次大换血,值此风云变幻之际,作为培训主管的拉吉也没能如愿回到前厅再做行李员,而是调到市场销售部,顶替了徐开的职位。

一切如梦亦如幻。

考夫曼的就职晚宴上,他一手提携的二秘把夏花拉到考夫曼面前,举起酒杯半开玩笑地说:"考夫曼,你能有今天,多亏了夏花,大家一起敬夏花一杯!"

那杯香槟清香四溢,入到夏花喉中却有些发涩。她抿了一口,低头看了看杯中物,两点流光在淡黄的酒水中轻轻摇曳,反照了出来。

她发现,分离才几日,她已经开始想念高景生了。

谁也没想到,高景生一个华丽转身,竟然做了夏花中国的项目总裁,分管马术中心和温泉别苑。

据说,其中一个原因,是温泉别苑经营首年便有盈余,其执行总经理威廉掸在年度总结的时候,大力颂扬了高景生的前期铺垫。威廉掸此举令所有人始料不及,这让总部对高景生的实力更加深信不疑了。

夏花颇觉惊奇,为自己曾经的小人之心汗颜,其实每个人都有很单纯的一面,只看你有没有那个缘分接触到,或者有没有那份心去挖掘。她重新认识了威廉掸,也真心地夸了高景生的识人之明:"看来你很会看人啊。有你前面的不计前嫌,才有他现在的投桃报李啊。你这步棋下得真好!"

"哪有下棋的心思。"高景生笑着摇头,"威廉掸以前做过很多年的高级度假酒店,经验丰富,我推荐一把,对他个人的发展和公司的前景都有益,何乐而不为?"

夏花笑而不语,心中是极美的。她在想,没有几个人有那样的气度,把野心勃勃的手下提升到跟自己平行的位置。高景生果然是做大事的料。她心中一种捡到宝的窃喜油然而发。

一切又慢慢恢复了平静。新一批前台接待员到岗,夏花忙里忙外,协助姚晶晶做人员培训工作。杜克瑞来电唠嗑的时候,她还在带新人熟悉环境,匆匆挂了电话继续投入工作。

从一大早一直忙到晚上将近10点,将新人送到倒班宿舍,终于可以收工。她累得软趴趴的,打电话给高景生,打算叫他来接她一下,结果高景生那边用十分遗憾的口气说晚上要应酬,赶不及。夏花体谅高景生现阶段的艰难,赶紧说自己只是随口问问,收线自己去解决问题。

出了员工通道,夏花一个人孤零零往前走,月色朦胧,微凉。她忍不住擦了擦手臂。

突然看到前方车灯亮起,车子越来越近,向她的方向开来,停在了她身边。

车里探出一个头来,声音清亮:"嗨!"——是杜克瑞。

夏花眯着眼睛看了看,是辆雷克萨斯。这次,她可以肯定,这是他自己的车,不是借来的。

杜克瑞是个车迷,有一个私人小车库,自从他高调接任家族企业,报纸杂志都没放过他,酒店里也一直在流传着关于他的种种八卦。夏花耳闻不少,也曾深受余扰。

原来她曾经与一个卧底取经的富二代并肩作战过。

此时,杜克瑞一身清爽,握着方向盘,笑容依旧有些痞痞的:"夏花,去喝一杯吧?"

夏花仔细打量了他一番:"没有什么企图吧?"

"当然有。"杜克瑞笑道,"我决定了,从今天开始,我要追你。"

后　记

　　一年后,徐开和樊素问的婚礼在马场举行。高景生和夏花被迫当了伴郎伴娘,因为樊素问坚持要让高景生看着她比他幸福。那天,米栗接到了花球,同时接到了拉吉的鲜花。

　　高景生那晚回家,抱紧了夏花说,咱不跟人比。

　　也许是那个怀抱太温暖,当晚,她回短信给杜克瑞的时候只有三个字:"对不起。"

　　两年后,姚晶晶因为一再升职无望,愤而辞职。

　　拉吉对姚晶晶做过劝解,他说:"辞职只能图到一时的快乐,事后后悔者居多。你要想清楚。有什么问题,提出来我们一起商量看看能否内部解决。否则对你来说也只是换汤不换药,换个地方还是可能遇到同样的问题。"

　　可是姚晶晶去意已决:"我活到现在奔四了,这些道理我怎么会不明白?眼下我只想换个心情。眼不见为净。"

　　对夏花来说,虽然这件事并不让人惊讶,但前台经理的最后一个工作日(Last Working Day)来得还是非常的突然。

　　那是个傍晚时分,市场销售部总监带着姚晶晶到办公室,要求和夏花进行交接工作:姚晶晶交出总钥匙(Master Key),讲了一遍酒店钥匙管理系统的管理员操作流程,随后在财务工作人员的见证下,清点整个部门的固定资产;接着,姚晶晶对前厅部的人事管理问题列了一份清单给夏花;最后,在总监的示意下,夏花自己针对不明白的地方提了一些问题……整个程序下来,已是晚上快 10 点。

就这样,夏花成了夏花酒店集团最年轻的前台经理。辗转听说许多人在背后取笑她拾人牙慧,米栗为她抱不平,她却乐呵呵地置若罔闻。秉着一贯的认真坚持的态度,她在任期间,前厅部还是刷新了几项数据纪录。

又三年过去,夏花发现自己已经处到了事业发展的瓶颈上,总监级别以上的员工,清一色不是外籍人士便是港澳台同胞,最不济也是海归,似乎演变成了潜规则。在徐开的点拨下,夏花决定申请调职海外机构,顺路深造,拿个海外的学位好做下一步打算。欧洲方面,卓女士等股东也有意将夏花塑造为夏花中国本土化的形象代言人,欣然同意她的申请。

高景生在夏花的这个决策面前一直默不作声。

夏花奔走办手续的时候,偶有脊背发凉的感觉,总觉得哪里隐隐不妥。直到上机前一周,她拿到体检报告,终于怒气冲天,跟高景生拼命了一场。

尿液反应是阳性。

这个节骨眼,搞出人命来,这可如何是好?

夏花哭个不停,高景生一边帮她擦着眼泪,一边已经半跪了下来,手上"啪"一声,打开了一个水晶礼盒,里面是亮光闪闪的钻戒。

夏花看着熠熠生辉的钻石,手里攥着体检报告,心里想着海外的进修和升职,愣在了当场,不知如何是好。

(本书完)

图书在版编目（CIP）数据

加油！前台小姐 / 无影罗刹著. —杭州:浙江大
学出版社，2012.8
　ISBN 978-7-308-10285-8

　Ⅰ.①加… Ⅱ.①无… Ⅲ.①长篇小说－中国－当代
Ⅳ.①I247.5

中国版本图书馆 CIP 数据核字（2012）第 166035 号

加油！前台小姐

无影罗刹　著

策　　划	蓝狮子财经出版中心	
责任编辑	徐　婵	
出版发行	浙江大学出版社	
	（杭州市天目山路 148 号　邮政编码 310007）	
	（网址:http://www.zjupress.com）	
排　　版	杭州中大图文设计有限公司	
印　　刷	浙江海虹彩色印务有限公司	
开　　本	880mm×1230mm　1/32	
印　　张	9	
字　　数	258 千	
版 印 次	2012 年 8 月第 1 版　2012 年 8 月第 1 次印刷	
书　　号	ISBN 978-7-308-10285-8	
定　　价	32.00 元	